儒林外史 书生现形记

杨昌年——编撰

九州出版社

JIUZHOUPRESS

图书在版编目（CIP）数据

儒林外史：书生现形记 / 杨昌年编著. -- 北京：
九州出版社，2018.12
ISBN 978-7-5108-7809-1

Ⅰ．①儒… Ⅱ．①杨… Ⅲ．①章回小说－中国－清代
Ⅳ．①I242.4

中国版本图书馆CIP数据核字(2019)第019518号

儒林外史：书生现形记

作　者	杨昌年
责任编辑	张艳玲
出版发行	九州出版社
地　址	北京市西城区阜外大街甲 35 号（100037）
发行电话	(010)68992190/3/5/6
网　址	www.jiuzhoupress.com
电子信箱	jiuzhou@jiuzhoupress.com
印　刷	三河市兴博印务有限公司
开　本	787 毫米×1092 毫米　32 开
印　张	10
字　数	190 千字
版　次	2020 年 8 月第 1 版
印　次	2020 年 8 月第 1 次印刷
书　号	ISBN 978-7-5108-7809-1
定　价	52.00 元

用经典滋养灵魂

龚鹏程

每个民族都有它自己的经典。经，指其所载之内容足以做为后世的纲维；典，谓其可为典范。因此它常被视为一切知识、价值观、世界观的依据或来源。早期只典守在神巫和大僚手上，后来则成为该民族累世传习、讽诵不辍的基本典籍。或称核心典籍，甚至是"圣书"。

佛经、圣经、古兰经等都是如此，中国也不例外。文化总体上的经典是六经:《诗》《书》《礼》《乐》《易》《春秋》。依此而发展出来的各个学门或学派，另有其专业上的经典，如墨家有其《墨经》。老子后学也将其书视为经，战国时便开始有人替它作传、作解。兵家则有其《武经七书》。算家亦有《周髀算经》等所谓《算经十书》。流衍所及，竟至喝酒有《酒经》，饮茶有《茶经》，下棋有《弈经》，相鹤相马相牛亦皆有经。此类支流稗末，固然不能与六经相比肩，但它各自代表了在它那一个领域中的核心知识地位，却是很显然的。

我国历代教育和社会文化，就是以六经为基础来发展的。直到清末废科举、立学堂以后才产生剧变。但当时新设的学堂虽仿洋制，却仍保留了读经课程，以示根本未瞬。辛亥革命后，蔡元培担任教育总长才开始废除读经。接着，他主持北京大学时出现的"新文化运动"更进一步发起对传统文化的攻击。趋势竟由废弃文言，提倡白话文学，一直走到深入的反传统中去。论调越来越激烈，行动越来越鲁莽。

台湾的教育、政治发展和社会文化意识，其实也一直以延续五四精神自居，以自由、民主、科学为号召。故其反传统气氛，及其体现于教育结构中者，与当时大陆不过程度略异而已，仅是社会中还遗存着若干传统社会的礼俗及观念罢了。后来，台湾朝野才惕然憬醒，开始提倡"文化复兴运动"，在学校课程中增加了经典的内容。但不叫读经，乃是摘选《四书》为《中国文化基本教材》，以为补充。另成立文化复兴委员会，开始做经典的白话注释，向社会推广。

文化复兴运动之功过，诚乎难言，此处也不必细说，总之是虽调整了西化的方向及反传统的势能，但对社会普遍民众的文化意识，还没能起到警醒的作用；了解传统、阅读经典，也还没成为风气或行动。

二十世纪七十年代后期，高信疆、柯元馨夫妇接掌了当时台湾第一大报中国时报的副刊与出版社编务，针对这个现象，遂策划了《中国历代经典宝库》这一大套书。精选影响国人最为深远的典籍，包括了六经及诸子、文艺各领域的经典，遍邀名家为之疏解，并附录原文以供参照，一时朝野震动，风气丕变。

其所以震动社会，原因一是典籍选得精切。不蔓不枝，能体现传统文化的基本匡廓。二是体例确实。经典篇幅广狭不一、深浅悬隔，如《资治通鉴》那么庞大，《尚书》那么深奥，它们跟小说戏曲是截然不同的。如何在一套书里，用类似的体例来处理，很可以看出编辑人的功力。三是作者群涵盖了几乎全台湾的学术菁英，群策群力，全面动员。这也是过去所没有的。四，编审严格。大部丛书，作者庞杂，集稿统稿就十分重要，否则便会出现良莠不齐之现象。这套书虽广征名家撰作，但在审定正讹、统一文字风格方面，确乎花了极大气力。再加上撰稿人都把这套书当成是写给自己子弟看的传家宝，写得特别矜慎，成绩当然非其他的书所能比。五，当时高信疆夫妇利用报社传播之便，将出版与报纸媒体做了最好、最彻底的结合，使得这套书成了家喻户晓、众所翘盼的文化甘霖，人人都想一沾法雨。六，当时出版采用豪华的小牛皮烫金装帧，精美大方，辅以雕花木柜。虽所费不赀，却是经济刚刚腾飞时一个中产家庭最好的文化陈设，书香家庭的想象，由此开始落实。许多家庭乃因买进这套书，而仿佛种下了诗礼传家的根。

高先生综理编务，辅佐实际的是周安托兄。两君都是诗人，且侠情肝胆照人。中华文化复起、国魂再振、民气再舒，则是他们的理想，因此编这套书，似乎就是一场织梦之旅，号称传承经典，实则意拟宏开未来。

我很幸运，也曾参与到这一场歌唱青春的行列中，去贡献微末。先是与林明峪共同参与黄庆萱老师改写《西游记》的工作，继而再协助安托统稿，推敲是非、斟酌文辞。对整套书说不上有什么助益，自己倒是收获良多。

　　书成之后，好评如潮，数十年来一再改版翻印，直到现在。经典常读常新，当时对经典的现代解读目前也仍未过时，依旧在散光发热，滋养民族新一代的灵魂。只不过光阴毕竟可畏，安托与信疆俱已逝去，来不及看到他们播下的种子继续发芽生长了。

　　当年参与这套书的人很多，我仅是其中一员小将。聊述战场，回思天宝，所见不过如此，其实说不清楚它的实况。但这个小侧写，或许有助于今日阅读这套书的大陆青年理解该书的价值与出版经纬，是为序。

士人精神的漂泊

杨昌年

吴敬梓〔清圣祖康熙四十年（1701年）—清高宗乾隆十九年（1754年）〕的杰作《儒林外史》，自清乾隆中叶问世迄今，风行海内外二百多年，被许为讽刺小说中的巅峰之作。笔者承邀改写，愿在卷首先列赏析要点，以供我广大的读者参考。

（一）当代批判

《儒林外史》（以下简称《外史》）假托明代，其实却是作者身处的清初康雍乾三代。虽被称为盛世，其实名不副实，败坏已然萌生。政治上的斗争（雍正朝满汉大臣结党对立），官吏贪腐（甘肃官吏侵吞粮款，牵连七十人，被戮三十人），贿赂风行（安庆府书办向鲍文卿许贿向府尊说情），赏罚不公（汤奏立功反被连降三级，萧云仙开渠利民反要鬻产赔款），贫富悬殊（盐商一年娶七八个妾，贫农无力葬父迫得自杀，做官的知县一年不下万金，教馆的文士只有十二刅），文字狱钳制，思想不得自由（卢信侯私藏抄本《方舆纪要》，狱案十年，父死家破）。综上所述，再加上社会风气卑劣败坏，现实势利的世风观念，与风俗人情的浇薄互为表里，导致社会风气全面败坏趋下。如此令人恫然的时代实质，实早已种下日后痼毒溃决，终无转机衰世亡国的因素。

（二）科举毒害与礼教杀人

这是作者最为痛恨的意识重点。八股文取士，士人只知揣摩经书，其他一概不知，学识囿限，以至于当上学台的范进竟然不知苏轼是谁，如此固陋何能去任官治理？再说科场选才弊恶多端，如匡超人当枪手替考。而士人的中与不中全凭考官的主观，如篇中的"周进取范进"，那又老又穷的周进一旦当上了考官，立意要留心提拔老贫，及至见到范进立刻眼睛一亮，"这不就是当年的我吗？"所以说当两人初见之时，范进就已经中了，文章好不好并不重要。更不公的是周学道当下"就填了第一名"，可那时众考生的阅卷程序还未开始，谁能保证其他卷中就没有比范进更好的？

鲁迅在《狂人日记》中痛心疾首呐喊反对的"礼教杀人"，在《外史》中发现令人惊心动魄的"王三姑娘之死"。三姑娘夫死无子，立意殉死，禀告老父老秀才王玉辉。这位"腐儒"想到"烈女之父"的令名与"贞洁牌坊"的辉煌，心中暗喜，昧着良心口头赞许。三姑娘生前默默无名，死后轰动全城，大小官员忙着来祭悼。请旌表、立牌坊，设宴来"庆祝一位烈女的产生"，邀请王秀才来赴宴，可能是要他即席发表"如何逼死女儿使能青史留名"的宏论。总算这腐儒不曾出席，《外史》作者以不忍人之心写出了他的悔咎："为什么不要一个活生生的女儿，而要一座冷冰冰的贞节牌坊"，只是女儿已死，醒悟已迟，大错已无可挽回。

儒家学术是为我华族文化的骨干，原本是合理而自然的，只怪在二千余年的递嬗过程中，众多的陋儒、腐儒们曲解经义，浸成为戕贼人性、杀人不见血的凶器。时至当代，那些噩梦虽已过去遥远，但在回顾之时，仍然使我们愤惋难平。为什么会有如此毒害的发生？又为什么任它横行荼毒那么长久？

（三）士人精神的漂泊

诚如乐蘅军教授以"世纪的漂泊者"论《外史》群像（见乐著《古典小说散论》）。士人（读书人）本是社会的中坚，如今在恶劣的世风中不能守正，竟然精神漂泊，行为失格。所谓"士大夫之无耻，是为国耻"，斯诚为著者吴敬梓衷心之大痛。对于士人的不学无品，名士们的虚伪造作，清客们的招摇撞骗，《外史》文本在此着力揭露反讽：抽样如杜慎卿的水仙症（顾影自怜）与大头症（人赞诗赋考试列为首卷，他还要再自抬身价，说是适逢有恙，进场以药物自随）。古道热肠的马二先生原来是个陋儒，游西湖一路吃过去又一路吃回来，湖光山色，自然意蕴全不理会。余大先生在无为州收贿私和人命。小气财神严监生临死还惦念着减芯省油。杨执中的沽名钓誉，权勿用的诈术欺蒙，匡超人的前恭后倨（狂妄自称先儒匡子），等而下之的还有梅玖恬颜无耻的自吹与捧人，牛浦郎的冒名顶替，以及严贡生的排场扮戏，目的只为了耍赖不付船银。

　　如今，既然我辈士人仍然是社会的中坚，阅读《外史》，是否该从这一面"士人之镜"中去照见自己，省思检讨自身，前车之迹宛然在目，今世的我们委实是不能再重蹈的了！

（四）礼、乐治世的理想

　　儒家设计的"礼""乐"治世，简言之："礼"就是"不成文法"，重在养成国人合宜的言行习惯。而"乐以中和"，正也就是陶冶人性的良方。这二者若能普遍实施，效应当是能积极地消弭犯罪于事先，它的自然与理想，当然更胜法治的消极制裁于事后。吴敬梓眷恋儒家的至善社会，礼乐治世。在《外史》中大力宣扬他"知其不可为而为"的复古主张。南京雨花台有明代所建的先贤祠，祀吴泰伯以下五百先贤，年久荒废，友人迟衡山倡议整修为泰伯祠（泰伯，周太王长子，有弟仲雍、季历。季历之子姬昌，就是后来的周文王。泰伯因知太王欲立季历而传姬昌，就偕弟仲雍南奔，断发文身，礼让季历。荆蛮之人钦敬，相从者千余家，

10

立为吴太伯，是为孝悌至德的标准人物），敬梓响应，卖掉安徽全椒的祖产老屋来促成盛事。用意即在启示世人，立身行事，追怀效法先贤，恲（zhì）求纠改现实虚妄的人心风气。可惜的是言者谆谆，听者藐藐，篇中结尾，盖宽崔护重来，当年的贤人名士都已不在，泰伯祠又再度荒芜了。

看起来吴敬梓的理想似是迂阔难行，但由乐理与不成文法的已见成效来看，一定就是可行的根本解决之道，我们殷切希望，现代的法治能与古代的礼乐精神糅合，以期相辅相成，达成完善理想。

（五）艺术价值与版本考订

有清一代的写实小说发展蓬勃，如晚清的《二十年目睹之怪现状》《官场现形记》，但因作者主观的憎恶明显，反使读者们的感染减弱，只能归之于"谴责小说"之流，未若《外史》能以客观、自然的叙事，作者的冷静客观，翻能使得读者们激动难安，收效宏大。

《外史》启示士人必要讲求文（道艺）、行（品德）、出处（出仕隐退应合理合义），特别推崇平民高洁人物（篇首的王冕、篇中的鲍文卿、凤四老爹、篇末的四客），强调"做人"比"做官"重要，学问可贵，适性的生活更可贵。"人格"比"富贵"更重要。《外史》的不朽价值就在于它具备的现代感，它对人生的切剖与人性的透视真实鲜活，人物性行的缺失常就是我们现代人的缺失，它所显示的社会部分就是现代社会的写照，而它所启示的人生理想，正是我们现代人迫切需要的指南针。它，就是这样一本宣告人性尊严、促使人性向善、实现正确理想的好书。

而《外史》流传二百余年，版本多误，不可不慎。如五十六回本末回"幽榜"（篇中人物不分贤愚全部上榜，当是迷恋科举旧梦，陋儒的妄作）。六十回本增列沈琼枝后嫁盐商，僧房借种，破坏了作者特别揄扬巾帼英雄的形象，迷信猥亵，狗尾续貂当是无聊文人的东施效颦。《外史》阅读，由平民人物王冕始至"添四客叙往思来"的韵文出现，首尾结构明晰，原本就已无须加添。

时报出版公司推出《中国历代经典宝库》，笔者应邀改写《外史》，自忖从事文学教育，多年致力于协助学生们认知，强化自我，改写宣扬《外史》意识与我的夙志相合。套书屡经再版，相信它的广度与深度，必能对现代所有读者们，提供启发，引导的助益。

【改写原则】

一、本书根据三民书局 1973 年 6 月初版的《儒林外史》（缪天华校订）改写。

二、将全书三十六万字篇幅中不重要的情节及叙述、描写、对话繁冗处，予以删略，精简浓缩成十五万字左右。

三、取材以不违作者原意，不遗漏重要情节为准。

四、将原本情节跳脱处，重新安排连接，使能贯连，系统明晰。

五、对话及词语，如系当时活用，现代较难了解者，改以现代语法、词汇表现。

六、回目另行设计，以章节方式处理。

七、有关特殊语词（名词、地名、官职等），均在各章篇后加注，或就今古不同处说明，难念字并加注音。

八、各章之后，并加笔者的批评分析，揭示改写之意识重点，俾供读者阅读时参考。

目　录

一、苦尽甘来的周进

（一）薛家集的新学堂

山东省兖（yǎn）州府汶（wèn）上县的一处乡村，叫作薛家集，百十来户人家，都是务农的，村口的一座观音庵，是村里公众集会议事的所在。这一年是明朝宪宗成化末年①的正月初八，集上的人齐来庵里商议闹龙灯的事儿，为首的申祥甫一进来就打和尚的官腔："和尚！你新年新岁，也该把菩萨面前香烛点勤些！阿弥陀佛！受了十方的钱钞，也要享受。"又叫："诸位都来看看，这琉璃灯里，只有一半的油。"指着一个穿得整齐点的老翁说："不论别人，只这一位荀老爹，年三十晚上还送了五十斤油给你，白白都被你炒菜吃了，全不敬佛！"

和尚赔着小心，等他发过威风，过来伺候茶水。大家商议龙灯上庙的事儿，申祥甫道："且住，等我亲家来一同商议。"

正说着，外边走进一个人来，两只红眼圈，一副铁锅脸，几根黄胡子，歪戴着一顶瓦楞帽，身上青布衣服，就如油篓（lǒu）

子一般，手里拿着一根赶驴的鞭子。进门来跟众人拱拱手，一屁股就坐在上席，这人姓夏，是薛家集的总甲②。夏总甲吩咐和尚喂驴，说是议完了事还要去县门口黄老爹家吃年酒。跷起一条腿来，自己用拳头捶腰，一面捶一面说道："俺如今做了这总甲，倒反不如你们务农的快活！想这新年大节，县太爷衙门里，三班六房，哪一位不送帖子来？我怎好不去贺节？每天骑着这个驴，上县下乡，跑得个昏头晕脑，赶得紧又被这瞎眼的畜生在路上打了个前失，把我跌了下来，跌得我腰胯肿疼。"

申祥甫道："新年初三，我备了个豆腐饭邀请亲家，想必是有事没来？"夏总甲道："你还说哩！从新年这七八天来何曾得一个闲？恨不得长出两张嘴来还吃不完。就像今天请我的黄老爹，就是县太爷面前的大红人，他抬举我，我要是不到，岂不惹他见怪？"

申祥甫道："是西班的黄老爹，我听说他从年里头就被老爷差出去办事了，他家又没兄弟儿子，敢问那是谁做主人？"夏总甲道："这你又不知道了，今天的酒，是快班李老爹请的，李家的房子小，所以把筵席摆在黄老爹的大厅上。"

谈到龙灯，夏总甲做主叫大家出份子，硬派荀老爹出了一半，其余各户也都认了捐，事情算是说定了。申祥甫又说："孩子大了，今年要请一个先生，就在这观音庵里做个学堂。"

商议着要去城里请先生，夏总甲道："先生倒是现成的有着一个，就是城里顾老相公家里请的一位，姓周，官名叫作周进，年

22

纪六十多岁，前任老爷取过他的头名，却还不曾中秀才③。顾家请了他三年，去年顾家的小舍人就中了，和咱镇上梅玖一齐中的。那天高中回来，小舍人头戴方巾，身上披着大红绸，骑着县太爷棚子里的马，大吹大打来到家门口，俺衙门的人都拦着敬酒。后来请出周先生来，顾老相公亲自敬酒三杯，把他尊坐首席，点了一本戏，是梁灏（hào）八十岁中状元的故事。顾老相公为这戏心里不太喜欢，落后戏文唱到梁灏的学生却是十七八岁就中了状元，知道是替他儿子发兆，这才高兴了。你们若要请先生，俺去替你们把周先生请来。"众人听了说好。

（二）梅相公讥笑老塾师

周先生到薛家集来，谈妥每年馆金十二贯钱，家长们凑份子请他，就请集上新中的秀才梅玖作陪。周先生来时，头戴一顶旧毡帽，身穿元色绸旧长袍，那右边的袖子和后边坐处都破了，脚上一双旧大红绸鞋，黑瘦面皮，花白胡子，看起来样子真是寒酸得很。介绍之后，知道梅玖是一位秀才，周进谦逊着不肯上坐。梅玖对众人道："你们各位是不知道我们学校规矩的，老友是从来不同小友论年龄长幼入座的；只是今天情形不同，还是周长兄请上。"

原来明朝士大夫，称儒学生员秀才叫作"老友"，称没中秀才的童生是"小友"。童生进了学，哪怕只十几岁，也称为"老友";若是不进学，就是七老八十，也还只称"小友"。

因为是请老师，大家尊周先生首席，梅相公二席。敬酒之后吃菜，周进居然不动，一问才知道他是吃素斋的。梅玖道："我因先生吃斋，倒想起了一个笑话，是一首一字到七的诗。"众人停下筷子听他念诗，他念道：

呆！秀才！吃长斋！胡须满腮。经书不揭开，纸笔自己安排，明年不请我自来！

念完又说："像我们周长兄，如此大才，呆是不呆的了。"又掩着口说："秀才嘛，指日就是。只是那'吃长斋，胡须满腮'倒是一点儿也不错！"说罢，哈哈大笑，众人一齐笑将起来。

周进不好意思，申祥甫打圆场，要罚梅玖的酒。梅玖道："该罚该罚！但这个诗说明了这个秀才，不是说周长兄。而且这吃斋也是好事。先年俺有一个母舅，一口长斋；后来进了学，老师送丁祭④的胙肉来。我外祖母就说：'丁祭肉若是不吃，圣人就要见怪了，大则降灾，小则生病。'我母舅只得就此开了斋。像俺这位周长兄，只到今年秋祭，少不得有胙肉送来，不怕你不开斋哩！"众人说他发的利市好，同斟一杯，向周先生预贺，把周先生脸上羞得红一块、白一块的。

（三）王举人的怪梦

开馆的那天，申祥甫同着众人领了学生来，七长八短的几个孩子，拜见先生，周进上位教书。晚间学生回家去，周进把各家送的见面礼拆开来看：只有荀家是一钱银子，另有八分银子的茶钱；其余也有三分的，也有四分的，也有十来个钱的，加起来还不够付庵里一个月的伙食费，一总包了，交给和尚收着再算。那些孩子，就像蠢牛一般，一时照顾不到，就溜去外边打瓦踢球，每天淘气，周进也只好忍耐着教导。

这一天下着雨，河岸下来了一条船，有个人带着从人走上岸来。周进看那人时，头戴方巾，身穿宝蓝缎袍，脚下粉底皂靴⑤，三绺髭须，约莫三十来岁。走来学堂门口，和尚迎将出来，向周进介绍道："这位王大爷，就是前科新中的王惠老爷，先生陪着，我去端茶。"

周进知道他是个举人，记得看过他中举的文章，奉承着道："老先生的朱卷，是晚生熟读过的，后面两大股文章，尤其精妙。"王举人道："那两股文章不是俺作的。"周进道："老先生又过谦了，却是谁作的呢？"

王举人道："虽不是我作的，却也不是他人作的。那时第一场，初九日，天色将晚，第一篇文章还不曾作完，我自己心里疑惑，平日笔下最快，今天如何迟了？正想不出来，不觉瞌睡，伏在号房⑥打一个盹：只见五个青脸人跳进来，中间一人，手里拿一支大

25

笔，把俺头上点了一点，就跳出去了。随即一个戴纱帽红袍金带的人，揭开帘子进来，把俺拍了一下，说道：'王公请起！'那时俺吓了一跳，通身冷汗，醒转来，拿笔在手，不知不觉就写了出来。可见考场里鬼神是有的，小弟也曾把这话回禀过大主考座师，座师就说弟应该高中第一名。"

正话之间，一个小学生送作业上来，周进叫他放着。王举人道："没关系，你只管批改，俺还有别的事。"周进只得上位批改。王举人吩咐家人把船上食盒拿上来，叫和尚做饭，准备在此住夜。一回头，一眼看见那小学生作业上的名字是"荀玫"，不觉就吃了一惊，咂嘴弄唇的，脸上作出许多怪相来。等周进批完之后，他就问道："刚才这小学生几岁了？"周进道："他才七岁。"

王举人笑道："说起来竟是一场笑话，弟今年正月初一日，梦见看会试榜，弟中在上面是不消说了；那第三名也是汶上人，叫作荀玫。弟正疑惑我县里没有这么一个姓荀的孝廉，谁知竟同着这个小学生的名字，难道我以后会和他同榜中进士不成？"说罢哈哈大笑，又道："可见梦做不得准，况且功名大事，总以文章为主，哪里有什么鬼神？"

周进道："老先生，梦也竟有准的，前日晚生初来，会着集上的梅朋友，他说也是正月初一日，梦见一个大红日头落在他头上，他也就是这年飞黄腾达的。"

王举人道："这话更作不得准了，比如他进个学，就有日头落在他头上，像我这中过举的，不就该连天掉下来是俺顶着的了。"

到了晚上吃饭，王举人的管家捧上酒饭，鸡鱼鸭肉堆满一桌，王举人也不让周进，自己坐着吃了，收下碗去。其后和尚送出周进的饭来——一碟老菜叶，一壶热水——周进也吃了。次日天晴，王举人乘船启行，撒满了一地的鸡骨头、鸭翅膀、鱼刺、瓜子壳，倒教周进昏头昏脑地扫了一早晨。

（四）山穷水尽，峰回路转

此后，薛家集的人都晓得荀家的孩子是县里王举人的进士同年，传为笑话，同学的孩子都把荀玫叫作"荀进士"。各家父兄吃醋，故意向荀老爹恭喜，称他为封翁老爷，把个荀老爹气得有口难言。申祥甫背地里说小话，向众人道："哪里是王举人亲口说的这番话！这就是周先生看到我们这一集上只有荀家有几个钱，捏造出这话来奉承，逢时过节，图他家多送两个盒子。俺前日听说，荀家炒了些面筋豆干送去庵里，又送过几回馒头、火烧，就是这缘故了。"众人因此都不喜欢周进，将就混了一年，连夏总甲也嫌周进呆头呆脑不知道常来送礼道谢，由着众人就把周进给辞退了。

周进失业，在家里生活艰难，他的姐丈金有余是做生意买卖的，约他去作个记账的，混口饭吃。周进心想，"瘫子掉在井里，捞起来也只是坐着。"没奈何也只好答应了。跟着一伙客人到省城，看到工匠们在修理考试的贡院，他想挨进去看看，被看门的用大鞭子打了出来。晚间向姐夫说，金有余只好用了几个小钱，约着一伙客人一同去看。到了大门之下，人家指给他看道："周客人，这就是秀才相公们进来的门了。"进去两边号房门，指着说："这就是'天'字号了，你自己进去看看吧！"

周进一进了号，看到两块号板摆得整整齐齐，不觉眼里一阵酸楚，长叹一声，一头撞在号板之上，直僵僵地不省人事。慌得金有余等同来的人连忙取水来灌救，三四个客人一齐扶着，灌了下去，喉咙里咯咯地响了一声，吐出一口浓痰来。众人道："好了！"扶着站了起来，谁知周进看着号板，又是一头撞将过去，放声大哭。众人拉劝不住，眼见他伏着号板，哭个不停，一号哭过，又哭到二号、三号，满地打滚，直哭得口里吐出鲜血来，看得众人心里凄惨。问这是为什么？

金有余道："列位老客有所不知，我这位舍舅原本不是生意人，因他苦读了几十年的书，连秀才也不曾中得一个，今天看见贡院，就不觉伤心起来！"一句话说中了周进的真心事，又是放声大哭起来。

有一个客人道："论这事，只该怪我们金老客，周相公既是斯文人，为什么带他出来做生意事？"金有余道："也是为了贫穷，没奈何才上了这条路的。"又一个客人道："看令舅这个光景，毕竟胸中才学是好的，只因没有人识得他，所以才受屈到此地步！"

金有余道："他才学是有的，无奈的是时运不济！"那客人道："监生⑦也可以进场，周相公既有才学，何不捐他一个监生？说不定进场就中了！"金有余道："我也是这么想，只是哪里有这一笔银子？"

此时周进停止了号哭，那客人道："这也不难，现放着我们几个兄弟在此，每人拿出几十两银子，借给周相公纳监进场，若是高中了做官，他哪会在乎我们这几两银子？就算是周相公不还，我们跑江湖的，又哪里不破费几两银子？何况这是好事，各位意下如何？"众人一齐道："君子成人之美。"又道："见义不为是无勇，俺们有什么不肯？"

周进道："若得如此，各位就是我的重生父母，我周进变驴变马，也一定要报答各位！"趴到地下，连连向各人磕头道谢。

第二天，四位客人果然准备了二百两银子交与金有余，一切其他的使费，都是金有余包办。替周进办妥了一个贡监首卷。到了进场考试之时，周进看到自己痛哭的所在，不觉喜出望外。自古道："人逢喜事精神爽。"那七篇文字就作得像花团锦簇的一般，出场之后，仍旧和一众客人同住在杂货行里，等到发榜那日，果然高高中了举人。

这一下真是山穷水尽，峰回路转，一齐回到汶上县，拜本县父母官、拜学师。那典史拿晚生帖子上门来贺，汶上县的人，不是亲的，也来认亲，不相与的⑧，也来认相与，足足地忙了个把月。

申祥甫得知消息，在薛家集凑了份子，买了四只鸡、五十个蛋，和一些炒米饭团之类的，亲自到县城里来贺喜，周进留他吃了酒饭去。荀老爹的贺礼是不消说的了。等到上京会试，所有的旅费服装，都是金有余替他筹办。到京会试，一帆风顺，又中了进士。

【注释】

① 明宪宗成化末年：相当于 1478 年。

29

② 总甲：相当于现在的乡、镇长。

③ 科举时代，读书人没考上府县学校的叫童生。童生考上了府县学校的叫作进学，称为生员，或称秀才。

④ 丁祭：每年于仲春及仲秋的上旬丁日（二、四、六等偶数日）祭奠先圣先师。

⑤ 粉底皂靴：白边底的黑靴。

⑥ 号房：明代时称应试诸生的席舍叫号房。试场有数千间小房，按千字文编列数，如：天、地、玄、黄之类。

⑦ 监生：科举的程序是先中秀才，再参加举人考试。自明景宗景泰年开始，设立纳粟入监之例，没中秀才的，也可以捐钱取得监生资格，参加举人考试。

⑧ 相与：相识结交。

【批评分析】（ ）号中数表示是该节，以下各章相同。

（一）申祥甫作威作福的小人嘴脸。夏总甲吹牛漏底，老着脸遮盖。

（二）以梅玖的刻薄、狂妄，衬托周进的穷苦无奈。

（三）以王惠的得意自大与周进的穷酸失意对比。

（四）申祥甫的势利中伤，乡人的浅陋忌妒，夏总甲的贪图小利（嫌周进不知常来送礼道谢）。金有余与众客的义助，是可贵的雪中送炭。峰回路转之后，小人们全都改变，争着来认相与，表现讥讽的、鲜活的世态炎凉。

二、范进的故事

（一）周学道怜悯贫老

上文介绍的周进，中了进士做官，这一年担任广东学道①，他想自己正是这里面苦出头的，这番当权，一定要把卷子都细细看过，不可委屈了真才实学的人。去到广州上任，第三场考的是南海、番禺（pān yú）两县的童生。周学道坐在堂上，看那些童生纷纷进来，也有少的，也有老的；仪表端正的，獐头鼠目的；衣冠齐整的，褴褛破烂的。后来点进一个童生来，面黄肌瘦，花白胡须，头上戴着一顶破毡帽。这时已是十二月上旬，那童生还穿着件麻衣袍，直冻得瑟缩发抖，接了卷子，下去归号。

周学道看在眼里，想起自己以前的坎坷，特别怜悯注意。等到交卷的时候，那穿麻布袍的童生上来交卷，衣服朽烂，在号子里又扯破了几块。周学道看看自己身上，绯袍金带，何等辉煌！翻翻名册，问那童生道："你就是范进？"

范进跪下道："童生就是。"学道问："你今年多大年纪了？"

范进道:"童生册上写的是三十岁,童生实年五十四岁。"学道又问:"你考过多少次了?"范进道:"童生二十岁应考,到今考过二十多次。"学道问:"为何总不进学?"

范进道:"总因童生文字荒谬,所以各位大老爷不曾赏取。"周学道云:"这也未必尽然,你且出去,卷子待本道细看。"范进磕头下去了。

那时天色还早,还没有童生来交卷,周学道把范进的卷子用心用意看了一遍。心里不喜,暗道:"这样的文字,都说的是些什么话!怪不得不进学。"丢过一边不看了。又坐了一会儿,还不见有人来交卷,心想:"何不把范进的卷子再看一遍?如果有一线之明,也好可怜他的苦读之志。"

从头又看了一遍,觉得有点意思;正想要再看看,却有一个童生来交卷,那童生跪下道:"求大老爷面试。"学道微笑道:"你的文章已在这里了,又面试些什么?"那童生道:"童生诗词歌赋都会,求大老爷出头面试。"

学道变了脸道:"当今天子重文章,像你作童生的,只该用心作文章,那些文章以外的杂学,学他作什么?况且本道奉旨到此衡文,难道是来此同你谈杂学的吗?看你这样务名而不务实,那正务自然荒废,都是些粗心浮气的说话,看不得了!左右的,赶了出去!"一声吩咐,两旁过去几个如狼似虎的公人,把那童生又着脯子,一直叉出大门之外。

周学道虽然赶了他出去,却还是把他的卷子取来看看。那童生名叫魏好古，文字也还精通。学道想："把他低低地进了学吧！"取过笔来，在卷尾上点了一点，作个记号。又取过范进的卷子来看，看完之后，不觉叹息道："这样的文字，连我看一两遍也不能了解，直到三遍之后，才晓得是天地间最好的文章，真是一字一珠！可见世上糊涂试官，不知屈煞了多少英才。"连忙取笔细细圈点，卷面上加了三圈，即刻就填了第一名；又把魏好古的卷子取过来，填了第二十名。

发出案来，范进是第一。谒见的那天，周学道着实赞扬了一回。点到二十名，魏好古上去，又勉励了几句："用心举业，莫学杂览。"第二天学道启程返京，范进送出三十里之外，轿前鞠躬。

周学道又叫他到跟前吩咐道："龙头属老成，本道看你的文字，火候到了，就在这科，一定发达。高中之后上京，我在京里等你。"

（二）范进中举

范进的家离城还有四十五里路，连夜回来，拜见母亲。家里住的是草屋，十分贫穷。他的妻子是集上胡屠户的女儿。范进进学回来，母亲妻子，俱各欢喜，正待做饭，只见他丈人胡屠户，手里拿着一副大肠和一瓶酒，走了进来。范进向他作揖，坐下。

胡屠户道："算我倒运，把个女儿嫁与你这现世宝穷鬼，历年以来，也不知连累了我多少，如今不知是我积了什么德，携带你中了个秀才相公，我所以带个酒来贺你。"范进唯唯连声，叫妻子把肠子煮了，烫起酒来，就在门前茅草棚下坐着。母亲自和媳妇在厨下做饭。

胡屠户又教训女婿道："你如今既中了相公，凡事都要立起个体统来，比如我这一行同行的，都是些正经有脸面的人，又是你的长亲，你怎敢在我们跟前装大？若是家门口这些种田的、扒粪的，不过是普通百姓，你若是同他们拱手作揖，平起平坐，这就是坏了学校规矩，连我脸上都无光了。你是个烂忠厚没用的人，所以这些事我不得不教导你，免得惹人笑话。"

范进道："岳父教训的是。"胡屠户唤道："亲家母也来坐下吃饭，老人家每天小菜饭，想也难过。我女儿也来吃些，自从进了你家门，这十几年，不知猪油可曾吃过两三回哩？可怜！可怜！"说罢，婆媳两个都坐着吃饭。胡屠户吃得醉醺醺的，这里母子两个，千恩万谢，屠户横披着衣服，腆（tiǎn）②着肚子去了。

第二天起，范进少不得要拜拜乡邻，魏好古又约了一班同案中的秀才，彼此来往。到了六月，同案的人约范进一齐去参加举人考试。

范进没有旅费，走去跟丈人商量，被胡屠户一口吐沫吐到脸上，骂了个狗血喷头道："莫作你的春秋大梦！只中了一个相公，就癞蛤蟆想吃起天鹅肉来！我听人说，就是中相公时，也不是你的文章，还是宗师看到你老，不过意，施舍与你的！如今痴心就想中起举老爷来，这些中老爷的，都是天上的文曲星③；你不看见城里张府上那些老爷，都有万贯家财，一个个方面大耳。像你这尖嘴猴腮，就该撒泡尿自己照照，不三不四，就想吃天鹅屁！趁早收了这心，明年等我替你找一处塾馆，每年寻几两银子，养活你那老不死的老娘和你老婆是正经！你问我借盘缠，我一天杀一头猪，还赚不得钱把银子，都把与你去丢在水里，叫我一家老小喝西北风？"

一顿杂七杂八，骂得范进不敢吭声，辞了丈人回来，自己心里想："宗师说我火候已到。自古绝无场外的举人，如不进去考他一考，如何能够甘心？"和几个同案的商议，瞒着丈人，到城里去应试。出了场立刻回家，家里已是饿了两三天，被胡屠户知道，又骂了一顿。

到了发榜的那天，家里没米下锅，母亲吩咐范进道："我有一只生蛋的母鸡，你快拿去集上卖了，买几升米来煮餐粥吃。我已是饿得两眼都看不见了！"范进慌忙抱鸡去卖。

去了没多久，只听得一阵锣响，三匹马闯将过来。那三个人下了马，把马拴在茅草棚上，叫道："快请范老爷出来，恭喜高中了！"母亲不知是什么事，吓得躲在屋里；听到是儿子中了，才敢伸出头来，说道："诸位请坐，小儿方才出去了。"那些报录人道："原来是老太太。"大家簇拥着要喜钱。正在热闹，又是几匹马，二报、三报的也到了，挤了一屋的人，连茅草棚地下都坐满了。

邻居都来挤着看，老太太央求一个邻居去寻范进。那邻居飞奔到集上，一直寻到集东头，看见范进抱着鸡，插着个草标，一步一踱的，东张西望，在那里寻人买。邻居道："范相公快些回去！恭喜你中了举人，报喜的人在等着！"

范进以为是哄他，只装着没听见，低着头往前走。邻居见他不理，走上来就要夺他手里的鸡。范进道："你拿我的鸡做什么？你又不买。"邻居道："你中了举人，叫你快回家去打发报录的人。"

范进道："这位高邻，你晓得我今天家里没有米，要卖这只鸡去救命，为什么拿这种话来哄我？请不要开玩笑，你自己回去吧，莫要耽误我卖鸡。"邻居见他不信，劈手把鸡夺了，掼在地下，一把拉了他回来。

报录的见了道："好了！新贵人回来了！"范进三两步走进屋里来，只见报帖已经升挂起来，上面写着："捷报贵府老爷范讳进高中广东乡试第七名亚元④，京报连登黄甲。⑤"

范进不看便罢，看了一遍，又念一遍，两手一拍，笑了一声道："噫！好了！我中了！"说着，往后一跤跌倒，牙关咬紧，不省人事；老太太慌了，忙将几口开水灌了醒来。范进爬将起来，又拍着手大笑道："噫！好了！我中了！"

笑着就往门外飞跑，把报录的和邻居都吓了一跳。范进跑了不多远，一脚踹在泥塘里，挣起来，头发都跌散了，两手黄泥，淋淋漓漓一身的水，众人拉他不住，只见他拍着手笑着，一直向集市去了。

众人大眼望小眼，一齐道："原来新贵人欢喜得疯了！"老太太哭道："怎么这样命苦，中了一个什么举人，就得了疯病，这一疯几时才得好！"娘子胡氏道："早上出去还是好好的，怎的就得了这样的病，这却如何是好？"众邻居劝道："老太太不要心慌，我们如今且派两个人跟定了范老爷，这里大家去家里拿些鸡蛋酒米来，先款待着报录的老爷们，再作商量。"

当下众邻居有拿鸡蛋来的，有拿白酒来的，也有背了斗米来的，也有捉两只鸡来的，娘子哭哭啼啼，在厨下收拾齐了，摆在草棚下。邻居又搬了些桌凳，请报录的坐着吃酒商议。

报录的内中有一个道："在下倒有一个主意，不知能不能行？"众人问："是什么主意？"那人道："范老爷平日可有最怕的人？他只因太欢喜了，痰涌上来，迷了心窍，如今只要他怕的这个人来打他一个嘴巴说：'报录的话都是哄你的，你并没有中。'他吃这一吓，把痰吐了出来，就明白了。"众人都拍手道："这主意好得紧又妙得紧，范老爷最怕的，莫过于他的老丈人，肉案子上的胡老爹。快请胡老爹来！"

当下有一个人飞奔去请，半路上遇着胡屠户，后面跟着个伙计，提着七八斤肉，四五千钱，正赶来贺喜。进门见了老太太，老太太哭着告诉了一番。胡屠户诧异道："难道这样的没福气！"外边一片声请胡老爹说话。胡屠户把肉和钱交给女儿，走了出来，众人把商量好的计划告诉他。

胡屠户作难道："虽然是我的女婿，但如今他作了举老爷，就是天上的星宿；天上的星宿是打不得的。我听说打了天上的星宿，阎王就要抓去打一百铁棍，发在十八层地狱，永不得翻身。我真是不敢做这样的事儿。"

邻居内一个尖酸的人说道："算了吧！胡老爹！你每天杀猪，白刀子进红刀子出，阎王已不知叫判官在簿子上记了你几千条铁棍，就是添上这一百棍，又打什么要紧？说不定你救好了女婿的病，阎王叙功，从地狱里把你提上第十七层来也未可知！"

报录的人也劝，胡屠户没奈何只好作。屠户被众人说着推辞不了，只得连斟两碗酒喝了，壮一壮胆，把小心眼收起，将平日里凶恶样子拿出来，卷一卷那油晃晃的衣袖，去了集市，邻居五六个都跟着走。老太太赶出来叮嘱："亲家，你只能吓他一吓，千万莫把他打伤了！"众邻居道："这个自然，用不着吩咐。"

来到集上，看见范进站在一个庙门口，披散着头发，满脸污泥，鞋子也掉了一只，还在拍着掌，口里叫道："中了！中了！"胡屠户凶神恶煞般走到跟前，骂一声："该死的畜生！你中了什么？"一个耳光打过去，众人忍不住笑。胡屠户虽然大着胆打了一下，心里到底还是怕的，一只手发起抖来，不敢打第二下。

范进被这一耳光打晕了，昏倒在地。众邻居一齐上前，替他抹胸口、捶背心，搞了半天，渐渐喘息过来，眼神明亮，不再疯了。众人扶起，借庙门口一个外科郎中^①姚驼子板凳上坐着。胡屠户站在一边，不觉那只打人的手隐隐地疼将起来。一看手巴掌仰着，再也弯不过来，心里懊恼，想着果然是天上的文曲星打不得的，如今菩萨计较起来了！想着想着越疼得厉害，连忙向郎中讨了个膏药贴着。

范进看着众人，说道："我怎么坐在这里？"又道："我这半天昏昏沉沉，像在梦里一般。"众邻居道："老爷，恭喜高中了，刚才欢喜得引动了痰，现在好了。快请回家去打发报录的人。"范进说道："是了，我也记得是中的第七名。"一面绾了头发，向郎中借了一盆水来洗脸。一个邻居早把那一只鞋寻了来替他穿上。

范进看到丈人，老习惯还是怕他又要来骂。胡屠户上前道："贤婿老爷！刚才不是我敢大胆，是老太太的主意。"邻居有一个人道："胡老爹刚才这个嘴巴打得亲切，范老爷洗脸，怕不要洗下半盆子猪油来！"又有一个道："胡老爹，你这手，明天杀不得猪了。"

胡屠户道："我哪里还会杀猪！有了我这位贤婿老爷，还怕后半世靠不着吗！我常说我的这个贤婿，才学又高，品貌又好，就是城里头那张府周府的老爷们，也没有女婿这样体面的相貌。你们不知道，得罪你们说，我小老儿这一双眼睛，却是认得人的！想着以前我小女在家里，长到三十多岁，多少有钱的富户要和我结亲，我自己觉得女儿像有些福气的，毕竟要嫁与个老爷，今天果然不错！"说罢，哈哈大笑，众人都笑将起来。

回家时范举人先走，胡屠户和邻居跟在后面，屠户见女婿衣裳后襟滚皱了许多，一路上低着头替他扯了几十回。到了家门，屠户高声叫道："老爷回府了！"老太太迎出来，看到儿子不疯了，喜从天降，问报录的，已是家里用屠户送来的几千钱打发他们去了。范进拜了母亲，也拜谢丈人，胡屠户再三不安道："一点点钱，还不够你赏人的哩！"

（三）名与利一"举"齐来

范进又谢了邻居，正待坐下，忽见一个体面的管家，手里拿着大红全帖，飞跑着进来道："张老爷来拜新中的范老爷。"话一说完，轿子已到门口。胡屠户连忙躲进女儿房里，不敢出来。邻居也各自散了。范进迎了出去，只见那张乡绅下轿进来，头戴纱帽，身穿葵花色员领⑦，金带皂靴。他就是举人出身，做过一任知县的张师陆，别号叫作静斋。范进让了进来，堂屋里平磕了头，分宾主坐下。

张乡绅先道："世先生同在本乡，一向有失亲近。"范进道："晚生久仰老先生，只是无缘，不曾拜会。"

张乡绅提起范进中举的房师，高要县的汤知县，就是张静斋祖父的门生，两人正是亲切的世弟兄。眼睛四面望了一望，说道："世先生果是清贫。"就随从手里拿过一封银子来，说道："小弟却也无以为敬，谨具贺仪五十两，世先生权且收着，这华居其实住不得，将来宾客来往，很不方便。弟有空房一所，就在东门大街上，三进三间，虽不轩敞，也还干净，就送给世先生，搬去那里住，早晚也好请教。"

范进再三推辞，张乡绅急了道："你我世弟兄，就如至亲骨肉一般，若再推辞，那就是见外了。"范进这才把银子收下，作揖谢了，又说了一会儿，打躬作别。

胡屠户直等客人上了轿，才敢走出堂屋来。范进把银子交给妻子打开，一封封雪白的细丝锭子，包了两锭递给胡屠户道："方才费老爹的心，拿了五千钱来，这六两多银子，老爹拿了去。"

屠户把银子握在手里，紧紧地把拳头舒过来道："这个，你且收着，我原是贺你的，怎好又拿回去？"范进道："眼见得我这里还有这几两银子，若用完了，再来向爹讨来用。"

屠户连忙把拳头缩了回去，把银子往腰里揣，口里说道："也

40

罢，你如今结识了这个张老爷，以后何愁没有银子用。他家的银子，比皇帝家还多些，他家就是我卖肉的主顾，一年就是无事，肉也要用四五千斤。"又转回头来望着女儿说道："我早上拿了钱来，你那该死的兄弟还不肯。我说：'姑老爷今非昔比，少不得有人把银子送上门去给他用，这些钱送去，只怕姑老爷还不稀罕哩。'如今果然被我说准了，我拿了银子回家去，骂这死砍头短命的奴才！"说了一会，千恩万谢，低着头笑眯眯地去了。

此后果然就有许多人来奉承范进，有送田产的，有送店房的，还有破落户，两口子来投身为仆，图荫庇的。不过两三个月，范进家奴仆、丫鬟都有了，钱米更是不消说。张乡绅来催着搬家。搬进新房，唱戏、摆酒、请客，一连忙了三天。

（四）乡绅新贵合作打秋风

到第四天，老太太起来吃过点心，走到第三进房子里，看到范进的娘子胡氏，家常戴着银丝发髻。十月中旬，天气还暖，她穿着天青缎套，官绿缎裙，正督率着家人、媳妇、丫鬟，洗碗盏杯箸。老太太看了，说道："你们嫂嫂姑娘们要仔细些，这都是别人家的东西，不要弄坏了。"

家人、媳妇道："老太太，哪里是别人的，都是您老人家的。"老太太笑道："我家怎的有这些东西？"

丫鬟和媳妇一齐都说道："怎么不是？不但这些东西是，就连我们这些人和这房子都是您老太太家的。"老太太听了，把细瓷碗盏和银镶的杯盘，逐件看了一遍，哈哈大笑道："这都是我的了！"大笑一声，往后跌倒，痰涌上来，不省人事。

慌得范府连忙延医诊治，一连请了几个医生，都说病已不治，挨到黄昏，老太太奄奄一息，归天去了。

范家大办丧事，大门上挂了白布球、新贴的厅联，都用白纸糊了。满城缙绅，都来吊唁。范进请了同案的魏好古，穿着衣巾，在前厅陪客。胡老爹上不了台盘⑧，只好在厨房里，或是女儿房里，帮着量白布、秤肉、乱窜。

等到二七过了，范举人念旧，拿了几两银子，交与胡屠户，托他仍去集上庵里，请平日熟悉的和尚作头，约大寺八众僧人来念经，拜《梁皇忏》，放焰火，追荐老太太。

屠户拿着银子来集上庵里的滕和尚家，恰好大寺里的僧官慧敏也在。这僧官因为有田就在左近，所以常来这庵里，见面就说："老爹这几天一定都在女婿家忙着，没见来集上做生意。"

胡屠户道："可不是嘛！自从亲家母不幸去世，满城乡绅，哪一个不来，就是我主顾张老爷、周老爷也在招呼着，大长日子，坐着无聊，只拉着我说闲话，陪着喝酒吃饭。见了客来，又要打躬作揖，累得不得了。我是个闲散惯了的人，不耐烦做这些事，想要躲着些，我小婿倒是不会见怪，只怕缙绅老爷们误会了，会怪我这至亲的不会帮忙。"说着就把要请僧人做斋的事说了，和尚听了，屁滚尿流，连忙转托僧官就去约众准备。

僧官进城，遇到他的佃户何美之，约去家里款待，何美之夫妇两个作陪。僧官热了，脱了件衣服，敞开怀，凸出肚子，黑津津的一头一脸肥油。三个人正吃得高兴，不想被一群光棍探知，冲了进来说道："好快活，和尚妇人，大青天白日里调情！好一个僧官老爷，知法犯法！"不由分说，拿条草绳，把精赤条条的和尚同妇人一齐捆了，送去南海县，等候知县出堂报状。

和尚悄悄叫人送信给范府，范举人因母亲做佛事，和尚被人拴了，忍耐不得，立刻拿帖子向知县说了。知县差班头把和尚放了，女人交给丈夫领回家去。一班光棍扣着待审，光棍们慌了，求张乡绅拿帖子到知县处说情，知县也准了，早堂时骂了几句，一齐赶了出去。和尚和光棍们全都倒霉，在衙门口用了几十两银子。

范府做佛事的时候，僧官跟一个和尚说张乡绅的劣迹："想起我前日里的一番是非，哪里是什么光棍，就是他的佃户，商议定了，做鬼做神来捉弄我。也不过是要费掉我几两银子，好逼我把屋后一块田卖与他。坏心害人反害自身，落得县里太爷要打他的庄户，这才慌了老着脸拿帖子去说情，惹得县太爷不喜欢。"又说张乡绅没脊骨的事好多，硬替外甥女做主许给魏好古，其实魏好古文章不通，前日里替范府作荐亡疏，僧官拿给人看，说是一篇疏里就写别三个字。

七七之期已过，张静斋来问候，谈起范母安葬，范进坦陈费用不敷。张静斋说道："守孝自是正理，但世先生为安葬大事，也要到外边去设法使用，不必拘泥。现今高中之后，还不曾到贵老师处问候，高要地方肥美，或可秋风^⑨一二，弟意也要去候敝世叔，何不同行，一路舟车费用由弟措办，不须世先生费心。"

范举人道："极承老先生厚爱，但不知大礼上能不能行？"张静斋道："就是礼，也有权宜，想来没什么行不得的。"

乡绅举人，结伴同去高要县汤知县处打秋风。进了高要城，正巧知县下乡去了，两位只得在一处关帝庙里坐下。正坐着吃茶，外面走进一个人来，方巾阔服，粉底皂靴，蜜蜂眼，高鼻梁，络腮胡子，主动来问哪一位是张老先生？哪一位是范老先生？两人各自道了姓名，那人道："贱姓严，舍下就在附近，去年宗师案临，侥幸列为岁荐升为贡生^⑩，与我本县汤太爷是极好的相与。二位老先生，想必都是年家故旧？"二位各说了年谊师生，严贡生不胜钦敬，连忙吩咐家人，酒食招待，请二位先生上席，斟酒奉过来，说道："本该请二位老先生降临寒舍，一来蜗居恐怕不尊，二来就要进衙门的，要避嫌疑。就此备些粗碟，休嫌轻慢。"

张、范两位恐怕脸红，不敢多用，吃了半杯酒放下。严贡生道："汤父母为人廉静慈祥，真是本县一县之福。"张静斋道："敝世叔也还有些善政吗？"

严贡生道："老先生，人生万事都是个缘法，真个勉强不来的！汤父母到任的那天，全县缙绅搭了个彩棚在十里牌迎接，小弟站在彩棚门口，等着锣、旗、伞、扇、吹鼓手、衙役，一队队都过去了。轿子将到，远远望见汤父母两朵高眉毛，一个大鼻梁，方面大耳，我心里就晓得这是一位慈祥君子。却又奇怪，几十个人在那里迎接，汤父母轿子里的两只眼睛只看着小弟一个人。那时有个朋友，同小弟并站着，他把眼睛望一望汤父母，又把眼望望小弟，悄悄问我是否先前认得这位父母官，小弟从实说以前不识。他就痴心，只以为汤父母看的是他，连忙抢上几步，意思要汤父母问他什么。想不到汤父母下了轿，同众人打躬，倒把眼望了别处，这才晓得刚刚不是看他，把他羞得不得了。第二天，小弟到衙门谒见，汤父母诸事忙作一团，却连忙搁下诸事，叫请小弟进去谈，换了两遍茶，就像相交过几十年的一般。"

张乡绅道："总是因为你先生为人有品望，所以敝世叔相敬。近来想必还是时时请教？"

严贡生道："后来倒也不常进衙门去。实不相瞒，小弟为人率真，在乡里间从不占人一点便宜，所以蒙历来的县太爷相爱。汤父母虽是不大喜欢会客，却也凡事心照。就如前月县考，把二小儿取在第十名，叫了进去，细细问他，着实关切。"

范举人道："我这老师看文章是法眼，既然赏鉴令郎，一定就是英才。可贺！"严贡生道："岂敢！岂敢！"又道："我们这高要县是广东出名的县，一年之中，钱粮、耗羡①、花布、牛、驿、渔船、田房税，不下万金。"又用手在桌上画着，低声说道："像汤父母这个做法，不过八千金。前任潘父母做的时候，实有万金。他还有些枝叶，还用得着我们几个要紧的人。"

说着，恐怕被人听见，把头扭转来望向门外，一个蓬头赤足的小厮，走了进来，望着他道："老爷！家里请你回去。"严贡生道:"回去做什么？"小厮道:"早上关的那头猪,那人来讨了,在家里吵着哩。"

严贡生道:"他要猪,拿钱来。"小厮道:"他说猪是他的。"严贡生道:"我知道了,你先去吧,我就来。"小厮又不肯去。

张、范二位道:"既然府上有事,老先生就请回吧。"严贡生道:"二位老先生有所不知,这头猪原是舍下的……"

话未说完,听得一声锣响,知县回衙。张、范两位整一整衣帽,叫管家拿了帖子,向严贡生谢了,来到宅门,投帖进去。知县汤奉接了帖子,一个写"世侄张师陆",一个写"门生范进"。

汤知县心里沉吟道:"张世兄屡次来打秋风,甚是可厌。但这回同着我新中的门生来见,不便拒绝。"吩咐快请。

(五)清官禁屠闹出人命

汤知县见着范进,才知他母亲去世,正在遵制丁忧。汤知县连忙换了孝服,后堂备宴,席上用的都是银镶杯箸。范进退前缩后地不举杯箸,知县不知是为何。张静斋笑道:"世先生因为亲丧守制,想是不用这个杯箸。"

知县忙教换了一个瓷杯,一双象牙筷来,范进还是不肯举动,再换了双白竹筷来,这才举箸。知县疑惑他居丧如此尽礼,如果不用荤酒,这一桌的菜可不是全都不能用?看他举起筷子,在燕窝碗里拣了一个大虾圆子,送到嘴里,这才放下心来。

席上谈起奉旨禁宰耕牛，高要县的回民向知县行贿，汤知县向张静斋请教，说道："张世兄，你是作过官的，这件事正该和你商量。方才有几个回教教亲，送了我五十斤牛肉，请出一位老师父来求我，说若是禁得太严，他们就没有饭吃，求我略宽松一些。这叫着瞒上不瞒下，五十斤牛肉，你看我是受不受得？"

张静斋道："老世叔，这是断断使不得的了。你我作官的人，只知有皇上，哪知有教亲？想起洪武年间，刘老先生……"

汤知县道："哪个刘老先生？"静斋道："就是刘基，他是洪武三年开科的进士，'天下有道'三句中的第五名。"范进插口道："想是第三名。"

静斋道："是第五名，那墨卷是弟读过的。后来入了翰林⑫，洪武帝私行到他家，就如宋太祖雪夜访赵普一般，恰好江南张王送了他一坛小菜，当面打开一看，都是些瓜子金。洪武圣上恼了，说道：'莫以为天下事都靠着你们书生。'到第二天，把刘先生贬为青田县知县，又用毒药摆布死了。这个如何了得！"

知县见他说得口若悬河，又是本朝确切的典故，不由得不信。请问如何处置？张静斋道："依小侄愚见，世叔就可在这件事上出个大名，明日将那老师父拿进，打他几十个板子，取一面大枷锁了，把牛肉堆在枷上，出一张告示在旁，申明他大胆行贿。上司访知，知道世叔一丝不苟，升迁就在不远。"

汤知县不该信了张静斋的主意，第二天将回教大师父重责三十板，一面大枷锁了，五十斤牛肉堆在枷上，县前示众。天气炎热，枷到第二天，牛肉生蛆，第三天大师父呜呼死了。

回民心里不服，一时聚众数百，鸣锣罢市，闹到县衙门前来，说道："我们就是不该送牛肉来，也不该有死罪，这都是南海县的光棍张师陆出的主意，我们闹进衙去，揪他出来一顿打死……"将县衙门围得水泄不通，知县大惊，细查才知是衙里的下人透露风声。

知县与心腹衙役商议，幸得县衙后门紧靠北城，先由几个衙役溜出城外，乘夜用绳将张、范两位缒（zhuì）出城去，换穿蓝布衣服，草帽草鞋，寻一条小路，忙忙如丧家之狗，急急如漏网之鱼，连夜回去。一面由学师典史出来安民，说了许多好话，回民这才散去。

（六）苏轼不查荀玫

范进守丧服满，上京应试，拜见老师周进，那时的周进已晋升做了国子监司业⑬。师生相见，周司业特别念旧，对范举人十分亲切。会试之后，范进果然中了进士。授职部属，考选御史，几年之后，钦点担任山东学道。令下之日，范学道就来叩见周司业，周司业道："山东虽是我的故乡，我却也没有什么事情烦劳你，只是心里还记得训蒙的时候，乡下有个学生，叫作荀玫，那时才得七岁，这又过了十多年，想也长成人了。他是个务农的人家，不知可读得成书？若是还在应考，贤契留意看看，果有一线之明，酌情拔取了他，也了我一番心愿。"

范进听了，专记在心。去往山东到任，考事行了大半年，才按临兖州府，竟把这件事忘了，直到要发榜的头一晚才想起来，自责道："你看我办的是什么事！老师托了我汶上县的荀玫，我怎么并不照应？大意极了！"慌忙先在生员等第卷子里一查，全然没有；随即在各幕客房里把童生落卷取来，对着名字、座号，一个个细查，查遍了六百多卷子，并不见有荀玫的。学道心里烦闷道："难道他不曾来考？"又担心着："若是有在里面，我查不到，将来怎样去见老师？还是要再细查，就是明天不发榜也罢。"

一众幕宾，也为这件事疑猜不定，内中有一个少年幕客蘧景玉说道："老先生这件事倒合了一件故事：数年前，有一位老先生点了四川学差，在何景明⑩先生家里吃酒。景明先生醉后大声道：'四川如苏轼的文章，是该考六等的了。'这位老先生记在心里，其后三年学差回来，再会何老先生时说：'学生在四川三年，到处细查，并不见苏轼来考，想必是临场规避了。'"

说罢，将袖子掩了口笑，范学道是个老实人，也不懂他说的是笑话，只是愁着眉道："苏轼既然文章不好，查不着也罢了。这荀玫是我老师要提拔的人，查不着，不好意思的。"

一个年老的幕客牛布衣道："是汶上县？何不在已取中入学的十几卷里查一查？"学道道："有理，有理。"忙把已取的卷子来对，头一卷就是荀玫。学道看了，不觉喜逐颜开，一天的愁都没有了。

第二天发案，先是生员：一等、二等、三等，都发落过了，传进四等的来。汶上县学四等第一名上来的是梅玖，学道责他文章荒谬，吩咐左右，将他扯上凳去，照例责罚。梅玖急了，哀告道："大老爷，看生员的先生面上开恩吧！"学道问："你先生是哪一个？"梅玖答是现任国子监司业的周进。

范学道云："你原来是我周老师的门生，也罢，姑且免打。"门斗放他下来跪着，学道责备他有污周老师的门墙，把他赶了出去。

传进新中秀才，头一名点着荀玫，人丛里一个清秀少年上来接卷。学道问："你和方才这梅玖是同门吗？"

荀玫不懂，答不出话来。学道又问："你可是周进老师的门生？"荀玫道："这是童生开蒙的师父。"学道道："是了，本道也在周老门下。出京之时，老师吩咐来查你卷子，不想你已经取在第一。如你这少年才俊，不枉了老师的一番栽培，此后用心读书，颇可上进。"荀玫跪下谢了。

荀玫被鼓吹送出门来，遇着梅玖还站在辕门外，荀玫忍不住问道："梅先生，你几时从过我们周先生读书的？"

梅玖道："你后生家哪里知道，想着我跟先生求学时，你还不曾出世。先生那时在城里教书，后来下乡来，你们上学时，我已是进过的了，所以你不晓得。先生是最喜欢我的，说是我的文章有才气，就是有些不合规矩。方才范学台批我的卷子也是这话，可见会看文章的都是一样的。你可知道，学台为何不把我放在三等中间，就是因为不得发落，不能见面，所以才特地把我考在这名次，以便当堂发落，说出周先生的话来，明明地卖个人情。所以会把你进个案首，也是为此。俺们作文章的人，凡事都要看出人的细心，不可以忽略过了。"

此时荀老爹已经去世，申祥甫也老了，拄着拐杖来替荀玫贺学，集上众人在观音庵里摆酒，和尚指着庵里供着周大老爷的长生牌，上面写着："赐进士出身，广东提学御史，今升国子监司业周大老爷长生禄位。"左边一行小字写着："公讳进，字篑轩，邑人。"右边一行小字："薛家集里人，观音庵僧人同供奉。"

两人恭恭敬敬，同拜了几拜，又同和尚走到后边屋里周先生当年设帐的所在来看，堂屋中间墙上，还是周先生写的对联，红纸都久已贴白了，上面十个字是："正身以俟时，守己而律物。"梅玖指向和尚道："这是周大老爷的亲笔，你不该贴在这里，快拿些水喷了，揭下来裱一裱，收着才是。"和尚诺诺连声，急忙去办。

【注释】

① 学道：各省主持教育、考试的官。

② 腆：挺出。

③ 文曲星：主管文章盛衰的星宿。也叫文星。

④ 亚元：时称乡试第一名为"解元"、第二名为"亚元"。惯例填榜时先从第六名起，前五名最后倒填。报录人称第七名为"亚元"，出于谄媚，也因为是填榜时的第二名。

⑤ 连登黄甲：中进士的榜用黄纸写，叫作黄榜。进士为甲科。这是报录人预贺中举的人连中进士的吉利话。

⑥ 郎中：大夫、医生。

⑦ 员领：圆领子的长袍。员，通"圆"。

⑧ 上不得台盘：不懂礼节，不能在席面上应酬。

⑨ 秋风：抽丰、乞助于有余者，一般所谓的敲竹杠。

⑩ 贡生：科举时代，选府州县学生员学行俱优的，升入太学，叫作贡生。

⑪ 耗羡：旧时代政府征收漕粮，为防漕运耗损，在正额之外加收若干，叫作耗羡。

⑫ 翰林：文学侍从之官。唐代设学士院，选文学之士为翰林学士，专掌制诰。明代改称学士院为翰林院，掌秘书著作。清代凡进士朝考得庶吉士者，都称为翰林，是为科举最清贵的途径。

⑬ 国子监司业：相当于现在公立大学校长。

⑭ 何景明：明代文学前七子中的领导人物，提倡拟古，主张文崇秦汉，诗必盛唐。

【批评分析】

（一）周学道推己及人，同情贫老，这是好的。但他主考不公平，卷子还未收齐即看，就先把范进取作了第一名。同时他排斥诗词歌赋，以为是不必学的"杂学"，正代表着他的浅陋固执。此外从范进实际年岁与填报的不符，可看出当时科举不实的缺漏。

（二）胡屠户前倨后恭的小人丑态，刻画入微。

（三）张静斋的施惠于范进，是为了日后的利用合作。乡人们的趋炎附势，充分说明中举前后的大不同，名利所在，难怪士人醉心于此。

（四）胡屠户的吹牛自夸，是为掩饰自卑的人性。张静斋谋夺僧官田产，设下圈套害人，一副土豪劣绅嘴脸。举人魏好古的文章不通，且有别字，又是科举不公。严贡生夸张与官府结交，显示人格卑劣；明白指出官府贪污，一年不下万金，他自己就是前任潘知县收贿弄钱的爪牙。以此与第一章周进教读的收入（一年馆金十二贯）相比，真有天壤之别，难怪贫士们争着要中举做官，原因在此。

（五）范进的虚伪做作，居丧不用银器象牙筷，却能吃虾圆子。张静斋的不学：举说刘基是洪武（明太祖年号）三年的进士，事实上刘基是元代至顺年间的进士；所举洪武私访刘基被贬一节，并无此事，全是张静斋胡诌的，而范进、汤知县两个也一样的浅陋，居然相信。汤知县热衷功名，误用张静斋的建议，故意表现廉洁，草菅人命，几乎酿成民变。足见当时官绅勾结为虎作伥之可恶。

（六）范进主持考试不公：若不是荀玫已取在第一，少不得他也会卖人情取中。更可笑的是他连苏轼是谁都不知道，显示旧时科举，士人只读四书五经，做八股文，其他一概不知，浅陋的缺失极为严重。八股文害人，使得士人"出则为贪官污吏，退则为土豪劣绅"，这一点正是作者吴敬梓最为痛心、在书中极力反对的意识重点所在。梅玖一段与第一章呼应，以前奚落周进，如今竟冒称是周进的门生而求情免打，还说是范学台故意安排的当面发落，真是厚颜无耻。结尾又写和尚的势利，以前的穷酸塾师，如今居然被供起长生牌位来了。

三、兄弟两人大不同

（一）严贡生横行乡里

上文提到过的严贡生，本名严大位，字致中。自和张、范两位作别之后，一连冒出两宗与他有关的案子：一件是严贡生的紧邻王小二，去年三月，严家的一头小猪走到他家，他慌忙送回严家。严家说猪到人家寻回最不吉利，就以八钱银子卖与王家。这头猪在王家养到一百多斤，不想又错走到严家去，严家把猪关了。王小二的哥哥王大吉到严家讨猪，严贡生说猪本是他的，要讨猪就得照时值估价，拿几两银子来领回去。当时发生争吵，严贡生的几个儿子一齐动手，拿门闩、面杖把王大吉打了个臭死，腿都打折了。

另一件是个五六十岁的老者黄梦统，去年九月上县来交钱粮，一时短少，央请中人向严贡生借二十两银子，言明每月三分利，写立借约送在严府，还不曾拿钱。后黄梦统在亲眷那里借到了银子，缴完钱粮。大半年后才想起此事，向严府取回借约，严贡生说当时若是立即取回借约，他就好把银子借与别人生利。因为不曾取约，他那二十两银子不能动，误了大半年利钱，该由黄梦统出。黄梦统请中人说情，情愿买个蹄酒上门取约，严贡生不肯，扣留了黄梦统的毛驴、米袋，又不还借约。

两件事告到县里，知县汤奉说道："一个作贡生的，忝列衣冠，不在乡间做些好事，只管如此骗人，实在可恶。"批准了两张状子，早有人把知县的话通知严贡生，严贡生慌了，三十六计走为上策，脚底抹油一溜烟溜去省城。县里来找被告，严贡生已不在家，只得去找严二老官。这位二老官叫严大育，字致和，和严致中是同胞兄弟，却已分了家。这严致和是个监生，家私富足，他是个有钱而胆小怕事的人，连忙留差人吃了酒饭，拿两千钱打发了去，叫小厮赶紧请两位舅爷来商议。

他的两位妻舅姓王，一个叫王德，一个王仁，都是秀才。请到家来，王仁笑道："你令兄平日常说同汤知县是相识要好的，怎的这一点事就吓走了！"严监生说哥哥一溜，差人只找着他要人，十分无奈。王仁以此事既与严监生无关，大可不必管它。王德却说："衙门里的差人，只因妹丈有钱，他们做事，只拣有头发的抓①，若说不管，他们就更加紧要人了。如今只有使用釜底抽薪的办法。"

二人商量，要去寻着王小二、黄梦统，把猪还与王家，出钱为王大吉养伤，还给黄家借约等物。严监生道："两位老舅说的是，只是我那家嫂也是个糊涂人，几个舍侄，就像生狼一般，一总不听教训，他们怎肯把猪和借约拿出来？"王德又出主意，教严监生花钱消灾，另由王德、王仁立个文书给黄梦统，言明借约作废无效。当下商议定了，一切办得停妥，严二老官揽下了这两件不相干的事，连同衙门使费，共用去了十几两银子。

这天严监生备酒致谢两位舅爷，王仁谈起严贡生并无才学，一个秀才不知是怎样得来的。王德道："这是三十年前的话，那时宗师都是御史出来，本是个吏员出身，知道什么文章？"谈起亲戚之间，一年之中，总得彼此来往应酬几次，而严贡生除了前年出贡竖旗杆，在他家扰过一席之外，从来不曾见他请过一次客。又谈到严贡生出贡，拉着人出贺礼，把总甲地方都派了份子，县里的狗腿差更是不消说，弄了不少钱。还欠下厨子钱，屠户肉案子上钱，至今不肯还，时常有人上门讨欠，吵吵闹闹，不成体统。

严监生道："便是我也不好说。不瞒二老舅，像我家还有几亩薄田，夫妻四口度日，猪肉也舍不得买一斤，每当小儿子要吃时，在熟切店里买四个钱的哄他就是了。家兄寸土也无，人口又多，过不得三天，肉一买就是五斤，还要白煮得稀烂。上一顿吃完，下一顿又要在门口赊鱼，当初分家，都是一样多的田地，白白都吃穷了。如今常端了家里的花梨椅子，悄悄开后门去换肉包子来吃，你说这事如何是好！"两位舅爷听了，哈哈大笑。

（二）二娘扶正大娘死

严监生的夫人王氏没生儿子，姨太太赵氏倒生下了一个小儿子，年方三岁。王氏身体不好，病得沉重。赵氏殷勤侍奉汤药，夜晚抱着孩子在床脚头坐着哭。那一夜说甘愿求菩萨收了她去，只求保佑大娘好了便罢。王氏说人的寿数有定，谁也不能替谁。赵氏说出内心的疑惧，害怕王氏一死，严监生另娶正室，晚娘会虐待妾生的儿子。

有一晚赵氏出去了一会儿，不见进来，王氏问丫鬟道："赵家的哪里去了？"丫鬟道："新娘每夜摆个香桌在天井里，哭求天地保佑奶奶！"王氏听了，心里感动，就主张自己若是死了，叫丈夫把赵氏扶正，做个填房。赵氏连忙把严监生请了进来，严监生又要请两位舅爷来，说定此事，才好有个凭据。

第二天请来两位舅爷，严监生把妻子的意思说了，来到王氏床前，王氏已是不能言语，把手指着孩子，点了一点头。两位舅爷木丧着脸，都不说话。严监生拿出两封银子来，每位一百两，递与两位老舅道："休嫌轻意。"二位双手来接，这才开始哭出声来，眼皮红红地出主意。

王仁道："舍妹真是女中丈夫，可说是王门有幸。扶正的主意，恐怕老妹丈胸中也没有这样的道理，还要恍恍惚惚，疑惑不清，枉为男子。"

王德道："你不知道，你这一位如夫人，关系你家三代。舍妹殁了，你若另娶一人，磨害死了我外甥，不但老伯伯母在天不安，就是先父母也不安了。"

王仁拍着桌子道："我们念书的人，全在纲常上作功夫；就是作文章，代孔子说话，也不过是这个理。你若不依，我们就不上门了。"

严监生还是胆小，说道："恐怕寒族多话。"两位道："有我两人做主。但这事须要大做，妹丈，你再出几两银子，明日只当我两人出的，备十几席，将三党亲戚都请来，趁舍妹眼见你两口子同拜天地祖宗，立为正室，以后谁人再敢放屁？"严监生又拿出五十两银子来交与，两位喜形于色去了。

吉日那天，亲眷都到齐了，只有隔壁严大爷家的五个亲侄子一个也不到。先到王氏床前立下王氏的遗嘱，两位舅爷都画了字。严监生与赵氏穿戴起来，拜天地、拜祖宗，两位舅爷、舅奶奶与一对新人平磕了头，管家、家人媳妇、丫鬟使女，几十个人都上来向主人主母磕头。赵氏进房拜王氏姐姐，王氏已是昏了过去。行礼已毕，摆开二十多桌酒席，吃到三更时分，奶妈出来报告："奶奶断气了！"严监生哭着进去，只见赵氏扶着床沿，一头撞昏过去。众人连忙救醒，兀自披头散发，满地打滚，哭得天昏地暗，乱成一团。两个舅奶奶在房里，乘着人乱，将一些衣服、金珠、首饰，一掳精空，连赵氏婚礼时戴的赤金冠子，滚在地下，也被舅奶奶拾了起来，藏在怀里。

（三）严监生省油用一茎

严监生料理喜事、丧事，闹了半年。怀念亡妻，十分感伤，这天指着一张橱柜，向赵氏说道："昨天当铺里送来三百两利钱，是你王氏姐姐的私房，每年一送来我就交与她，今年又送这银子来，可怜就没人接了！"

赵氏谈起王氏生前乐善好施，而自奉却是十分俭朴，说着说着，一只猫跳来严监生腿前，严监生一脚踢去，那猫跑到房里床头，只听得一声大响，床头上掉下来一件东西来，把地板上的酒坛子都打碎了。看时竟是猫把床顶上的板子跳塌了一块，从上面掉下一个大篾篓子来，篓子里一些黑枣滚出，露出一封封桑皮纸包，打开看时，竟是五百两银子。严监生叹道："我说她的银子哪肯就用完了？像这都是历年积聚的，怕我有急事，好拿出来用。如今物是人非，她往哪里去了！"

自此之后，严监生感伤成疾，还撑着每晚算账，又舍不得银子吃人参进补。两位舅爷要去省城参加乡试，前来辞行。严监生病在床上不能起床，叫赵氏拿出几封银子来送与舅爷，指着赵氏说："这倒是她的意思，说姐姐留下来的一点东西，送与二位老舅，做恭喜的盘费。我这病势沉重，将来二位回府，不知还能不能见面？我死之后，二位老舅照顾你外甥长大，教他读书进学，免得像我这一生受大房里的气。"

两位舅爷走后，严监生的病一日重似一日，亲眷都来问候，五个侄子，穿梭地过来。中秋以后，医家都不再下药了。这一晚已近弥留，挤了一屋的人，桌上点着一盏灯。严监生已是不能说话，喉咙里痰响得一进一出，总不得断气，还把手从被单里拿出来，伸着两个指头。

大侄子上前问道："二叔！你莫不是还有两个亲人不曾见

面？"他就把头摇了两三摇。二侄子走上前来问道："二叔！莫不是还有两笔银子在哪里，不曾吩咐明白？"他把两眼睁得溜圆，把头又狠狠地摇了几摇，越发指得紧了。

奶妈抱着哥子插口道："老爷想是因两位舅爷不在跟前，所以纪念？"他听了这话，把眼闭着摇头，那手只是指着不动。赵氏慌忙揩揩眼泪，走近上前道："爷！只有我能知道你的心事。你是为那灯盏里点的是两茎灯草，不放心，恐怕费了油，我如今挑掉一茎就是了。"说罢，忙走去挑掉一茎。众人看严监生时，点一点头，把手垂下，登时就断了气。

（四）二相公迎亲

严府丧事，过了头七，两位舅爷王德、王仁科举回来，齐来吊丧。又过了三四天，严大老官也从省里科举了回来，赵氏派人送去两套簇新的缎服，齐臻臻的二百两银子。严贡生满心欢喜，细问起妻子，知道她和儿子们也都得了赵氏的好处。当下换了孝巾，系一条白布腰带，走来隔壁，柩前叫一声："老二！"干号了几声，下了两拜。赵氏在书房摆饭，请两位舅爷作陪。

王德说起监生之死，不得当面一别，甚是惨然。严贡生却说公而忘私，国而忘家，科场是朝廷大典，大家去省城为朝廷办事，就是不顾私亲，也是于心无愧。问起他大半年来在省城的事，严贡生道："只因前任学台周老师举了弟的优行，又替弟考出了贡，他有个本家在省里住，是作过应天府巢县知县的，弟到省之后去会他，不想一见如故，要同我结亲，把他第二个令爱许与二小儿了。"

王仁问："在省城就住在他家吗？"严贡生道："住在张静斋家，他也是作过县令的，是本县汤父母的世侄。因在汤父母衙里同席吃酒认得，相交起来。这一次和周家结亲，就是静斋先生的大媒。"又谈起王小二、黄梦统那两宗官司，两位舅爷说汤父母着实动怒，多亏令弟看得破，息下来了。严贡生道："这是亡弟老实不济，若是我在家，和汤父母说了，把王小二、黄梦统这两个奴才，腿也砍折了。我等乡绅人家，哪由得老百姓如此放肆！"

王仁忍不住道："凡事只是厚道些好。"严贡生把脸红了一阵。奶妈奉了赵氏之命出来问开丧安葬的事，严贡生说就要同二相公到省里去招亲，把亡弟的丧事推得一干二净。

赵氏在家掌管家务，原本想守着那孤子，长大出头，不幸那孩子出起天花来，成了险症，医治了七天，竟然死了。赵氏伤心绝望，整整哭了三天三夜，直哭得泪水已尽。料理了之后，请两位舅爷来，商量要立大房里第五个侄子承嗣。二位舅爷踌躇说大先生不在家，不便代他做主，还是派人上省城去请大老爷回来。赵氏无奈，只得依着言语，写了一封信，派家人来富连夜进省去接大老爷。

来富来到省城，找到严贡生寓处，只见四个戴红黑帽子的，手里拿着鞭子站在门口，来富吓了一跳，不敢进去。等着看见跟大老爷的四斗子出来，才叫他领了进去。看见敞厅上，中间摆着一乘彩轿，彩轿旁竖着一把遮阳大伞，上面贴着"即补县正堂"。

四斗子进去请，严贡生走出来，头戴纱帽，身穿圆领补服，脚下粉底皂靴。来富上前磕头递信，严贡生看了道："我知道了，我家二相公今日婚礼，你且在这里伺候。"

一屋子乱哄哄的，等到夕阳西下，还不见吹鼓手来，新郎二相公前前后后走着催问，严贡生在厅上大嚷叫四斗子快传吹打的。四斗子道："今天是个好日子，八钱银子叫一班吹手还叫不动，老爷给了他二钱四分低银子，又还扣了他二分，叫张府押着他来，也不管他这一日里应承了几家，这时候怎得来？"

严贡生发怒道："放狗屁，快替我去催！来迟了，连你也一顿嘴巴！"四斗子翘着嘴，一路数说着出去，说道："从早到晚，一碗饭也不给人吃，偏就有这些臭排场？"

直到上灯时分，连四斗子也不见回来。抬新人的轿夫和那些戴红黑帽子的催得紧，厅上客人道："也不必等吹手，吉时已到，且去迎亲吧。"将掌扇捐起，四个戴红黑帽的开道，来富跟着轿来到周家。那周家的天井里不亮，没有吹打的，只有四个戴红黑帽的，一递一声，在黑天井里喝道。

周家里面传出话来："拜上严老爷，有吹打的就发轿，没吹打的不发轿。"正吵闹着，幸好四斗子领着两个吹手赶来，一个吹箫，一个打鼓，冷冷落落地在厅上嘀嘀嗒嗒，不成腔调，两边听的人，笑个不住。周家闹了一会儿，没奈何，只得把新人轿子发来了。新人进门，又是一番忙乱。这且按下不表。

（五）船上演出的闹剧

严贡生率领儿子和新媳妇，择吉返回高要县，定了两艘大船，言明船银十二两，立契到高要付银。一艘坐的新郎新娘，一艘严贡生自坐。辞别亲家，借了一副"巢县正堂"的金字牌，一副"肃静回避"的白粉牌，四根门枪，插在船上，又叫了一班吹手，开锣掌伞，吹打上船。船家看他官派十足，十分畏惧，小心服侍，一路无话。

那天将到高要县，不过二三十里路时，严贡生坐在船上，忽然一时头晕，两眼昏花，口里作呕，吐出许多清痰来。来富、四斗子，一边一个，架着膀子，只是要跌。严贡生口里叫道："不好！不好！"四斗子扶他睡下，还是不住地呻吟，慌忙同船家烧了开水，拿进舱来。

严贡生将钥匙开了箱子，取出一方云片糕来，约有十多片，一片片剥着，吃了几片，揉着肚子，放了两个大屁，登时好了。剩下几片云片糕，搁在船板上，半日也不来查点。那掌舵的嘴馋，左手把舵，右手拈来，一片片送在嘴里，严贡生只作没看见。

少刻到岸，严贡生命来富叫来两乘轿子，摆齐执事，将二相公与新娘先送到家去，又叫码头上人来把箱笼搬上了岸。船家水手来讨喜钱。

严贡生转身走进舱来，慌慌张张地四面看了一遭，向四斗子："我的药呢？"四斗子道："哪里有什么药？"严贡生道："方才我吃的不就是药吗？分明放在这船板上的。"

那掌舵的道:"想是刚才船板上的几片云片糕,那是老爷剩下不要的,小的大胆就吃了。"严贡生道:"吃了?好贱的云片糕!你知道我这里面是些什么东西?"掌舵的道:"云片糕无非是些瓜仁、核桃、洋糖、面粉做成的了,有什么东西?"

严贡生发怒道:"放你的狗屁,我因素日有个晕病,费了几百两银子合了这一料药,是省里张老爷在上党作官带来的人参,周老爷在四川作官带来的黄连。你这奴才!猪八戒吃人参果,全不知滋味,说得好容易!是云片糕!方才这几片,不仅是值好几十两银子,而且我将来再发晕病,却拿什么药来医?你这奴才,害得我不浅!"叫四斗子开开拜匣,写帖子:"送这奴才到汤老爷衙里去,先打他几十板子再说!"

掌舵的吓坏了,赔着笑脸。严贡生写了帖子,递给四斗子,四斗子慌忙上岸,一伙搬行李的,帮着船家拦着,两只船上船家都慌了,求严老爷开恩,严贡生越发恼得暴跳如雷。搬行李的脚夫出来,捺着掌舵的磕头告饶,严贡生这才转弯道:"既然你众人说情,我又喜事匆匆,且放了这奴才,再和他慢慢算账。"骂完之后,船钱不付,扬长上轿,行李小厮跟着,船家眼睁睁地看着他就这样去了。

(六)狼心大伯谋产兴讼

严贡生回到家,看到妻子正在腾出上房,要让给新媳妇住。

严贡生骂道:"我早已打算定了,要你瞎忙什么!二房里放着的高房大厦,不好住吗?"他妻子道:"他家的房子,为什么要让你的儿子住?"严贡生道:"他二房无嗣,难道不要立嗣?"妻子道:"这不成,他要过继的是我们的第五个。"严贡生道:"这哪能由她,赵家的算是个什么东西?我替二房立嗣,与她什么相干?"

正好赵氏已约了王德、王仁两位舅爷,请大老爷过去。严贡生过去,见了王德、王仁,之乎者也了一顿,便叫过管事家人来吩咐,将正宅打扫出来,明天二相公同二娘来住。赵氏听了,还以为他把第二个儿子来过继,急着向两位舅爷说道:"媳妇过来,自然住在后层,怎倒叫我搬出来?媳妇住着正房,婆婆倒住着厢房,天地间也没有这种道理!"王德、王仁怕着严贡生凶恶,不敢替赵氏作主,出来说了几句淡话,推说要作文会,作别去了。

严贡生摆出家主威风,拉把椅子坐下,将十来个管事的家人都叫来,吩咐道:"我家二相公,明日过来承继了,是你们的新主人,须要小心伺候。赵新娘是没有儿女的,二相公只认她是父妾,她不能再占着正屋。你们媳妇子把后进打扫两间,替她搬过东西去,赶紧腾出正屋来,好让二相公住。彼此间也要避个嫌疑,二相公称呼她新娘,她叫二相公、二娘是二爷、二奶奶。过几日,二娘来了,是赵新娘先过来拜见,然后二相公过去作揖。我们乡绅人家,这些大礼,都是差错不得的!你们各人管的田房利息账目,要连夜整理列单,先送给我细细看过,好交与二相公查点。此后比不得二老爷在日,小老婆当家,凭着你们这些奴才蒙混作弊！日后若是有一点欺隐，我把你们这些奴才，每人先打十板，还要送到汤老爷衙门里，追回工钱米饭！"

家人媳妇奉命来催赵氏搬房，被赵氏一顿臭骂，闹了一夜。次日一乘轿子抬到县门口喊冤，汤知县叫备了状子，随即批出："仰族亲处覆。"赵氏备了几席酒，请亲长们来家。族长严振先，平日最怕严大老官。两位舅爷王德、王仁，坐着就像泥塑木雕一般，总不置一个可否。赵氏娘家，兄弟赵老二在米店做生意，侄子赵老汉在银匠店扯银炉，本就是上不得台盘，才要开口说话，被严贡生睁眼喝了一声，竟就不敢言语。两个人心里也想着赵氏平日只敬重两位舅爷，把娘家的人反而冷落，今日里犯不着为她得罪严老大，"老虎头上扑苍蝇"——何必！落得个好好先生。

赵氏在屏风后，见众人都不说话，急得像热锅上的蚂蚁一般。自己隔着屏风，请教大爷，数说从前已往的话。数了又哭，哭了又数，捶胸跌脚，号作一片。严贡生听着，不耐烦道："像这泼妇，真是小家子出身，我们乡绅人家，哪有这样的规矩？不要恼犯了我的性子，揪着臭打一顿，叫媒人领出去发嫁！"赵氏越发哭喊起来，喊得半天云里都听得见，要奔出来揪他、撕他，是几个家人媳妇劝住了。

次日商议写复呈；王德、王仁道："身在黉宫②，片纸不入公门。"不肯列名。严振先只得含混复了几句："赵氏本是妾扶正③，也是有的。据严贡生说与律例不合，不肯叫儿子认作母亲，也是有的。总候大老爷裁断。"

那汤知县也是妾生的儿子，见了复呈道："律设大法，理顺人情，这贡生也太多事了！"就批说："赵氏既扶过正，不应再说是妾。如严贡生不愿将儿子承继，听赵氏自行拣择，立贤立爱④可也。"

严贡生看了这批，头上火冒十丈，立即写呈告到府里，没想到那府尊也是有妾的，也觉得严贡生多事，命高要县查案。知县查复上去，批下来还是照旧。严贡生更急了，再到省城按察司告状，司里批下说不是重大之事，应向府县申告。严贡生没法了，回不得头，心想："国子监周司业是我亲家一族，不如赶去京里求他，在京师部里告下状来，务必要正名分。"赶去京里，大胆写个眷姻晚生的帖求见周司业，周司业一查，不是什么亲戚，不相干的人不见。严贡生又碰了一鼻子灰。

【注释】

①　拣有头发的抓：找有钱的人进攻。

②　黉宫：学校。

③　妾扶正：由姨太太成为正室太太。

④　立贤立爱：立品行优良的，或是喜爱的人为嗣。

【批评分析】

（一）土豪劣绅严贡生横行乡里的种种劣迹。衙门中的黑暗，专拣有钱的人敲诈。从王德口中说出取严贡生为秀才的宗师是吏员出身，本身就是外行，所以才会取中严贡生这种不学无术的人。

严氏兄弟两人的行为是强烈的对比：哥哥的奢侈、摆阔、充场面，变卖田产，用椅子去换肉包子，欠下做小生意的钱而赖债不还；富有的弟弟却又过分吝啬，连肉都舍不得买，临死还舍不得两根灯草耗油，吝啬的鄙性，可见一斑。同样的都是人性缺失。

（二）赵氏努力争取扶正，显示旧时代妾侍身份地位的可悲。王德、王仁两个读书人一心为钱，只要有钱就可以雇他们出力。他们的妻子也一样，只会乘乱掳窃财物，却没有丝毫亲情道义。

（三）严贡生没有手足之情，对自己闯下的祸事仍然狂妄不认，又在为子迎亲一段里，可以看出他对下人的苛刻。他在船上演出装病闹剧，为的只是不付船银，更暴露他生性之卑劣。他凶恶面目的全盘显露莫过于欺凌妇寡，谋夺亡弟财产的不仁不义。

（四）王德、王仁的原形毕露，袖手旁观，不顾信义，使他两人的名字成为一个巧妙的反讽。

四、郭孝子万里寻亲

（一）王老爷的预兆应验

上文提到周司业特别关照提拔的小童生荀玫，科举一帆风顺，省试举人，高高中了；进京会试，又中了进士。明朝的规矩，举人报中了进士，立刻就在住处摆起公案来升座，长班们参拜磕头。这一天正磕着头，外面传呼接帖子："同年同乡王老爷来拜。"

荀玫迎了出去，只见王惠须发皓白，进门一把拉着手，说道："年长兄，我与你是天作之合，不比寻常同年弟兄。"谈起王惠昔年梦见与荀玫进士同榜，荀玫也还依稀记得，是幼年时他启蒙老师周司业说过的。如今奇梦应验，一老一少，结成忘年之交。王进士在京中有房，便邀了荀进士同住。殿试两位同授工部主事，俸满后又一齐升了员外。

那一日寓处闲坐，有一位擅长扶乩神数的陈和甫来拜。谈起他乩坛的各种灵验，两位便请一问升迁的事儿。陈和甫取来沙盘乩笔摆上，先请二位老爷默祝。二位祝罢，将乩笔安好，陈和甫拜了几拜，烧了一道降坛的符，便请二位老爷两边扶着乩笔，又念了一遍咒语，烧了一道启请的符。只见那乩渐渐动起来，陈和甫跪献奉茶。

那乩笔画了几个圈就不动了。陈和甫又焚了一道符，叫众人安静，长班家人都站去外边。又过了顿饭时，那乩扶得动了！写出四个大字："王公听判。"

王员外慌忙下拜，求问大仙名号，那乩旋转如风，写下一行道："吾乃伏魔大帝关圣帝君是也。"吓得三人连忙下拜。两位员外扶乩，那乩运笔如风，陈和甫一旁记录，竟是一阕《西江月》：

羡尔功名夏后，一枝高折鲜红。大江烟浪杳无踪，两日黄堂坐拥。　　只道驊骝开道，原来天府夔龙。琴瑟琵琶路上逢，一盏醇醪（chún láo）心痛。

王员外道："头一句功名夏后，是夏后氏五十而贡，我恰是五十岁登科的，这句验了。此下的话，全然不解。"陈和甫道："关夫子是从不误人的，老爷收着，日后必有神验，况且这词上说天府夔龙，想是老爷升任直到宰相之职。"王员外被他说破，心里欢喜。荀员外拜求夫子判断，那乩笔三回判的都是一个"服"字，十分不解。

谁知到晚上就已应验，长班来报："荀老爷家有人到。"只见荀家家人挂着孝，飞跑进来磕头跪禀："老太太已于前月二十一日归天。"荀员外哭倒在地，跟着就要递呈丁忧服表。王员外却说目前考选科道在即，若是服丧三年，岂不是耽误了功名。吩咐荀家人换下孝服，先行瞒着。请了吏部掌案的金东崖来商议，金东崖说，若有大人们保举，可以能员留部，在任守制。

到晚上荀员外换了青衣小帽，悄悄去求周司业、范通政两位老师保举，两位都答应了。又过了两三日，都回复说："官小，与'夺情'之例不合。夺情须是宰辅或九卿班上的官，或是外官在边疆重地的也行。工部员外是个闲曹，不便保举夺情。"

荀员外无奈，只得送呈丁忧。王员外告了假，陪着他回到汶上县薛家集去，借了上千两的银子与荀家办理丧事。一连开了七天的吊，司道、府县的主管官员，都来吊唁。丧事完毕，王员外回京，荀员外谢了又谢，一直送出境外才作别分手。

（二）衙门里的三种声音

王惠返京销假，官运转变，奉旨补授江西南昌知府。到了南昌，前任的蘧太守年老告病，已经出了衙门，印务由通判署理。为了移交的事，蘧太守老病，耳朵听话也不甚明白，派他儿子蘧景玉过来领教。看到蘧公子时，翩然俊雅，举动超俗。谈起蘧太守的辞官，蘧公子道："家君常说宦海风波，实难久恋。何况做秀才时，原本几亩薄产，可供生活；先人留下的敝庐，可蔽风雨，就是琴樽炉几、药栏花榭，也都还有几处可供消遣。所以在风尘劳攘之时，多有长林丰草之思，如今挂冠，初志可遂了！"

王太守道："老世台将来不日高科鼎甲，老先生正好作封翁^①享福了。"

蘧公子道："老先生，人生的贤与不肖，倒也不在科名。晚生只愿家君早归田里，使我得以承欢膝下，这就是人生至乐的事了。"

说到移交，王太守面有难色。蘧公子道："老先生不必太费清心。家君在此数年，布衣蔬食，过的仍是儒生生活。历年所积俸余，约有两千余金。如此地仓谷马匹，杂项之类，有什么缺少不足之处，都将此项送与老先生任意填补。家君知道老先生京官清苦，不敢有累。"王太守见他说得大方爽快，这才欢喜，放心下来。

酒筵时王太守慢慢问道："地方人情，可还有什么出产？词讼里可也略有些什么通融？"

蘧公子道："南昌地方的人情，鄙野有余，巧讼不足。若说地方出产及词讼之事，家君在此，准的词讼很少，若不是纲常伦纪大事，其余有关户婚田土的，都批到县里去办，重点在安定息讼、与民休息。至于利之所聚，也绝不去搜剔，或者有也不可知。老先生问着晚生，只怕是问道于盲了。"王太守笑道："可见'三年清知府，十万雪花银'的话，如今也很不确实了！"

酒过数巡，蘧公子见他问的都是些鄙陋的话，就又说起："家君在此，无他好处，只落得个讼简刑清，前任臬司^②向家君说，南昌衙里有三样声音，是吟诗声、下棋声、唱曲声。"王太守大笑。

蘧公子说道："将来老先生大力振作，只怕要换成另三种声音，戥（děng）子声^③、算盘声、板子声。"王太守不知这话是在讥诮他，正色答道："如今我们要替朝廷办事，只怕也不得不如此认真。"

王太守开始办公，果然放出了手段，雷厉风行。钉了一把头号的库戥，把六房书办都传进来，问明了各项余利，不许欺隐，全部入官归公，三日五日一比。打人用的是头号板子，把两根板子拿到内衙上称，一轻一重，做了暗记。坐堂之时，吩咐叫用大板，衙隶若是取那轻的，就知他是得了犯人的钱，立即取重板子打衙隶。一些衙役百姓，一个个被他打得魂飞魄散。满城的人，无一不知太守的厉害，连睡梦里也是怕的。因此各位上司访闻，都说他是江西第一位能员。

（三）一盏醇醪心痛

南昌知府作了两年多，江西宁王造反，各路戒严，朝廷升王惠为南赣道道台，负责军需。王惠接到紧急文书，星夜赴南赣到任。到任不久，出差查看军需台站，大车驷马，一路晓行夜宿。那一天到了一地，公馆设在一所大房子。进去抬头一看，厅上悬匾、上贴红纸，四个大字是"骅骝开道"，王道台吃了一惊；掩门用饭的时候，忽然一阵大风，吹落红纸，现出里面绿底的四个大字是"天府夔龙"。王道台不胜骇异。这才晓得关圣帝君判断的话已应验。那"两日黄堂"，就是南昌府的"昌"字了。

第二年，宁王的兵打败了南赣官军，百姓开城，四散逃去。王道台也抵挡不住，黑夜里乘了一只小船逃走；到了大江之中，正遇着宁王百多条大战船，明盔亮甲。船上千万火把，照见了小船，一声叫："拿！"几十个兵卒跳上船来，冲进中舱，把王道台反绑了手，捉上大船。王惠的从人船家，有的被杀、有的投水而死。

王道台吓得不住发抖，灯烛影里，望见宁王高坐，王惠不敢抬头。宁王见了，走下座来，亲手替他解缚，叫取衣裳穿了，说道："孤家是奉了太后密旨，起兵诛杀君侧之奸。你既是江西的能员，降顺了孤家，少不得封授你的官爵。"王道台抖着叩头道："情愿降顺。"宁王亲赐一杯酒，此时王道台被缚得心口疼痛，跪着接酒，一饮而尽，心就不再疼了。

宁王赏给他江西按察使④之职，此后就随在宁王军中。听左右说宁王在玉牒⑤中是第八个王子，才悟到关圣帝君所判的"琴瑟琵琶"四字头上，正是八个"王"字。那一次扶乩所判，竟是全都应验了。

宁王闹了两年，不想被新建伯王守仁一阵杀败，束手就擒。一些伪官，杀的杀、逃的逃。王惠匆匆只取了一个枕箱，里面几本残书、几两银子，换了青衣小帽，又是一次黑夜逃亡。慌不择路，赶了几天旱路，又改乘船。

这一天船行到浙江乌镇，王惠上岸吃点心，和一位少年同桌，看他仿佛有些认得，却又想不起来。一问竟是下任南昌蘧太守的孙儿，邀到船上谈话，方知多病挂冠的蘧老太守尚还健在，而那位俊雅的蘧景玉公子却已英年早逝，这位少年便是蘧景玉之子，名叫蘧来旬，字驳（shēn）夫，现年还只有十七岁。

蓬公孙向他请教，王惠附耳低言道："便是后任的南昌知府王惠。"蓬公孙大惊道："听说老先生已荣升南赣道，如何改装独自到此？"王惠不好意思把降顺宁王的事说出来，只道："只为宁王反叛，弟便挂印而逃；围城之中，不曾取出盘费。"蓬公孙道："如今要到哪里去？"王惠道："穷途流落，哪有定所！"

蓬公孙道："老先生既是边疆不守，今日当然不便出来自呈；此去盘费缺少，哪能方便？晚学生这次奉家祖之命，在杭州舍亲处讨取一桩银子，现在赠与老先生以为路费。"取出四封银子，共二百两，递与王惠。王惠感激道："赶路不可久迟，只得告别，周济之情，不死当以厚报！"双膝跪了下去，蓬公孙慌忙跪下同拜。

王惠又道："我有一个枕箱，内有残书几本。潜踪在外，唯恐被人识破，惹起是非，如今便交于世兄。"交过枕箱，彼此洒泪分手。王惠道："问候令祖老先生，今世恐已不能再见，来生当作犬马相报！"分别之后，王惠竟然更姓改名，出家作了和尚。

蓬公孙回到嘉兴，见了祖父，禀告此事。蓬太守大惊道："他是降顺了宁王的！"问起有没有施以援手，知道公孙已将所有银子尽数送他，蓬太守不胜欢喜，将当年蓬景玉代表办理移交的事告诉公孙，赞道："你不愧是你父亲的肖子！"公孙取出王惠枕箱中的书来给祖父看，发现有一本高青邱亲笔缮写的诗话。

蓬太守道："这本书多年藏在大内，多少才人，求见不得。天下并没有第二本，如今你无意间得到，真是天幸。"蓬公孙将这书刻印了几百部，遍送亲友，自此浙西各郡，都仰慕蓬太守公孙，是个少年名士。

（四）为寻亲跋涉走天涯

过了若干年后，有一位郭力先生，字铁山，二十年走遍天下，寻访父亲，是出了名的郭孝子[⑥]。听说父亲到江南，二次来寻不遇，这番第三次来江南，听说父亲已去四川山里，削发为僧。郭孝子启程入川，南京的一般名士如武书、杜少卿、虞博士、庄征君等钦敬他的孝行，纷纷解囊相助。杜少卿问起太老先生如何数十年不知消息？郭孝子不好说。武书附耳低言道："曾在江西做官，降过宁王，所以逃窜在外。"杜少卿听罢骇然，心里着实钦敬。

南京国子监虞博士还写了一封信给西安府尤知县，托他照应郭孝子。这位尤公名叫扶徕，也是南京的一位老名士，去年才到陕西同官县上任，一到任就做了一件好事：一位广东人客死陕西，妻子哭哭啼啼，地方的人又不懂她的话，领到县堂上来。

尤公看她是个要回故乡的意思，送了俸银五十两，差一个年老差人，尤公自取一块白绫，恳恳切切作了一篇文，写上自己的名字尤扶徕，用了同官县的官印，吩咐差人："你领了这妇人，拿着我这块绫子，逢州过县，送与地方官看，都要求用一个印信。一直送到她故乡，讨了回信来见我。"

将近一年，差人回来报告："一路上各位老爷，看了老爷的文章，个个都可怜这妇人，都有帮助，有十两、八两、六两的，等到送到广东这妇人家里，已有二百多两银子。她家亲戚本家百十个人，都望空叩谢老爷的恩典，又都向小的磕头，叫小的是菩萨。小的这都是沾老爷的恩。"

郭孝子来时，尤公看了虞博士的信，着实钦敬，正好有事要下乡，尤公请郭孝子屈留三天，等他回衙再行请教，还有一封信要托郭孝子带去四川成都朋友处。郭孝子答应了，但不肯住在衙里，尤公叫衙役送他去海月禅林暂住。方丈老和尚面貌清癯慈悲，问起情由，郭孝子看他慈悲良善，坦白地把寻亲之事说了，老和尚听了流泪叹息。晚餐之后，郭孝子把路上买的两个梨送与老和尚，老和尚道谢收下，便教火工道人抬两口缸在丹墀，一口缸放一个梨，每缸挑上几担水，拿扛子把梨捣碎了，击云板，传齐了全寺二百多僧众，一人吃一碗水。郭孝子见了，点头叹息。

等到第三天，尤公回来，赠他盘费五十两，又备了一封信，叮嘱郭孝子去成都城外二十里，地名东山的地方，找一位古道热肠的萧昊轩先生，遇事可得帮助。郭孝子见尤公意思恳切，道谢了收下书银。到海月禅林来辞别老和尚，老和尚合掌道："居士到成都，寻着了尊大人，务必写个信与贫僧，免得我悬望。"

（五）孤行万里多奇遇

郭孝子肩着行李西行入川，路多是崎岖小道，走一步、怕一步。那天，走到一处地方，天色将晚，望不着一个村落。好不容易遇见一人，问他到宿店所在还有多远，那人说有十几里，说是夜晚路上有虎，要赶紧走。郭孝子急急前奔。天色全黑，十四五的月色明亮，走进一林，忽地劈面起了一阵狂风，风过处，跳出一只老虎来，郭孝子叫一声："不好了！"一跤跌倒，老虎把郭孝子抓了坐在屁股底下。

坐了一会儿，见郭孝子闭着眼，以为他死了，去地下挖了一坑，把郭孝子推到坑里，又用爪子拨了些落叶盖住，那老虎走开去了。郭孝子在坑里，偷眼看老虎走过几里，到那山顶上，还把两只通红的眼睛转过身来望，看见这里不动，才一直走了。郭孝子从坑里爬出，爬上树去，担心会被老虎咆哮震动，吓得掉下来，心生一计，用裹脚布把自己缚在树上。等到三更之后，月色分外光明，只见那只老虎带着一个东西过来。那东西浑身雪白，头上一只角，两眼就如两盏大红灯笼。郭孝子不认得，不知是什么怪兽。

只见那东西走近来坐下，老虎忙着到坑里去寻人；见没有了人，老虎慌作一团。那东西大怒，伸过爪来，一掌就把虎头打掉。老虎死在地下，那东西抖擞身上的毛，发起威来，回头一望，望见月下地上，照着树枝头上有个人，就向树枝上一扑，没扑到，跌了下来，又尽力往上一扑，已离郭孝子不远。郭孝子道："我完了！"想不到树上一根枝干，正对这东西肚皮，后来这一扑，力太猛了，枝干戳进肚皮，有一尺多深。那东西挣扎，摇得枝干戳得更深，挣扎了半夜，挂在树上死了。

到天明时，有几个猎户来，看了吓了一跳。郭孝子在树上叫喊，众猎户接他下来，拿出干粮、獐子鹿肉，让郭孝子吃了一饱，送出五六里路作别，众猎户自去地方衙门请赏。

郭孝子又走了几天，在山坳里一个小庵里借住。和尚招待素饭，窗前坐着吃，正吃之间，只见外面一片红光，郭孝子慌忙丢了饭碗道："不好！起火了！"和尚笑道："居士请坐莫慌，这是我的'雪道兄'到了。"推窗开时，只见前面山上，蹲着一头异兽，头上一只角，只有一只眼睛，却生在耳后，和尚说它就是"雪道兄"，名为"罴（pí）丸"，就算坚冰冻厚几尺，只要它一叫，冰层立时碎裂。

当晚下雪，雪积三尺，郭孝子不能走，只好住下。到第三日雪晴，辞别和尚上路。山路一步一滑，两边都是涧沟，那冰冻的支凌就跟刀剑一般锋利。郭孝子小心前行，天又晚了，远远望见树林里一件红东西挂着，半里路前有个人走着，到那东西前，一跤跌下涧去。郭孝子心生警惕，注意看时，只见那红东西底下钻出一个人来，把那人行李拿了，又钻了下去。郭孝子猜到是抢劫，全然不惊，走上去一看，果然是一对夫妇在装鬼吓人，女的扮成吊死鬼吊着，脚底下埋着一口缸，缸里埋伏着丈夫，伺机动手。那男盗见郭孝子生得雄伟，不敢下手。

郭孝子劝他莫做这种伤天理的事。那人自称姓木名耐，夫妻两个，原也是好人家的儿女，只因生计艰难，冻饿不过，迫得做这种事。郭孝子拿出十两银子给他。木耐感动道谢，决心改过，就将这银子充作本钱，夫妻俩以后做个小生意度日。

小两口把郭孝子迎回家去，住了两日，郭孝子教了木耐一些刀法、拳法武艺，木耐欢喜，拜郭孝子为师。到第三日孝子坚意要行，木耐的娘子为他准备了干粮烧肉，木耐替师父装着行李，一直送出三十里外，方才告辞回去。

郭孝子又走了几日，那一日天冷，迎着西北风，山路冻得如白蜡一般，又硬又滑。走到天晚，只听山洞里一声大吼，又跳出一只老虎来。郭孝子道："我这番真要死了！"一跤跌倒，不省人事。原来老虎吃人，专吃害怕它的活人，看到郭孝子僵僵直躺在地上，竟然不敢吃他，把一个虎嘴凑上来嗅。一茎虎须，戳（chuō）在郭孝子鼻孔里，戳出郭孝子一个大喷嚏来，那老虎反倒吓了一跳。连忙转身，几个纵跳跳过一座山头，竟跌下一处极深的涧沟里，被那些刀剑般锋利的冰凌拦着，动弹不得，就这样冻死了。

郭孝子爬起来，老虎已是不见，说道："惭愧，我又经了这一番！"背起行李再走。走到成都府，访着父亲在四十里外一个庵里。郭孝子找来庵前敲门，老和尚开门，见是儿子，吓了一跳。郭孝子见到父亲，跪在地下痛哭。老和尚道："施主请起，我是没有儿子的，想是你认错了。"

郭孝子道："儿子千里迢迢，寻到了父亲，父亲怎么不认我？"老和尚道："方才我已说过，贫僧是没有儿子的。施主，你有父亲，你自己去寻，为什么望着我贫僧哭？"郭孝子道："虽然几十年父子不见，难道父亲就认不得儿子了？"跪着不肯起来。

老和尚道："我贫僧自幼出家，哪里来的儿子？"郭孝子放声大哭道："父亲不认儿子，但儿子到底还是要认父亲的！"缠得老和尚急了，说道："你是何处的光棍，敢来胡闹！快出去！我要关山门了！"郭孝子跪在地上痛哭，不出去。老和尚道："你再不出去，我就拿刀来杀了你！"郭孝子伏在地上哭道："父亲就是杀了儿子，儿子也是不出去的！"

老和尚大怒，双手把郭孝子拉起来，提着衣领，一路推出庵门，老和尚关了门进去，再也叫不应。郭孝子在门外，哭了一场，又哭一场，又不敢敲门，见天色将晚，心想："罢了！料想父亲是不肯认我的了！"

抬头看这庵叫作竹山庵，郭孝子只得在半里路外租了一间房屋住下。次早在庵门口看见一个道人出来，买通了这道人，日日搬柴运米，养活父亲。不到半年，身边银子用完，想着要去东山找萧昊轩，又怕寻不着，耽误了父亲的饭食，只好在左近人家帮佣，替人家挑工、打柴，每日赚几分银子，养活父亲。遇着有个邻居要去陕西，他就把寻着父亲的事，细细写了一封信，托带给海月禅林的老和尚。

【注释】

① 封翁：以子孙贵显而受封典者，亦称封。

② 臬司：明清两代，省级主管司法的官。

③ 戥：称银子的小秤。

④ 按察使：明清以提刑按察使司，按察使为一省司法长官。

⑤ 玉牒：皇室家谱。

⑥ 郭孝子万里寻亲事，一般考证他要寻的父亲就是逃亡的王惠。《外史》里没有明白交代，可信的是书中说王惠逃亡，已做了和尚；武书向杜少卿附耳低言，也说郭孝子的父亲曾在江西做官，降过宁王；郭孝子自己也说父亲来过江南，可能就是指王惠在浙江乌镇遇见蘧公孙的事。但又有两点可疑，一是王惠姓王，儿子为何姓郭？另一点是书中郭孝子自称湖广人，在《外史》第二回王惠第一次出场时，显示他和荀玫同乡，是山东汶上县人。不知是不是作者的隐笔，还是郭孝子为了掩饰真相，故意改了姓氏和籍贯。

【批评分析】

（一）周进、范进两位的徇私与人为不义，明知荀玫不愿守丧是为了功名做官，居然还答应替他办保举夺情。

（二）蘧太守清官为政，讼简刑轻，俸银所积，留与后任；蘧景玉"贤与不肖，不在科名"的高尚见识：父子两人，不愧读书人本色。相反的是王惠的贪利之心，刚上任就急着探听利害窍门。

（三）王惠的贪生怕死，失节投降。蘧公孙的义助，大有祖父之风；但其后刻书送人，分明又为的是沽名钓誉了。这说明一般人总难超越功利的羁绊。

（四）郭孝子的苦孝，虞、庄、杜、武等人的相助，好官尤扶徕的德政善行：都是作者标榜的正面人物。老和尚受梨，缸中捣碎放水分食一段：这出家人未免有点矫情做作。但也正是人性的真实写照。

（五）郭孝子导正木耐，意义正当。和尚（王惠）不认儿子，显示他连人伦亲情都已弃绝，这并不是佛家的道理，而是士人在形体落魄流浪之余，连精神也已涣灭死寂了。这是作者一种较深刻的表现手法。

五、父是英雄儿好汉

（一）辛家驿响马劫银

上文提过，郭孝子要去找的萧昊轩，那是一位英雄，以前也曾与南京名士庄征君[①]庄绍光相识。那一次庄征君被朝廷征辟上京，从水路过了黄河，雇车来到山东兖州附近，地名叫作辛家驿的地方，稍事休息，催着车夫赶路。店家告知，近来盗匪甚多，过往客人，须要迟行早住，庄征君只好住下。

稍停，只听得门外驿铃乱响，来了一起由四川押解饷银的，百十匹骡马运送银鞘内，有一位解官，武员打扮；又有一位同伴，五尺以上身材，六十来岁年纪，花白胡须，头戴一顶毡笠，身穿箭衣，腰插弹弓，脚下穿黄牛皮靴。入门住店，与庄征君彼此介绍：那解官是一位守备，姓孙；他的同伴姓萧，字昊轩，成都人。

萧昊轩道："久闻南京有位庄绍光先生，是当今大名士，不想今日无意中相遇。"极为钦佩。庄绍光见萧昊轩气宇轩昂不凡，也就着实亲近，谈起路上可能出现响马，萧昊轩笑道："这事先生放心。小弟生平有一薄技，百步之内用弹子击物，百发百中。响马若来，只消小弟一张弹弓，管教他来得去不得，人人送命，一个不留！"

孙解官道："先生若是不信敝友手段，可以当面请教。"萧昊轩拿了弹弓，走出天井来，向腰间锦袋中取出两个弹丸，拿在手里。举起弹弓，向空阔处先打一丸弹子，抛入空中，跟着又打出一丸，恰好与先打的一丸相碰，半空里打得粉碎。庄征君看了，赞叹不已。连那店主也吓了一跳。

次日未明时上路，只见前面林子里，黑影中有人走动。骡夫们一齐叫道："不好了！前面有贼！"把百十匹骡子都赶到道旁坡子出去。萧昊轩疾忙把弹弓拿在手里，孙解官也拔出腰刀。只听得一支响箭，飞了出来；响箭过处，一大群骑马的盗匪从林中驰出。萧昊轩大喝一声，扯满了弓，一弹子打去，没想到咔的一声，弓弦迸为两段。响马贼数十人，齐声打个讯号，飞驰过来。解官吓得拨转马头就逃，骡夫们个个趴伏在地，一任响马赶着百十牲口银鞘，往小路上去了。

萧昊轩弓弦断了，使不得力量，拨马向原路驰回。到了一处小店，敲开了门，店家知是遇贼，问明昨晚住处，店家道："那家店原是和贼头赵大一路作眼线的，老爷的弓弦，必是他在昨晚做了手脚。"

萧昊轩省悟，悔之不及。一时人急智生，自己拔下头发一绺，登时把弓弦续好，飞马赶回，遇着孙解官，说是贼人已投向东的小路去了。那时天色已明，萧昊轩策马飞奔，不久望见贼众在前，加鞭赶上，手执弹弓，一阵弹丸，就好像暴雨打落叶一般，打得那些贼人一个个抱头鼠窜，丢下银鞘，纷纷逃命。萧昊轩会同孙解官赶着牲口回到大路，检点银鞘，毫无损失。

（二）吃人脑的恶和尚

且说郭孝子在成都，把寻着了父亲的事写了一信，托人带去陕西同官海月禅林的老和尚。老和尚看了信，又是欢喜，又是钦敬。隔了一阵子时间，禅林里来了个挂单的和尚。他就是响马贼头赵大，披发怪眼，长相凶恶。老和尚慈悲，容他住下。不想这恶和尚在海月禅林，吃酒行凶打人，无所不为。

首座领着一班和尚来禀，要求赶他出去。

老和尚教他自去，他不肯走。其后首座叫知客僧对他说："方丈叫你走，你能不走吗？方丈说道，你若再不走，就依禅林规矩，抬去后院，一把火把你烧了！"恶和尚听了怀恨在心，也不向老和尚告辞，第二天就走了。

半年之后，老和尚想着要去四川峨眉山，顺便去成都会会郭孝子。辞别了海月禅林的僧众，独自挑着行李衣钵，风餐露宿，一路来到四川。离成都还有百十多里路，那一天老和尚看山景，到一处茶棚吃茶。

棚里先坐着一个和尚。老和尚忘记，认不得他。那和尚却认得老和尚，上来打个问讯道："和尚，这里茶不好！前面就是小庵，何不请到小庵里去奉茶？"老和尚欢喜道好。被那和尚领着，曲曲折折，走了七八里路，来到一处庵里。一进了庵，那和尚才说道："老和尚，你还认得我吗？"

老和尚这才想起他就是海月禅林里赶出去的恶和尚，吃了一惊，说道："是方才偶然忘记，而今记得了。"

恶和尚径自去榻床坐下，睁着一副凶眼道："今日你既到我这里，不怕你飞上天去！我这里有个葫芦，你拿去到半里路外山冈上，一个老妇人开的酒店里，替我打一葫芦酒来！快去！"

老和尚不敢违抗，捧着葫芦，找到山冈子上，果然有个卖酒的老妇人。老和尚把葫芦递与她，那妇人接了葫芦，上上下下把老和尚一看，止不住眼里流下泪来。老和尚吓了一跳，打个问讯[②]，问是何故？

老妇含泪说道："我见老师父面貌慈悲，不该遭这一难！"老和尚惊问："贫僧遭的什么难？"老妇人道："老师父，你可是在半里路外那庵里来的？"

老和尚道："贫僧便是，你是怎么知道的？"老妇人道："我认得他这葫芦。每次他要吃活人脑子，就拿这葫芦来打我店里的药酒。老和尚，你这一打了酒去，就没有活的命了！"

老和尚听了，魂飞天外，慌忙道："这怎么办？我赶紧逃走吧！"老妇人道："你怎么逃得掉？这四十里地内都是他旧日的响马党羽，他庵里走了一人，一声梆子响，即刻就有人捆翻了你，送回庵里！"

老和尚跪在地上，哭求救命。老妇人道："我怎能救你？我若说破了，我的性命也难保。但看你老师父慈悲，死得可怜，我今指点一条明路给你，离此处有一里多路，一个小山冈叫作明月岭。从我屋后山路过去很近。你到岭上，有一个少年在那里打弹子。你跪在他面前，等他问你，把这些话向他说。只有这一个还可以救你，你快去求他。却也不见得有把握，他若救不得你，我今日说破了这话，连我的命也完了。"

（三）自古英雄出少年

老和尚听了，战战兢兢，谢了老妇人，捧着酒葫芦，自屋后攀藤附葛寻去，果然寻到了明月岭。小山冈上，一位少年正在打弹子，山洞里嵌着一块雪白的石头，不过铜钱大小，那少年眼力过人，弹子打去，一下下都打得极准。

老和尚走近看时，那少年头戴武巾、身穿藕色战袍，白净面皮，十分美貌。老和尚走来，双膝跪倒，少年正待要问，山坳里飞起一阵麻雀。那少年道："等我打这些雀儿看！"手起弹落，把麻雀打死了一只坠下去。

那少年看着老和尚道："老师父，快请起来。你的来意我知道了。我在此学弹子，正为此事；但才学到九分，还有一分未到，怕有意外失误，所以不敢动手。今日为了你，我也说不得了，想必是他毕命的日子到了。老师父，你快把葫芦酒送去庵里，脸上千万不可慌张，更不可悲伤。到了那里，他叫你怎样你就怎样，一点也不可以违抗他，我自然会来救你。"

老和尚依照旧路，来到庵里。进到第二层，只见恶和尚坐在榻床之上，手里已是拿着一把明晃晃的钢刀，问老和尚道："你怎么这时才来？"老和尚道："贫僧认不得路，走错了，慢慢找了回来。"

恶和尚道："这也罢了，你跪下吧！"老和尚双膝跪下。恶和尚道："跪上来些！"老和尚害怕不敢上去。

恶和尚道："你不上来，我劈面就砍！"老和尚只得膝行着上去。恶和尚："你褪了帽子吧！"

老和尚含着眼泪，自己除了帽子。恶和尚把老和尚的光头捏一捏，把葫芦药酒倒出来吃了一口，左手拿酒，右手执刀，在老和尚头上试了一试，比个中心。老和尚这时，没等他劈下来，那魂灵已飞天外。恶和尚比定中心，知是脑子所在，一劈开了，恰好脑浆迸出，趁热好吃。当下对准了中心，手执钢刀，向老和尚头顶心劈将下来！

一刀未落，只听门外嗖的一声，一个弹子飞进，打中恶和尚左眼。恶和尚大惊，丢了刀，放下酒，手按着左眼，飞跑出来。到了外层，看见伽蓝菩萨头上坐着一人，恶和尚抬头看时，又是一个弹子，把他的右眼打瞎。恶和尚痛极跌倒。那少年跳了下来，进到中层，老和尚已是吓得软瘫在地，少年把老和尚扯起来，背在身上，急急出了庵门，一口气奔出四十里地。

少年把老和尚放下，说道："好了！老师父脱了这场大难，自此前途吉庆无虞。"老和尚惊魂甫定，跪下拜谢，请问恩人姓名，那少年道："我也不过是要除这一害，并非有意救你。"总不肯说出姓名，老和尚只得拜了九拜，辞别恩人，上路走了。

那少年精力已倦，就路旁一处店里坐下，只见店里先坐着一人，面前放着一个盒子。看那人时，头戴孝巾，身穿白布衣服，脚下芒鞋，面容悲戚，眼下许多泪痕，少年和他拱一拱手，对面坐下。

那人笑道："清平世界，朗朗乾坤，用弹子打瞎了别人的眼睛，却来这店里坐得安稳？"

少年道："老先生从哪里来？怎会知道这件事的？"那人道："我方才是说笑，剪除恶人，援救善良，这是最难得的事，你这位长兄尊姓大名？"少年道："我姓萧，名采，字云仙。舍下就在这成都府二十里外的东山。"

那人惊道："东山有一位萧昊轩先生，是不是……"萧云仙惊道："就是家父，老先生怎么知道？"那人说出姓名，就是万里寻亲的郭孝子。并说："寻亲来川，在陕西同官县会见县令尤公，曾有一信与尊大人；只因寻亲念切，还不曾到府上拜访。长兄你方才救的这位老和尚，我也认得。今日里和长兄邂逅相逢，如此少年英雄，就是昊轩先生的令郎，可敬！可敬！"萧云仙道："老先生既已寻着了太老先生，为何不同在一处，如今独自又要去到哪里？"

郭孝子哭了起来，说道："不幸先君已去世了。这盒子里便是先君的骸骨。我本是湖广人，而今要把先君骸骨背回故乡去归葬。"萧云仙垂泪同情，邀请郭孝子去东山家里和父亲一会。

郭孝子道："本该造府访谒，无奈我背着先君的骸骨，多有不便，而且我归葬心急。请长兄致意尊大人，将来有便，再来奉谒吧。"从行李里取出尤公的信来，交给萧云仙；又拿出百十个钱来，叫店家打了一些酒，割了二斤肉和一些蔬菜，同萧云仙吃着，向他道："长兄，你我一见如故，像你做的事，是如今世人不肯做的，真是难得。但我也有一句话要劝你，不知能不能向你说？"

萧云仙道："晚生年少，正要求老先生指教，哪有什么不能说的！"

郭孝子道："这冒险捐躯，都是侠客的勾当。如今比不得春秋战国时代，这样的事一做就能成名。如今是四海一家的时代，就算是荆轲、聂政，在现在也只好叫作乱民。像长兄有这样的品貌才艺，又有这般义气肝胆，正该出来替朝廷效力；将来到疆场，一刀一枪，博得个封妻荫子，也不枉青史留名。不瞒长兄说，我自幼空自学了一身武艺，不幸遭逢天伦之惨，奔波辛苦了数十余载，如今老了，眼见得不中用了。长兄年轻力强，万不可蹉跎自误。盼你能牢记老拙今日之言。"

萧云仙道："晚生蒙老先生指教，如拨云见日，感激不尽。"住了一夜，第二天早上，直送郭孝子到二十里路外，两人洒泪而别。

回到家中，向父亲禀告经过，呈上尤公的信。萧昊轩道："尤公老友与我相别二十年，不通音讯。他如今做官适意，可喜！可喜！"又道："郭孝子武艺精通，少年时与我齐名，可惜如今，他和我都老了。能够救得他太翁的骸骨归葬，也算是难得的了。"

（四）青枫城一战成功

过了半年，松藩卫[3]边外生番与内地民众互市，因买卖不公发生争执。番子造反，占领了青枫城。朝廷差少保平治督师平乱。萧昊轩与平少保是旧识的，就叫萧云仙前去投军效力。萧云仙念着父亲年迈，不敢远离膝下。萧昊轩责他若是不去，便是贪图安逸，乃是不孝之子。一番道理说得萧云仙闭口无言，只得叩辞父亲，前去投军。

那一天离松藩卫还有一站多路，出店太早，天还没亮。正行之间，忽听得背后脚步声响，萧云仙跳开一步，回头看时，一个人手持短棍，正待上前来打，早被他飞起一脚，踢倒在地，夺了他的短棍，劈头要打。那人在地下喊道："看在我师父的面上，饶了我吧！"萧云仙问他师父是谁？那人说出来历，竟是郭孝子的徒弟木耐。听说平少保率军征番，要去投军，只因缺少路费，所以又犯了拦路打抢的老毛病。

萧云仙看在郭孝子的面上饶了他，木耐大喜，情愿追随萧云仙，做一名亲随。两人来到松藩卫，平少保见是萧昊轩之子，收在帐下，赏给千总职衔，军前效力。

过了几天，粮饷调齐，平少保升帐。两位都督伺候，萧云仙向他们请了安。听一位都督说，前日马总镇出兵，中了番子的计，人马落入陷坑，伤重身死，到现在尸身还没找到。那马总镇是宫里司礼太监老公公的侄儿，如今上面传下令来，务必要找到尸身，若是寻不着，将来不知会有什么样的处分！这件事要怎么办？另一位都督道："听说青枫城一带几十里都是没有水草的，要等到冬天积雪，春融之时，山上雪水化了，流下来，人和马匹才有水喝。

如今我们兵发青枫，只要是几天没水喝，活活地就都要渴死了，哪还能打什么仗！"

萧云仙听了，上前禀道："两位太爷不必费心，这青枫城是有水草的，不但有，而且肥饶。"两位都督问萧云仙可曾去过，萧云仙道："卑弁④不曾去过。"两位都督说既不曾去过又如何知道，萧云仙道："卑弁在史书上看到过，记载着这地方水草肥饶。"两位都督变了脸道："书上的话，怎能相信。"

少刻，听门前一阵铙鼓，少保升帐，传下将令，叫两位都督率领本部兵马，作中军策应；命萧云仙带领步兵五百名先锋开路；少保元帅督领后队调遣。

萧云仙携木耐，率领五百步兵出发，望见前面一座高山，十分险峻，山头上隐隐有旗帜。这山叫作椅儿山，是青枫城的门户。萧云仙吩咐木耐道："你带领二百人从小路爬过山去，在他总路口等着，听到山头炮响，你们就喊杀回来助战，不得有误。"又命一百兵丁，埋伏在山坳里，听到山头炮响，一齐呐喊，报称大兵已到，赶上山来助战。分派已定，萧云仙带着两百人杀上山来，山上几百名番子蜂拥而出。

萧云仙腰插弹弓，手拿腰刀，奋勇争先，手起刀落，先杀了几个番子。番子们见势头勇猛，正要逃走。两百人卷地涌来，犹如暴风疾雨。忽然一声炮响，山坳里伏兵齐声大喊："大兵到了！"飞奔上山。

番子魂惊胆落，又见木耐率领山后的二百人，摇旗呐喊，飞杀上来，番子们以为大军已得了青枫城，斗志已失，纷纷逃命，哪里禁得萧云仙一阵弹子打来，无处可躲。萧云仙将五百兵合在一处，围杀番子，把那几百个番子，犹如砍瓜切菜，全部砍死，掳获旗帜兵器无数。

众军暂歇之后，鼓勇前进。走完一路深密树林，出林是一条大河，远望青枫城就在数里之外。萧云仙见无船可渡，忙命五百人砍伐竹林，编成筏子，一齐渡过河来。

萧云仙道："我们大兵尚在后面，攻打城池，不是五百人做得来的，现在最重要的是不可叫番贼知道我们的虚实。"吩咐木耐率领兵众，将夺得的旗帜改作云梯，带二百兵，每人身藏枯竹一束，自城西僻静处悄悄爬上城去，就堆贮粮草处，放起火来，火起时萧云仙自率兵众，攻打东门。

且说两位都督率领中军到了椅儿山下，不知萧云仙可曾过去。两位商议道："像这样的险恶所在，必有埋伏，我们多放些大炮，轰得他们不敢出来，也就可以报捷了。"正说着，一骑马飞驰而来，少保传令两位都督速去策应萧云仙。两都督不敢不遵，号令军中，疾进到带子河，见有现成的筏子，渡过河去，望见青枫城里，火光烛天。萧云仙正在东门外施炮攻城，番子见城中火起，不战自乱。城外中军已到，与先锋兵众合围青枫。番酋开了北门，舍命一场混战，只余得十数骑突围逃命去了。

少保督领后队到时，城里的百姓，头顶香花，跪迎少保进城。少保传令，救火安民，随即写了本章，差官进京报捷。萧云仙叩见少保，少保大喜，赏了他一腔羊、一坛酒，夸奖了一番。过了十多天，旨意下来，让平少保来京，两都督回原任候升，萧采实授千总。那青枫城善后事宜，少保便交与萧云仙办理。

（五）英雄心里的抑郁寒凉

萧云仙送了少保进京，见青枫城毁坏，必须修缮，细心计划了，用文书禀明少保。少保批了下来，将修城之事责成萧云仙办理。萧云仙奉了将令，监督筑城，前后在青枫城住了四年，筑城完工。新城周围十里，六座城门；城里又盖了五处衙署，出榜招集流民，入城居住；城外就叫百姓开垦田地。萧云仙心想——像这样的旱地，一遇荒年，就不能收成粮食，须是要兴建水利，才是根本解决之道。就动支钱粮，雇用民夫。萧云仙亲自设计，在农田旁开出许多沟渠来，大小纵横，高高低低，仿佛江南光景。

待得成功，犒劳百姓，每到一处传齐百姓，建立坛场，立起"先农"⑤牌位，摆设祭礼，萧云仙主祭，木耐赞礼，升香奠酒，三献八拜。又率领百姓北向叩谢皇恩。

祭礼之后，百姓团团坐下，萧云仙坐在中间，拔剑割肉，大碗斟酒，欢呼笑乐，痛饮了一天。吃完了酒，萧云仙率众种树，自己先种一棵，众百姓每人也种一棵——一方面是水土保持，另一方面借此花树，在边荒之地保留江南风光，也好纪念这一场水利兴农、富裕民生、永除边患的盛事。萧云仙同木耐，今日在这一方，明日去那一方，一连吃了几十日酒，共栽了几万棵柳树。

众百姓感念恩德，在青枫城外，集资盖了一座先农祠，中供先农神位，旁边供着萧云仙的长生禄位牌；又在祠墙上绘画一幅，画的是萧云仙纱帽补服，骑在马上；马前木耐持着红旗，巡行劝农。百姓人家男女，每到朔望，都来先农祠里焚香点烛跪拜。

到了第二年春天，杨柳发青，桃杏都开。萧云仙骑马，带着木耐出来巡游。只见绿树阴中，百姓家的孩子，三五成群地牵着牛，也有倒骑在牛上的，也有横睡在牛背上的，在田旁沟里饮了水，从屋角慢慢转了过来。萧云仙想着：从此百姓有好日子过了，心里欢喜，只是文教不兴，必须找一位先生，立个塾馆，教这些孩子们识字念书才好。正好有一位江南人沈先生，遭逢兵乱，流落在此。萧云仙礼请他来，商量设馆教学的事，那沈先生钦敬萧云仙是个今世的班超，一口就答应了。

萧云仙就驻防的二三千兵卒里，拣选了十个识得字多的兵，托沈先生每日指授书理。开了十处学堂，把百姓家略有聪明的孩子，都养在学堂里读书。读了两年多，沈先生就教他们作些破题、转承、起讲的文章法则。但凡作得来的，萧云仙就和他分庭抗礼，以示优待。渐渐地使民众们知道读书是最体面的事。

城工已竣，报上文书，就叫木耐送去。木耐见了少保，少保赏他一个外委把总，调到外地去了。少保根据萧云仙的详文，呈报兵部工部核算，公文批下来，竟指青枫城水草丰饶，烧造砖灰便利；新集流民，充当工役的甚多：指摘萧云仙开支浮滥，用银一万九千三百六十两一钱二分一厘五毫之中，核减了七千五百二十五两有零。今在萧云仙名下追赔归公，同时行文萧员的故里四川成都，由地方官在限期内办理公款追赔。

萧云仙接到上司公文，只得收拾行李回成都。到家时父亲已卧病在床。床前请安，禀告从军经过，惭愧伤心，伏地磕头不肯起来。萧昊轩道："这些事，你都没有做错，为什么跪地不起？"萧云仙才把修筑城工，被工部核减追赔的一案禀告，惭愧说道："儿子不能挣得一丝半粟，孝敬父亲，倒要破费了父亲的产业，心里实在愧恨万分。"萧昊轩道："这是朝廷功令，又不是你不肖，何必气恼？我的产业一起大约还有七千金，你都拿去赔还公银吧！"

萧云仙哭着答应，眼见父亲病重，他衣不解带地侍候了十多天，眼见已是不济，哭着问父亲有什么遗言？萧昊轩道："你这又是傻话了。我在一日，是我的事；我死之后，就都是你的事了。总之，为人以忠孝为本，其余都是次要。"说毕，瞑目而逝。

萧云仙呼天抢地，想着塞翁失马，焉知非福，要不是为了追赔，自己也不能回家，也就不能亲自为父送终，可见这追赔虽是枉屈，但也正是不幸中的大幸。

丧葬完毕，家产都赔光了，还少三百多两，幸好换了新知府，是平少保旧日提拔的，看在少保面上，替萧云仙先出了一个完清的结状，叫他先去少保那里，以后再设法赔补。少保见了萧云仙，慰劳了一番，替他出公文送部引见，兵部议定应由千总班次，论俸推升守备。又等了五六个月，发表了应天府江淮卫守备，领了剳（zhá）付⑥出京上任，走东路来南京，过了朱龙桥，来到广武卫地方。晚间住店，正是严冬时分，二更之后，店家吆喝道："客人们起来！木总爷查夜来了！"

萧云仙见那位总爷，原来就是木耐。木耐见了主人，喜出望外。叩安之后，请到衙里住了一宿。次日要行，木耐留住他道："老爷且宽住一日，这天色想是要下雪了。今日且到广武山阮公祠去游玩，也好让卑弁尽个地主之谊。"

木耐备了酒菜，两人骑着马，来到广武山阮公祠，道士迎接，后楼坐下。木耐开了六扇窗格，正对着广武山侧面，看那山上，树木凋败，被北风吹得凛冽，天上已飘下雪花来了。

萧云仙看了，对木耐说道："我两人在青枫城的时候，这样的雪，也不知经过了多少，那时倒也不觉得有什么苦楚。如今见了这点雪，倒觉得寒冷得紧！"

木耐道："想起那两位都督大老爷，此时穿着貂裘烤火，不知怎样快活哩！"说着，吃完了酒，萧云仙起来闲步，右边一个小阁子，墙上嵌着许多名人题咏。萧云仙看到内中一首七言古风，题目写着："广武山怀古"，后面一行写着："白门武书正字氏稿。"萧云仙读了又读，读过几遍，不觉凄然泪下。

【注释】

① 征君：征辟，朝廷选拔平民而授以官职叫征辟。士人受朝廷征聘的称为征士、征君。

98

② 问讯：僧尼向人合掌或敬揖。

③ 松藩卫：地名，在今四川省理番县北，古氐、羌地。明代时设置松州、潘州二卫，后并为松潘（藩）卫。

④ 卑弁：军队里下对上官的自称。

⑤ 先农：就是神农氏。

⑥ 剳付：旧制公文一种。

【批评分析】

（一）萧云仙见义勇为，不愧是少年英雄的本色。

（二）在这一节里可以看出萧云仙机智胜敌的才能，两位都督的颟顸无能，只想别人去拼命，自己坐享功劳。

（三）萧云仙在边疆兴水利、办教育、修筑青枫城、招抚流亡，赢得民众感激爱戴。有大功而不得升赏，反被指摘开支浮滥，迫得要变卖家产来赔偿，可见专制时代的赏罚不公，兵部工部不明真实。颟顸贪墨反能升赏，才俊忠直竟然屈沉被斥。萧昊轩不怪儿子，允许以家财作赔，洒脱明白，是豪杰豁达性格的表露。萧云仙在青枫城不觉得寒冷，和木耐登临广武山赏雪，倒觉得寒冷得紧。这不是雪冷，而是英雄内心的寒凉。晋时阮籍登临广武山而叹息："时无英雄，使竖子成名。"《外史》化用了这一段，意识正是为千古志士才人的抑郁所作的倾吐。

六、娄家的两位公子

（一）公子爷枫林访贤

作过南昌府的蘧家和娄家是姻亲，娄家中堂[①]在朝二十多年，死后谥为文恪公。娄家的公子们称蘧太守为姑丈，长公子现任通政司[②]大堂。三公子娄瓒，字玉亭，是一位孝廉；四公司娄瓒，字瑟亭，在监读书。这两位公子因为科名不顺，到现在还未能中进士，入翰林，激成了一肚子的牢骚不平，常说："自从永乐篡位之后，明朝就不成个天下！"兄长娄通政怕会惹出事来，劝他们离开京师，返回浙江。

两位公子来到嘉兴，见到姑丈蘧老太守，说江西宁王反叛，多亏新建伯王守仁建大功、除大难。娄三公子道："新建伯这次有功而不居功，尤其难得！"四公子道："据小侄看来，宁王此番举动，也与成祖差不多，只是成祖运气好，到而今称圣称神。宁王运气低，就落得个为贼为虏，也算是一件不平的事。"蘧太守道："以成败论人，虽是庸人之见，但本朝大事，你我作臣子的，说话须要谨慎。"四公子这才不敢再说了。

谈到蘧太守的孙子蘧公孙的学业，由于父亲去世得早，祖父娇养，替他捐了个监生，学业不曾十分讲究。平日里蘧太守倒是常教他作作诗，吟咏性情，要他知道乐天知命的道理，能在膝下承欢就行了。两位公子听了，正合心意，大为赞成，说道："这就是姑丈的高见。与其出一个消磨元气的进士，不如出一个培养阴德的通儒。"

两位公子返里祭扫祖坟，看坟的邹吉甫问说："本朝的天下，原本要同孔夫子的周朝一样好的，就为出了个永乐爷，就弄坏了，这事可是有的。"问他这话是谁说的，邹吉甫说："是镇上盐店的一位管事先生杨执中说的，最近这位杨先生亏空了七百多两银子，被东家告到德清县里，监禁着已有一年半了。家里又穷，两个儿子都是蠢人，情况实在可怜。"两位公子听了，命管家晋爵去查，原来这杨执中还是个廪生拔贡，当下就由娄府替他出了七百五十两银子，办理交保。那晋爵仗着娄家的势，吞没了七百多两，只用了二十两银，叫县里书办以娄府帖子去压制德清县知县放人。

杨执中只知是被一个姓晋的保了出来，糊里糊涂，对娄家公子的一番义举全然不知。过了月余，娄家公子弟兄在家也觉得诧异。两人商议，杨执中至今并不来谢，品行不同流俗，商量着要主动下乡去访这位贤人。于是叫了一只小船，不带从者，此时正值秋末冬初，昼短夜长，朦胧月色下行船，河里各家运租米的船，十分拥挤。

三更多天气，听到河面一阵喧嚷，两位公子在舱门板缝里看时，只见上游流下来一只大船，明晃晃点着两对大高灯，一对灯上字是"相府"，一对是"通政司大堂"。船上站着几个如狼似虎的仆人，拿着鞭子，专打挤河路的船。两位公子吓了一跳，以为是自己府中的家人狐假虎威，但看了却又不识。正看着，大船已到跟前，拿鞭子打船家，船家道："好好的一条河路，你走就走罢了，为什么行凶打人？"

船上人骂道："奴才，睁开驴眼看看灯笼上的字，是哪家的船？"船家道："灯上是相府，我怎么知道你是哪个宰相家！"那些人道："瞎了眼的死囚！湖州除了娄府，还有第二个宰相？"船家道："是娄府，罢了，不知是哪一位老爷？"那船上道；"我们是娄三老爷装租米的船，谁不晓得，这狗才再回嘴，拿绳子来把他拴在船头上。明日回过三老爷，拿帖子送到县里，先打几十板子再讲！"船家道："娄三老爷现在我们船上，你哪里又有个娄三老爷来了？"开了舱板："请三老爷出来，给他们认一认！"

三公子走出船头，问道："你们是我家哪一房的家人？"那些人却认得三公子，一齐都慌了，都跪下道："小人们的主人刘老爷，曾作过守备。因从庄上运些租米，怕河路里挤，大胆借了老爷里的官衔，不想就冲撞了三老爷的船，小的们该死！"

三公子道："你主人与我同在乡里，借个官衔灯笼何妨？但在河道里行凶打人，说是我家，岂不坏了我家的声名？何况你们也知道的，我家从没有人敢做这样的事，你们起来，回去见了你主人，也不必说在河里遇着了我，只是下次不可再如此就好了！"众人应诺，谢了三老爷的恩典，把两副高灯登时吹熄了。

第二天船到新市镇，去找邹吉甫不在家。问到杨执中家，一个村子，不过四五家人家，几间茅屋，屋后两棵大枫树，经霜之后枫叶通红。杨执中不在家，一个耳聋的老妪应门，两位公子留下话，嘱她转告是城里大学士娄家来访。

晚间杨执中回家，老妇告诉他城里有两个姓柳的来寻，说在大觉寺里住。杨执中心疑，想起当初盐商告他，打官司时，县里出的官差姓柳。一定是这差人来敲诈要钱，骂老妪道："老不死的老蠢虫，这样的人来寻我，只回我不在家罢了，又叫他改天再来做什么？"老妪不服回嘴，杨执中恼了，打了老妪一顿。

此后，怕差人来寻，清早就出门闲混，到晚才回。不想娄府两位公子，过了四五日又来访晤，惹得老妪一肚子气，嚷着说为了两人，连累她招来一顿拳打脚踢，杨老爹不在家，以后好些日子也不在家，叫两人莫来找麻烦。两公子不知是何缘故，又好恼又好笑。

归程中，无意中从一个卖菱的孩子处得到杨执中所作的诗，一幅素纸上写："不敢妄为些子事，只因曾读数行书。严霜烈日皆经过，次第春风到草庐。"后面署名："枫林拙叟杨允草"。两位公子看了，不胜叹息，说道："这先生襟怀冲淡，真是可敬！"

（二）蘧公孙入赘鲁府

蘧老太守把孙儿蘧公孙的婚事，托付给两位内侄，娄家的三公子、四公子。其后两位公子的同乡鲁编修来访，在娄府见到了蘧公孙，喜欢他俊逸多才，当下就请牛布衣、陈和甫两先生为媒，禀明了蘧太守，两家联婚。娄府两公子托陈和甫选定花烛之期，陈和甫选在十二月初八日，送过吉期去。鲁编修说只有一个女儿，舍不得嫁出门，要蘧公孙入赘，娄府这边也应允了。

到了十二月初八日，娄府张灯结彩，先请两位月老吃了一日，黄昏时分，大吹大擂起来。娄府一门官衔灯笼，就有八十多对，添上蘧太守家灯笼，足足摆了三四条街还摆不完。全副执事，又有一班细乐，八对纱灯，引着四人大轿，蘧公孙端坐在内；后面四乘轿子，便是娄府两位公子、陈和甫、牛布衣，同送公孙入赘。到了鲁宅门口，开门钱送了几封。只见重门洞开，里面一派乐声，鲁编修纱帽蟒袍、缎靴金带，迎了出来。到厅拜见，编修公奉新婿正面一席坐下，两公子、两冰人和鲁编修两列相陪；献过三遍茶，摆上酒席。蘧公孙偷眼看时，是个旧旧的三间厅古老房子，此时点几十支大蜡烛，极其辉煌。

戏子上来参了堂，磕头下去，打动锣鼓，跳了一出加官，演了一出《张仙送子》，一出《封赠》。唱完三出头的，副末执着戏单，上来请点戏，才去到公孙席前跪下，恰好侍席的管家，捧出一碗烩燕窝来，上在桌上。管家叫一声："免。"副末立起，呈上戏单。忽然乒乓一声，屋梁上掉下一件东西来，不左不右，不上不下，端端正正掉在燕窝碗里，将碗打翻，那热汤溅了副末一脸，碗里的菜泼了一桌。惊看原来是一只老鼠，从梁上走滑了脚，掉将下来。那老鼠掉在滚热的汤里，吓了一跳，把碗跳翻，爬起来就从新郎官身上跳了下去，把一件簇新的大红缎补服都弄油了。

众人脸上变色，忙将这碗撤去，桌上打抹干净，又取一件圆领与公孙换了。公孙再三谦让，不肯点戏，商议了半日，点了一出《三代荣》，副末领单下去。

酒过数巡，厨下捧上汤来。那府役雇的是个乡下小厮，他踮着一双钉鞋，捧着二碗粉汤，站在丹墀里，尖着眼看戏。管家才端了四碗上去，还有两碗不曾端；他捧着看戏，看到戏场上小旦，忸忸怩怩地唱，他就看昏了，忘其所以然，只道粉汤碗已是端完了，把盘子向地下一掀，要倒那盘子里的汤脚，没想到叮当一声，把两碗粉汤都砸碎在地。他一时慌了，弯下腰去掀那汤粉，又被两条狗争着来吃。他怒从心上起，使尽平生气力，一脚踢去，不想不曾踢着狗，用力太猛，把一只钉鞋踢脱，飞起有丈把高。

陈和甫坐在左边第一席，席上上了两盘点心，一大碗粉丝八宝攒汤。正待举箸，忽然一个乌黑的东西自空掉下，乒乓一声，把两盘点心打得稀烂。陈和甫吃了一惊，慌忙站了起来，衣袖又把汤碗招翻，泼了一桌，满座诧异。

鲁编修自觉此事不甚吉利，懊恼着又不好说，悄悄把管家叫过来，责骂了几句。哄乱之中，戏子正本作完。众家人掌了花烛，把蘧公孙送进新房。

（三）新娘出题考尔夫

新房之中，鲁小姐卸了浓妆，蘧公孙细看，真有沉鱼落雁之容、闭月羞花之貌。两个贴身侍女，一个叫作采蘋，一个叫作双红，都是袅娜轻盈，十分颜色。蘧公孙见小姐十分美貌，已是醉心，还不知小姐又是个才女。

鲁编修无子，就把女儿当作儿子，五六岁请先生开蒙，读的是四书五经。十一二岁就教作八股文③，教她作"破题""转承""起讲""题比""中比"，先生督课，同男学生一样。这小姐天资高，记性又好，各大家的文章，历科程墨，各省宗师考卷，她的肚里记得三千多篇，作出来的文章，理法老到，花团锦簇。

鲁编修每常叹道："若是个儿子，几十个进士状元都中来了！"闲居无事，常和女儿谈说："八股文章若是作得好，随你作什么东西——要诗就诗，要赋就赋——都是'一鞭一条痕，一掴一掌血'④，若是八股文章欠讲究，任你作出什么来，都是野狐禅，邪魔外道。"

小姐得了父亲的教训，益发用功为文，诗词歌赋，正眼儿也不一看。家里虽有几本诗集、诗话之类，倒把伴读的采蘋、双红们看，闲暇也教她们诌几句诗，以为笑话。这番招进蘧公孙来，门户相称，才貌相当。料想公孙举业已成，不日就是个少年进士。赘进来十多日，香房里满架文章，公孙却全不在意。小姐心想："这些自然都是他烂熟于胸的了。"又疑心着："或许是新婚燕尔，一时还想不到正业。"

过了几天，公孙赴宴回房，袖里藏了一本诗来灯下吟哦，拉着小姐并坐同看。小姐还有点害羞，不好问他，只得勉强看了一个时辰。到次日，小姐忍不住了，知道公孙正在书房，出了一道题目

"身修而后家齐"，叫采蘋送去给姑爷，就说是老爷要请教一篇文字的。

公孙接到，付之一笑，说道："我对此事不甚在行，况到尊府尚未满月，正要做些雅事，如此俗事还不耐烦做哩。"公孙只以为对才女说这样的话是极雅的了，没想到正犯着忌讳。

当晚养娘就见小姐愁眉泪眼，长吁短叹，说道："我只道他举业已成，不日就是举人进士；谁想如此，岂不误我终身？"等到公孙进来，小姐待他辞色就有些不善。公孙自知惭愧，彼此不便明言。从此夫妇间有了距离，但说举业，公孙总是不喜，劝得紧了，反说小姐俗气。

鲁夫人知道了，来劝女儿说："新姑爷人物已是十分了，况你爹原爱他是个少年名士。"小姐道："母亲，从古到今，哪有不曾中进士的人可以叫着名士的？"夫人和养娘又劝，道是两家鼎盛，就算姑爷不中进士做官，难道这一生会有什么缺少？

小姐道："好男不吃分家饭，好女不穿嫁时衣，总是自挣的好，靠着祖父，那就是不成器。"养娘道："当真姑爷不得中，小姐将来生出小公子来，自小依你的教训，不要学他父亲。家里放着你这个好先生，还怕教不出一个状元来，就替你争口气。你这封诰还是稳的。"

小姐叹了一口气，也就罢了。其后鲁编修知道了，也出了两题请教公孙，公孙勉强成篇。编修公一看，全是诗词上的话，有两句像《离骚》，有两句又像子书，不是正经文字，因此心里也闷，说不出来。全亏鲁夫人疼爱女婿，如同心头之肉。

（四）杨执中的铜炉

两位公子忙着为表侄蘧公孙与鲁编修家小姐结婚的事，忙了月余，已是残冬，又忙着度岁。新年正月，看坟的邹吉甫来，这才将两番造访杨执中的事告知，邹吉甫说杨先生是个极忠厚的人，绝不会装身份故意躲着不见。邹吉甫本说由他去约了杨执中来见。两位公子仍是尊贤不肯，约好由邹吉甫先去杨家，两公子定期来访。

邹吉甫知杨家贫穷，自带了一些鸡肉酒菜，见了杨执中，见他把两手袖着笑道："邹老爹，不好意思告诉你，我自从去年在狱里出来，家下一无所有，常日只好吃一飧粥。直到除夕那晚，我这镇上开当铺的汪家，想要我这座心爱的炉，出二十四两银子，分明是算准了我过年没有柴米，要来讨这个巧。我说：'要我这个炉，须是三百两现银子，少一厘也不成。就是当当，过半年也要一百银。像这几两银子，不够我烧炉买炭的哩！'汪家的将银子拿了回去，这一晚到底没有柴米。我和老妻两个，点了一支蜡烛，把这炉摩弄了一夜，就这样过了一个年。"将炉捧着，指给邹吉甫看，又道："你看这上面的色浆，好颜色！今天又恰好没有米，所以方才在此摩弄这炉，消遣时间。想不到你带着酒菜来，只是无米做饭。"

邹吉甫又拿钱给杨执中，吩咐老妪买米。两人坐下细谈，杨执中这才知道救他出狱，二度来访的竟是娄家的两位公子。今日约定，不久就来，吩咐家里准备，坐了一会儿，杨执中的二儿子杨老六，在镇上赌输了，又喝得烂醉，想着回家来向母亲要钱再去赌。杨执中叫他来与邹老爹见礼，那老六跌跌撞撞，作了个揖就去厨下，看见锅里煮的鸡和肉喷鼻香，又焖着一锅好饭，房里又放着一瓶酒，不知是哪里来的，不由分说，揭开盖就要捞来吃，被他娘劈手把锅盖上了。杨执中骂道："你又不害馋痨病，这是别人拿来的东西，还要等着请客！"他哪里肯依，醉得东倒西歪，只是抢了吃。杨执中骂他，他还睁着醉眼混回嘴。

杨执中急了，拿火叉赶着要打他，邹吉甫劝着，说道："酒菜是候娄府两位少爷的！"那杨老六虽蠢，但听是娄府，也就不敢胡闹了。他娘见他酒略醒些，撕了只鸡腿，盛了一大碗饭，泡上些汤，瞒着他老子递与他吃，吃毕扒上床睡觉去了。

两位公子同蘧公孙，直到日暮方到，进来见是一间客座，六张旧竹椅，壁上悬着朱子治家格言，两边有一副联，写着：

三间东倒西歪屋，一个南腔北调人。

上面贴着一个报帖："捷报贵府老爷杨讳允，钦选应天淮安府沭阳县儒学正堂，京报。"杨执中道："是三年前弟不曾被祸之时的事，垂老得这一个教官，又要去递手本，行庭参，自觉得腰胯硬了，做不来这样的事。当初辞病不去，哪知辞官未久，被遭横祸，受小人之欺！懊恼着不如去到沭阳，也免与狱吏为伍，若非三先生、四先生，大力相援，小弟这几根老骨头，只好病死狱中了！此恩此德，何日得报！"

三公子道:"小事何足挂怀,先生辞官一事,更使人敬仰品高德重!"四公子道:"朋友原有通财之义,小弟们还恨知道此事已迟,未能早为先生洗脱,心中不安。"

请进一个草屋,是杨执中修茸的书房,面对一方小天井,梅开三两枝。书房里满壁诗画,一副联子上写着:

嗅窗前寒梅数点,且任我俯仰以嬉;
攀月中仙桂一枝,久让人婆娑而舞。

两公子看了,不胜叹息,此身飘飘如游仙境。

饭后烹茗清谈,两公子邀请杨执中来家盘桓。杨执中答应三四日后即来。直谈到起更时候,一庭月色,照满书窗,梅花枝枝如画,两公子流连不忍相别。杨执中自知蜗居难容贵宾,踏着月影,把两位公子和蘧公孙送到船上。

回到娄府,看门的禀道:"鲁大老爷有要紧事,请蘧少爷回去,来过三次人了。"蘧公孙慌忙回去,见了鲁夫人。夫人告诉说,编修公因女婿不肯做举业,心里生气,商量要娶一个如君⑤,早养出一个儿子来,教他读书,接进士的书香。夫人说年纪大了,劝他不必,他就生了气,昨晚跌了一跤,半身麻木,口眼有些歪斜。小姐在旁,眼泪汪汪,只是叹气。公孙也无奈何,忙去书房问候,陈和甫已在把脉,道是编修公身在江湖,心悬魏阙⑥,故而忧愁抑悒,出现此症,治法当先以顺气祛痰为主。改服了陈和甫的方子之后，渐渐见效，方才放心。

（五）名士侠客一齐来

杨执中来到娄府，向两位公子介绍他的朋友，姓权名勿用，字潜斋，萧山县人。有满腹的经纶，程朱⑦的学问，乃是世间第一奇人。两位公子大惊，就要去访。恰好街道厅魏厅官来拜，为丈量土地的事，要两位公子将祖坟墓道地基开示，魏厅官仔细查看有无小民在附近樵采。两公子答应同去墓地。不及亲访大贤，商议着只好由两位公子亲函，杨执中附书一封，差了家人晋爵的儿子宦成，带着礼物，专诚前往萧山促驾。

宦成上路，在船上遇到两位萧山县的人，向他们打听权勿用，这才知道权勿用在山里住，世代务农，到他父亲时挣了几个钱，送他在村学读书。其后他父亲死了，他不会种田，又不会做生意，坐吃山空，把些田地弄得精光。足足考了三十多年，连一回县考复试都不曾取。肚子里从来就没有通过，借在土庙里训几个蒙童，每年应考混着过。

那年遇着湖州新市镇盐店里的一个伙计，杨老头子来讨账，住在庙里，呆头呆脑，说些什么天文地理、经纶匡济的混话。他听了就像神附着了似的发了疯，从此不应考了，要做个高人。这一做高人，几个学生也不来了，在家穷得没法过，就在村坊上骗人过日子。口里动不动就说："我和你至交相爱，分什么彼此？你的就是我的，我的就是你的。"这几句话，就是他的歌诀。

宦成心想二位老爷也真可笑，没来由，老远的来寻这种混账人做什么？到了萧山，寻到一个山坳里，几个坏草屋，门上贴着白，原来权勿用的母亲去世。权勿用热孝在身，不能出门，收下厚礼，作书道谢，约定百日满后到娄府来相会。

宦成回报，两公子不胜怅怅，把书房后一处轩敬亭上，换了一匾，写作"潜亭"，以示专等权潜斋来住的意思。杨执中此时住在娄府，老年痰疾，夜里要人做伴，把第二个蠢儿子老六叫了来同住。

将及一月，杨执中又写信去催，权勿用收拾搭船来湖州。在城外上了岸，左手捐着被套，右手晃荡着大布袖，一脚高一脚低在街上乱撞。过了城门外吊桥，路上甚挤，恰好一个乡下人在城里卖完了柴出来，肩头卜横捐着一根尖肩担，一撞之下，把权勿用的一个高高的孝帽横挑在扁担尖上。乡下人低着头走，也不知道，捐着去了。

权勿用把手乱招，口里喊道："那是我的帽子！"追了过来，眼睛不看前面，没想到一头撞到一顶轿子上，把那轿子里的官几乎撞得跌了出来。那官大怒，要叫衙役锁他，他又不服气，向着官指手画脚地乱吵。这时街上围着人看，内中走出一个人来，头戴一顶武士巾，身穿一件青绢箭衣，几根黄胡子，两只大眼睛，走上来向那官说："老爷！且请息怒。这人是娄府请来的上客。虽然冲撞了老爷，若是罚他，恐娄府面子不好看！"那官就是街道厅老魏，听了这话，将就着吆喝一声，起轿去了。

权勿用看那人时，便是他旧相识的侠客张铁臂。两人一同来到娄府，门房问他姓名，他死也不肯说，只说："你家老爷很久就知道了。"看门的不肯传，他就大嚷大叫，闹了一会才说："把杨执中老爹请出来吧！"

杨执中出来，见他一身白衣，又不戴帽，吓了一跳，这才延请入内。两公子都不在家，晚间回来，书房相会，彼此恨相见之晚，指着潜亭与权勿用看了，说出钦慕之意。摆出酒席接待，席间问起张铁臂绰号的来源，张铁臂道："晚生小时，有几斤力气。朋友和我赌赛，我睡在街心，把膀子伸着，等那牛车过来，那车来得力猛，足有四五千斤，车毂打从膀子上过，正压着时，晚生把膀子一挣，吉丁的一声，那车就滚过去几十步远，看晚生这膀子时，连白迹也没有一个，所以众人就加了我这一个绰号。"

张铁臂又表演舞剑，两公子取出一柄松纹古剑来，递与他。灯下拨开，光耀闪烁，张铁臂持剑走出天井，两公子吩咐点烛，张铁臂就一上一下，一左一右，舞将起来。舞到酣畅之时，只见冷森森的一片寒光，如万道银蛇乱掣，看不见舞剑的人，只觉得冷风袭人，看的人毛发皆竖。权勿用又取了一个铜盘，叫管家满贮了水，用水蘸着酒，一点也洒不进，舞了一会儿，大叫一声，寒光陡散，还是一柄剑执在手里。看那张铁臂时，面不红，气不喘，众人大大称赞。

（六）莺脰盛会和人头会

自此权勿用、杨执中、张铁臂都成了相府的上客。一日，三公子说要请众宾客一游莺脰（dòu）湖。天气渐暖，权勿用身上那一件大粗白布衣服太厚，穿着热了，想去当几钱银子，买些蓝布，缝件单袍，好穿了作游莺脰湖的上客。于是就瞒着公子，托张铁臂去当了五百文钱来，放在床上枕头边，夜晚一摸，五百文不见了，问杨执中的蠢儿子杨老六可曾看见，老六说看见的。权勿用问到哪里去了，老六道："是下午时候，我拿出去赌钱输了。还剩有十几个钱，留着等一下买烧酒吃。"

权勿用道："老六！这也奇了！我的钱，你怎么拿去赌输了？"老六道："老叔！你我原是一个人，'你的就是我的，我的就是你的'，还分什么彼此。"气得权勿用干瞪眼，幸好三公子见他没有衣服，取出一件浅蓝绸长袍来送与他。

那日莺脰湖盛会，正值四月中旬，天气清和，到会的是主人三公子、四公子、蘧公孙、清客牛布衣、杨司训执中、权高士勿用、张侠客铁臂、扶乩看病的陈山人和甫。八位名士，带着杨执中的蠢儿子杨老六，当下牛布衣吟诗、张铁臂击剑、陈和甫说笑，伴着两位公子的雍容尔雅，蘧公孙俊俏风流，杨执中的古貌古心，权勿用的怪模怪样，真乃是一时胜会。两边船窗打开，奏着细乐，游来湖中，酒席齐备，十几个阔衣高帽的管家，在船头上更番斟酒上菜，那食品之清洁，茶酒之清香，不容细说。

饮到月上时分，两只大船上点起五六十盏羊角灯，映着月色湖光，照耀如同白日。乐声大作，空阔处更觉得响亮，声闻十多里。两岸上人望着，有如神仙，谁人不羡？

次早蘧公孙回去，见到鲁编修告知，编修公道："令表叔在家，应该闭户做些举学，以继家声，怎么只管结交这样一班人？如此招摇，实非所宜。"

次日，蘧公孙向两位表叔说了。三公子大笑道："我也不了解你这位岳丈，竟然俗到如此地步！"正说之间，门上人进来禀报："鲁大老爷开坊，升了侍读，朝命已下，京报刚才到了，老爷们须要去道喜。"

蘧公孙得知，慌忙先回岳家去贺喜。到了晚间，公孙打发家人跑来报："不好了。鲁大老爷接着朝命，正在合家欢喜，打点摆酒庆贺，不想痰病大发，已是不省人事，快请二位老爷过去。"两位公子连忙赶去，到了鲁宅，进门就见一片哭声，鲁编修已经去世。鲁府亲戚们，得报来到，商量在本族亲房立一个儿子过继，然后大殓治丧。蘧公孙哀毁骨立，极尽半子之谊。

鲁编修亡故之后，有一天，两位公子在内书房对坐，商议写信到京。此时正是下旬，月色未上，二更之后，忽听得房上瓦一片大响，一个人从屋檐上掉下来，满身血污，手里着一个革囊。两公子惊着，竟是张铁臂，问他是怎么回事？

张铁臂道："二位老爷请坐，容我细禀，我生平一个恩人，一个仇人。这仇人已衔恨十年，无从下手。今日得便，已被我取了他的首级在此，这革囊里面就是人头。我那恩人正在这地方十里之外，须要五百两银子去报了他的大恩。自此之后，我的心事已了，就可以舍身为知己者用了。我想可以措办这事的只有二位老爷，除此哪能有此等胸襟的人，所以冒昧黑夜来求。如果不蒙相救，就要从此远遁，不能再相见了！"

说完，提了革囊要走，两公子此时已吓得心胆皆碎，连忙拦住道："张兄休慌，五百金小事，不必介意，只是人头如何处理？"

张铁臂笑道："只要我略施奇术，就可以灭迹，目前匆忙不行，等我把五百金送去之后，不过两个时辰，就可以回来，取出人头，加一药末，顷刻化水，毛发不存。二位老爷可以先备筵席，多请宾客，看我来做这事。"

两位公子骇然，忙取五百两银子来付与张铁臂，张铁臂留下革囊，道谢一声，腾身而起，上了房檐，行步如飞，只听得一片瓦响，无影无踪去了。两位公子依言，天明之后，约了牛布衣、陈和甫、蘧公孙、杨执中、权勿用，举行人头会，专等张铁臂回来处理，一直等到晚上，不见回来。天气暖和，革囊臭了出来，大着胆打开来看，哪是什么人头，不过是六七斤重的一头猪在里面。

两公子悄悄相商，受骗也只好自认倒霉，不必使别人知道，当下仍旧出来陪客人饮酒。心里正闷着，看门的人进来禀报："乌程县有个差人，持了县里老爷的帖，同萧山县来的两个差人叩见老爷，有话面禀。"

三公子留四公子陪客，自来厅上见那差人，呈上公文，上面

116

写着："萧山县正堂吴。为地棍奸拐事：案据兰若庵僧慧远，具控伊徒尼僧心远被棍权勿用奸拐霸占在家一案。查本犯未曾发觉之先，自潜迹逃往贵治。为此移关，烦贵县查照来文，遣役协同来差，访该犯潜踪何处，擒获解还敝县，以便审理究治。"

看过之后，差人禀道："小的本官上复三老爷，知道这人在府里，因老爷这里不知他这些事，所以留他。而今求老爷把他交与小的，他本县的差人现在外面伺候，交与他带去，莫使他知道逃走了，不好回文。"

三公子吩咐候着。满心惭愧，叫请四老爷和杨老爷出来。两位出来时，看了公文和本县拿人的拘票，四公子也觉得不好意思。杨执中道："三先生、四先生，自古道：'蜂虿（chài）入怀，解衣去赶。'他既然弄出这样的事来，先生们也庇护他不得，如今我去向他说，把他交与差人，等他自去料理。"

两公子没奈何。杨执中走进书房席上，一五一十说了，权勿用红着脸道："真是真，假是假！我就同他们去，怕什么！"两位公子走进来，不改常态，说了些打抱不平的话，又敬了两杯别酒，取出两封银子送作盘缠。两公子送出大门，打躬而别。那两个差人见权勿用出了娄府，两公子已经进府，就把他一条链子锁着带去了。

【注释】

① 中堂：宰相。

② 通政司：官名，掌内外章疏，臣民密封申诉之事。

③　八股文：明清两朝应科举的文体，又名制义、时文、四书文。分破题（共二句道破全题的要义）、承题（申明破题之意）、起讲（又名原起，一篇开讲之处）、题比（又名提股，起讲后入手之处）、虚比（又名虚股，承题比之后，后来废除不用了）、中比（又名中股，是全篇的中坚）、后比（畅发中比未尽之义）、大结（一篇的总结，其后多废除不用）。

④　一鞭一条痕，一掴一掌血：譬喻得心应手，样样到家。

⑤　如君：姨太太。

⑥　身在江湖，心悬魏阙：此处指鲁编修闲在家里，一心盼着做官。

⑦　程朱：指理学家程颐、程颢、朱熹。

【批评分析】

（一）娄家两公子"与其出一个消磨元气的进士，不如出一个培养阴德的通儒"，是为作者痛恨时文科举，要求尊重独立人格的意识表现。邹吉甫问两位公子的话，正是两公子常发的牢骚，是为投其所好。两公子敬重斯文，义救杨执中，而德清县知县只凭娄府的一张帖子放人，损失的是国库公帑。刘守备冒称娄府官船，河中打人一段，可见狐假虎威，富贵欺压平民的社会写实。两公子的宽容极好，但三公子仍是糊涂，说："我家从没有人敢做这样的事。"其实从晋爵吞没七百两银子的事看来，娄府下人的恶劣绝不下于守备家人。杨执中故意放长线钓鱼，自高身价，加强公子们的器重，"不敢妄为些子事儿……"一诗，是元代中书左丞吕仲实所作七律的后四句，杨执中抄袭掠美，两公子居然也浅陋不察。

（三）鲁编修只知作八股文，作官，观念腐旧固执，影响鲁小姐也成了个冬烘头脑。但蘧公孙自以为是的名士风流，其实所学也是极不充实。

（四）杨执中的摩挲铜炉，是一种待价而沽的象征式说明。他的狐狸尾巴已显露，既然淡泊名利，又为何还把一张沭阳县儒学正堂的报贴贴着叫人看，从这种自我标榜中可见其人的虚伪做作。而笺联"三间东倒西歪屋，一个南腔北调人"，也是割裂抄袭之作。纪昀《阅微草堂笔记》，记张晴岚（明经）除夕前自题门联："三间东倒西歪屋，一个千锤百炼人。"袁枚《随园诗话》记鲁之裕观察署门："两间东倒西歪屋，一个南腔北调人。"

（五）杨执中的援引权勿用，是物以类聚，目的在壮声势。权勿用的矫情立异，装模作态，一方面是掩饰自己的浅陋；另一方面是故意乖张脱俗，引人注意。

（六）鲁编修因为有官作，竟然欢喜得痰病大发而死，既可悲又可笑。张铁臂用假人头骗钱，权勿用的真相暴露，原来是奸拐僧尼的地棍。两公子明知受骗，仍然宽厚，这虽是可贵的，但也暴露了当时官绅之流的乡愿虚伪鄙性。

七、遇仙记

（一）马二先生的文章事业

上文提过的蘧公孙，招赘在鲁编修家，后来鲁编修去世，蘧老太守有病，蘧公孙回嘉兴侍疾，两位娄公子陪同去候姑丈。到了嘉兴，蘧太守已是病得重了，看来是个不起之病。公孙传着蘧老太守之命，托娄府两位公子去替他接鲁小姐回家。鲁府编修夫人疼爱独生女，不肯放她去婆家。倒是小姐深明大义，决意要返婆家侍疾。此时两个丫鬟，采蘋已嫁了，只有双红随着小姐赠嫁。叫了两只大船。全副妆奁搬来船上，来到嘉兴蘧府，蘧老太守已经去世。鲁小姐上侍孀姑，下理家政，井井有条，蘧府的亲戚们无不钦羡。

公孙居丧三载，眼见娄府的两位表叔，半世豪举，到头来落得一场扫兴，因此功名心也渐渐淡了，诗话也不刷印送人了。鲁小姐头胎生的小儿子已有四岁，小姐每天拘着儿子在房里讲四书、读文章，公孙也在旁指点。因此公孙有了改变，想要结交几个考高等的朋友，谈谈举业，无奈嘉兴的朋友们都知公孙是个作诗的名士，不来亲近他。公孙觉得没趣。那一天街上走过，看到一处新书店里贴着一张报帖，介绍选文专家处州马纯上先生。

蘧公孙亲去书坊拜访，店里人道：马先生在楼上，喊一声："马二先生，有客来拜。"一人应声下楼，公孙看那马二先生时，身长八尺，容貌甚伟，头戴方巾，身穿蓝袍，脚下粉底皂靴，面皮深黑，脸上长着稀疏的几根胡子。相见启谈，才知马二先生做秀才已二十四年，也考过六七次案首，只是科场不利，至今还未中举。谈了一会，公孙告别。马二先生问明了住处，约定明日回拜。

公孙回家，向鲁小姐说："马二先生明日来拜，他是个选文做举业的专家，我想留他便饭。"小姐欣然准备。

次日马二先生来拜，公孙问道："先生所选的范文是以哪一种文章为主？"

马二先生道："文章总以理法为主，风气会变，理法总是不变。作文章不能带着注疏气，尤其不可带有词赋气。有了注疏气只不过缺少文采，若带有词赋气那就会有碍于圣贤口气，那是为文的大忌。"

公孙道："这是作文章的道理了，请问批选文章，又是怎样的道理？"

马二先生道："选文批文，也是全然不可带有词赋气。小弟每常见前辈批语，有些风花雪月的字样，被那些后生看见，就会想到诗词歌赋那条路上去，就会坏了心术。古人说得好：'作文之心如人之眼。'凡人眼中，尘土屑固然不可有，就是金玉屑也是有不得的，所以小弟选批文章，总是采取精语，不肯随便下笔，时常一个批语要作半夜。务必要那些读选文的人，读了这一篇就能悟出几十篇的道理，这才能得实益。"

说着，里面捧出饭来，果然是家常肴馔：一碗炖鸭、一碗煮鸡、一尾鱼、一大碗煨得稀烂的猪肉。马二先生食量颇大，举箸向公孙道："你我知己相逢，不做客套。这鱼且不必动，倒是肉好。"当下吃了四碗饭，将一大碗烂肉吃得干干净净。里面知道了，又添出一碗来，连汤都吃完了。吃毕喝茶清谈。马二先生问道："先生名门，又这般大才，应该早已高发，为何困守在此？"

公孙道："小弟因先君去世得早，在先祖膝下料理些家务，所以不曾致力于举业。"

马二先生道："你这就差了。'举业'二字，是从古到今人人必要作的。就如孔子生在春秋时候，那时用'言扬行举'[①]做官，所以孔子就讲成'言寡尤，行寡悔，禄在其中'[②]。这就是孔子的举业。到了战国时，以游说做官，所以孟子历说齐、梁，这就是孟子的举业。到了汉朝'贤良方正'[③]开科，所以公孙弘、董仲舒举贤良方正，这就是汉人的举业。到唐朝用诗赋取士，他们若讲孔孟的话，就没有官做，所以唐人都会作几句诗，这就是唐人的举业。到宋朝又好了，都用明理学的人做官，所以程朱就讲理学，这就是宋的举业。现在本朝用文章取士，这是极好的法则。就是孔夫子在如今，也要念文章，作举业，绝不讲那'言寡尤，行寡悔'的话，为何？如果天天讲究'言寡尤，行寡悔'，谁会给你官做？孔子的道，也就不行了。"一席话，说得蘧公孙如梦方醒，又留他吃了晚饭，足足谈了一天，结为性命之交。

自此日日往来，那一天在文海楼会着，看到刻的墨卷目录放在桌上，上写着"历科墨卷持运"，下面一行刻着"处州马静纯上氏评选"。蘧公孙想在上面添上自己的姓名，借此出名，不料话一说出，竟被拒绝。马二先生道："这是有道理的，占封面也不是容易之事。就是小弟，全亏几十年考核得高，有点虚名，所以会有书商来请。难道先生如此大名，还占不得封面？只是你我两个，只可独占，不可合占。"公孙问是何故？

马二先生道："这事不过是'名利'二字。小弟不肯自坏名声，自认图利。若把你先生写在第二名，世俗人以为刻书的钱是先生出的，那小弟岂不是个谋利之徒了吗？若是把先生写在第一名，小弟这数十年虚名，岂不又都是假的了吗？"

（二）急友难倾囊相助

鲁小姐在家督促小儿子念书，十分严格，时常到三更四鼓。如果小儿子书背不熟，小姐就要督责他念到天亮，先打发公孙到书房去睡。小丫头双红侍候公孙，她也会念诗，常拿些诗来求讲。公孙喜欢她殷勤，就把昔年逃亡的降官王惠留下的一个旧枕箱，赏给双红盛花儿针线，又在无意之中把昔年救助王惠的事告诉了双红。

没想到娄府家人晋爵的儿子宦成，小时候与她有约，竟然大胆来到嘉兴把这丫头拐了去。蓬公孙大怒，报了秀水县，出批文捉拿回来，宦成这小奴才托人来求公孙，情愿出几十两银子与公孙作丫头的身价，要求把双红赏给他作老婆。公孙断然不肯，宦成、双红两个被拘在差人家里，那差人一回回恐吓敲诈。宦成的银子用完，衣服也都上了当铺。

那一晚小两口商议，要把这个旧枕箱，拿去卖几十个钱来买饭吃。双红说出枕箱来历，被差人听到，想到这可能是敲诈蓬公孙的好机会，先借二百文与宦成两口子吃饭，叮嘱千万莫卖枕箱，差人自去寻了一个老练的差人商议，告诉他如此这般，问他："这事还是就此弄破了好？还是开弓不放箭，大家弄几个钱要紧？"

那老差人"呸"的一口大啐道："这种事哪能讲破！讲破了那还有什么好处？如今只是闷着跟他讲，不怕他不拿出钱来，亏得你在衙门里几十年，这种利害也不晓得。遇着这等事竟要讲破！破你娘的头！"骂得这差人连声道谢承教。赶回家来，拉了宦成到茶室商量。正在说着，一个人找差人请教道："白白给他打了一顿，却是没有伤，喊不得冤，怎么办？"

差人悄悄拾起一块砖头，凶神似的，走上去照那人头上一砸，打出一个大洞，鲜血直流。那人吓了一跳，问差人道："老爹，这是为什么？"差人道："你方才说没有伤，这不是伤吗？又不是你自己弄出来的！不怕老爷会验！还不快去喊冤！"那人感激道谢，把血用手一抹，涂成一个血脸，往县前喊冤去了。

宦成看到听到，又学了一个乖，差人回来与他商议，说道："昨晚听见你女人说，那枕箱是王太爷的，王太爷降了宁王，又逃走了，是个钦犯。这箱子就是钦赃，蘧家的结交钦犯，藏着钦赃。若是被人告到官里，那就是杀头充军的罪，他还敢拿你怎样？"

宦成听了这番话，如梦方醒，说道："多蒙老爹提醒，如今我就写呈子去告！"

差人道："傻兄弟！这你又错了。你如去告官，就算把他一家杀得个精光，于你也无益处，何不趁此弄他几个钱？何况你与他又无深仇，如今只消托一个人出来，吓他一吓，吓出几百两银子，又把丫头白白送与你作老婆，不要身价，这事也就罢了。"

宦成道："多谢老爹费心，全凭老爹替我作主就是。"

差人从双红处问知，蘧公孙与马二先生相好。先写一张检举叛逆的状子，带在身边，到文海楼来请马二先生说话。马二先生见是县里的人，不知何事，邀他上楼坐下。差人道："先生一向可是与作南昌府的蘧家蘧小相交好？"

马二先生道："他是我极相好的弟兄，头翁，你为何问他？"差人故作神秘，两边一望道："这里没有什么外人吗？"马二先生道："没有！"

差人拿出那张呈状来给马二先生看，说道："他家发生了这样的事，我们是'公门里好修行'，所以通个信给他，叫他好早早料理。"马二先生看完呈子，惊得面色如土，向差人道："这事绝不能告官说破，既蒙头翁好心，千万先把呈子捺下！蘧先生现不

125

在家，去乡间修坟去了，等他回来才好商议。"

差人道："告状的今天就要递状，这种事谁能捺得下来？"马二先生慌了道："这个如何了得？"差人道："先生，你这一个'子曰行'④的人，怎的如此没主意？自古'钱到公事办，火到猪头烂'。只要破费些银子，把这枕箱买了回来，这事便罢了。"

马二先生拍手道："好主意！"当下锁了楼门，请这差人到酒店，马二先生做东，大盘大碗请他吃着，商议如何了断。

那差人狮子大张口，假说宦成的意思，少说也得要二三百两银子。马二先生摇头道："二三百两是不能的。不说他现在不在家，是我在替他设法。就是他在家，虽然是个做官人家，如今也已家道中落，一时哪能拿出这许多银子来！"

差人说道："既然没有银子，本人现又不能出面，我们就不要管它，随宦成那小子去闹吧！"马二先生道："话不能这样说，我同蘧小相是深交，眼看他有事，如不能替他掩盖，那就不成朋友了！"提出条件，由马二先生代垫二三十两银子，了结此事。

那差人恼了道："这正合着古话'满天讨价，就地还钱'，我说二三百两，你就说二三十两？'戴着斗笠亲嘴，差着一帽子'，怪不得人说你们'诗云子曰'的人难讲话！这样看来，你好像'老鼠尾巴上害疖子，出脓也不多'，倒是我多事，不该来惹这番婆婆妈妈口舌的！"说罢，站起身来就要走。

马二先生心里着急，急忙拉住，坦白说出，自己的束脩总共一百两银子，这些时用掉了几两，还要留两把作盘费到杭州去。

抖了包，只挤得出九十二两银子。若是不信，情愿同到住处去搜，若是搜出一钱银子，马二先生就不是人。如今愿意倾囊取出，请差人大力维持，如果再不能，那也就没法了，只好怨蘧公孙的命。

差人道："先生，像你这样血心为朋友，难道我们当差的心不是肉做的？只是宦成那奴才不知肯不肯？"想了一想，出个主意：叫马二先生替蘧公孙立个婚书，言明收到双红丫鬟身价一百两，连同那实得的九十二两，将近二百之数，将就可以塞得住那小厮的嘴。马二先生答应了，当下双方说定，马二先生回文海楼等候。那差人假作去会宦成，去了半日，回到文海楼来，又吹牛说他费了不少口舌，才将宦成那边压下。差人将枕箱拿上楼来，马二先生交出银子婚书，差人拿着去了。

差人回到家中，把婚书藏起，另外开了一篇细账，借贷吃用，衙门使费，共开出七十多两，只剩下十几两银子与宦成。宦成嫌少，被他一顿臭骂："你奸拐了人家使女，犯着官法；若不是我替你遮盖，怕老爷不会打折你的狗腿！倒替你白白地骗了个老婆，又骗了许多银子，得不到你一声感谢，反倒向我讨银子！我如今去回老爷，先把你这奸情事打几十板子；丫头传蘧家领回去，叫你吃不了兜着走！"宦成被他骂得闭口无言，收下银子，道了谢，领着双红去他州外府寻生意去了。这里差人凭着婚事，另写禀帖销案。

蘧公孙从坟上回来，马二先生来候，慢慢说到这件事上来，蘧公孙初时还含糊着，马二先生道："长兄，你这事还要瞒我吗？那枕箱现就在我的住处。"公孙满面飞红。

马二先生说出经过，明说九十二两银子不要蘧公孙还，公孙听罢大惊，忙取一把椅子，放在中间，把马二先生捺了坐下，倒身拜了四拜。跟着进到内室，告知鲁小姐，说道："像这样的，才是斯文骨肉朋友，有义气、有肝胆！结交了这样的正人君子，也不枉了！像我娄家表叔结交了多少人，一个个出乖露丑。相比之下，岂不是可羞！"鲁小姐也着实感激，备饭招待马二先生，饭后叫人跟去，将那枕箱取回来毁了。

（三）书呆子游西湖

马二先生原在杭州选书，被嘉兴文海楼请来，一部书已选完，辞别了蘧公孙，仍返杭州。一时选文之事不忙，住了几天，腰里带了几个钱，就去西湖走走。

这西湖乃是天下第一个真山真水的景致，且不说那灵隐的幽深，天竺的清雅；只出了这钱塘门，过圣因寺，上了苏堤，中间是金沙港，转过去就望见雷峰塔。到了净慈寺，有十多里路；真乃五步一楼，十步一阁；有金粉楼台，也有竹篱茅舍；有桃柳争妍，也有桑麻遍野。卖酒的青帘高扬，卖茶的红炭满炉，仕女游人，络绎不绝。真个是"三十六家花酒店，七十二座管弦楼"。

马二先生独自一人，步出了钱塘门，在茶亭里吃了几碗茶，到西湖上牌楼前坐下，只见一船船乡下妇女来烧香的，各色各样，一顿饭时，就来了五六船。那些女人后面，都跟着自己的丈夫，掮着伞，拿着衣包，上了岸，分散到各庙去了。

马二先生看了一会，不在意里，起来又走了一里多路，望着湖沿上接连几家酒店，挂着透肥羊肉，柜台上盘子里盛着滚热的蹄子、海参、糟鸭、鲜鱼，锅里煮着馄饨，蒸笼上蒸着极大的馒头。马二先生没钱买，喉咙里直咽唾沫，只得走进一家面店，十六个钱吃了一碗面，肚里不饱，又走到隔壁茶室喝了一碗茶，买两个钱的处片嚼嚼，倒觉得有些滋味。

吃完出来，见湖边荫下系着两只船，船上的女客正换衣裳。一个脱去元色⑤外套，换了一件水田披风；一个脱去天青外套，换一件玉色绣的八团衣服；一个中年的脱去宝蓝缎衫，换了一件天青缎二色金的绣衫。那些跟从的女客，十几个人，也都换了衣裳。这三位女客，一位跟前一个丫鬟，手持黑纱团扇，替她们遮着日头，缓步上岸。那头上珍珠的白光，直射多远；裙上环佩，叮叮当当地响。马二先生低着头走了过去，不曾仰视。

走过了六桥，转个弯，像是乡村地方。马二先生想要回家，问人道："前面还有没有好玩的所在？"那人道："转过去就是净慈、雷峰，怎么不好玩？"马二先生又往前走。走了半里路，看见一座楼台，盖在水中间，马二先生从板桥上过去，在门口茶室吃了一碗茶。里面的门锁着，马二先生要进去看，管门的向他要了一个钱，开门放他进去。

里面是三间大楼，楼上供的是仁宗皇帝的御书。马二先生吓了一跳，慌忙整整头巾，理理袍服，在靴筒里拿出一把扇子来当

129

作笏板⑥，恭恭敬敬，朝着楼上扬尘舞蹈，拜了五拜。拜毕定一定神，仍回茶桌边坐下。旁边有个花园，卖茶的人说是布政司房里的人在此请客，不好进去。那厨房却在外面，热腾腾的燕窝海参，一碗碗在眼前捧过去，马二先生又羡慕了一番。出来，过了雷峰，远望高高下下许多房子，盖着琉璃瓦；曲曲折折，无数的朱红栏杆。马二先生走近，看见一个极高的山门，一个直匾，金字，上写着："敕赐净慈禅寺"。

马二先生从山门旁的小门进去，一个大院落，地下都是水磨的砖。进了二道山门，两边廊上都是几十层极高的阶级。那些富贵人家的女客，成群结队，里里外外，来往不绝，穿的都是锦绣衣服；风吹过来，身上的香阵阵扑鼻。

马二先生身材高大，戴一顶高方巾，一张乌黑的脸，凸着肚子，穿着一双厚底破靴，横着身子乱跑，只管在人窝子里撞。女人们不看他，他也不看女人。前前后后，跑了一阵；又出来坐在南屏亭内，吃了一碗茶。柜上摆着许多碟子：橘饼、芝麻糖、粽子、烧饼、处片、黑枣、煮栗子，马二先生每样买了几个钱，不论好歹，吃了一饱，觉得倦了，直着脚，跑进清波门，回到住处，关门睡了。

因为走多了路，睡了一天，第二天起来去城隍山走走。城隍山就是吴山，就在城中。走不多远，已到山脚下。望着几十层阶级，马二先生一口气走上，不觉气喘。庙门前吃了一碗茶，进去看时，是吴相伍子胥的庙。马二先生作了个揖，把匾联一副副细看了一遍；再走上去，走到片石居，里面也是个花园，有些楼阁。马二先生进去看见窗棂关着，便在门外张望，只见一群人围着，像是在请仙。马二先生心想：他们若是请神仙判断功名大事，我也要进去问一问。

站了一会儿，望见一个人磕起头来；旁边有人道："请了个才女来了！"马二先生听了暗笑。又一会，一个问道："是不是李清照？"又一个问："是不是苏若兰⑦？"又一个拍手道："原来是朱淑贞⑧！"马二先生看这些人不是管功名的，志不同道不合，不如去吧。

又转过两个弯，上了几层阶级。只见平坦的一条大街，左边靠着山，一路有几处庙宇；右边一路，一间间房子，都有两进。后面的一进，窗子大开着，空阔一望，钱塘江隐隐可见。那些房子有卖酒的、卖耍货的、卖饺儿的、卖面的、卖茶的、测字算命的，庙门口摆的都是茶桌子。这一条街，单是卖茶的就有三十多处，十分热闹。

马二先生正走着，只见茶铺子里，一个油头粉面的女人招呼他吃茶。马二先生扭头就走，去间壁茶室泡了一碗茶，见有卖蓑衣饼的，叫打十二个钱的饼，吃了，略觉有些意思。走上去，一个大庙，甚是巍峨，就是城隍庙，马二先生进去瞻仰了一番。过了城隍庙，一个弯后又是一条小街，酒楼面店都有。

还有几家簇新的书店，店里贴着报单，上写："处州马纯上先生精选《三科程墨持运》于此发卖。"马二先生见了欢喜，走进书店坐坐，取过一本自己选的书来看，问了价钱，又问销售的情形好不好，书店人道："墨卷只行得一时，哪里比得上古书？"

马二先生再往上走，是个极高的山冈，走到冈上，左边望着钱塘江，那天江上无风，水平如锦，过江的船，船上的轿子，都看得明白。再走上些，右边又见西湖雷峰一带，连湖心亭都望得见。那湖里打鱼船，一条条如小鸭浮在水面。马二先生心旷神怡，只管再走上去，又见一处大庙，庙门前摆着茶桌卖茶，马二先生走得脚酸，且坐吃茶。吃着，两边一望，一边是江，一边是湖：又有那山色一转围着，又遥见隔江的山，高高低低，忽隐忽现。

马二先生叹道："真是载华岳而不重，振河海而不泄，万物载焉！"吃着茶肚里正饿，正好有乡人捧着烫面薄饼来卖，又有一篮子熟牛肉，马二先生大喜，买了几十文的饼和牛肉，就在茶桌上，尽兴一吃。

想着趁饱再上，走了一箭多路，左边一条小径，荒榛蔓草，马二先生走过去，见那玲珑怪石，千奇万状。钻进一处石罅（xià），石壁上多有名人题咏，马二先生不看。过了一个小石桥，沿着窄小的石蹬走上去，又是一座大庙，又有一座石桥，很不好走。马二先生攀藤附葛，走过桥去，见是个小小的祠宇，上有匾额，写着"丁仙之祠"。走进去，见中间塑一个仙人，马二先生见有签筒，想着："我今困在杭州，何不求签问问吉凶？"正要上前展拜，只听得背后一人道："马二先生！要想发财，何不问我？"

（四）仙人的魔术

马二先生回头一看，祠门口立着一人，身长八尺，头戴方巾，身穿茧绸长袍，左手理着腰里丝绦，右手拄着龙头拐杖，一部大白须直垂过脐，飘飘有神仙之表。马二先生慌忙上前施礼，敢问素昧平生，何以便知我学生姓马？那人道："天下何人不识君？先生既遇着老夫，不必求签了，且同到敝寓去谈谈。"

当下携了马二先生的手，走出丁仙祠：却是一条平坦大路，未及一刻工夫，已到了伍相国庙门前。马二先生心里疑惑：原来有这近路，是我方才走错了，又疑惑恐是神仙缩地腾云之法也未可知。进入伍相国寺殿后，有极大的地方，又有花园，园里有五间大楼，四面都是窗子，望江望湖，景色全收眼底。那人就住在这楼上，邀马二先生上楼，施礼坐下。四个长随，整整齐齐，都穿着绸缎衣服，脚下新靴，上来奉茶。那人吩咐备饭，一齐应诺下去。

马二先生举眼一看，楼中间贴着一张素纸，上写冰盘大小的二十八个大字，乃是一首绝句，诗道：

南渡年来此地游，而今不比旧风流。

湖光山色浑无赖，挥手清吟过十洲！

后面一行写："天台洪憨仙题"。马二先生屈指一算，宋高宗南渡，已是三百多年前的事，这人经历南渡，而今还在，一定是个神仙无疑。问道："这佳作是老先生的？"

那人道："憨仙便是贱号。偶尔遣兴之作，颇不足观。先生若爱看诗句，前时在此，有同抚台、藩台及诸位当事在湖上唱和的一卷诗，取来请教。"说完，拿出个手卷来，马二先生放开一看，都是各当事的亲笔，一首首七言律诗，咏的西湖之景，图书新鲜，着实赞了一回。

捧上饭来，虽是便饭，却也丰盛，马二先生腹中尚饱，不便辜负仙人，又尽力吃了一餐。饭毕清谈，谈起目前住在书坊里，没有什么文章选，想要问问可有发财机会，洪憨仙道："发财也不难，但大财须缓一步，目前先发个小财好吗？"走进房内，床头边摸出一个包来，打开，里面有几块黑煤，递与马二先生道："你将这东西拿回去，烧起一炉火来，取个罐子把它顿在上面，看它成个什么东西，再来和我说！"

马二先生接着，晚间果然如法炮制，那火吱吱地响了一阵，取罐倾了出来，竟是一锭细丝纹银，马二先生喜出望外，一连倾了六七罐，倒出来六七锭大纹银。疑惑不知是否真银，次日清早上街，送到店里去看，钱店都说是十足纹银，随即换了几十钱，拿回住处收好。赶到洪憨仙住处来道谢，果然仙家妙用，憨仙道："早哩，我这里还有一些，先生再拿去试试。"又取出一包来，比前有三四倍，送与马二先生。别了回来，一连在住处烧炉，烧了六七天，把那些黑煤都倾完了，都是纹银，上戥子一称，足有八九十两，马二先生欢喜无限，一包包收藏起来。

这一日，憨仙请马二先生去，憨仙道："先生，你是处州，我是台州，相近原要算是同县。今天有个客来拜我，我和你要认作中表弟兄，将来自有一番交际，不可有误。"马二先生道："请问这位尊客是谁？"

憨仙道："便是这城里胡尚书家三公子，名缜，字密之。尚书公遗下宦囊不少，这位公子却有钱癖，想要多多益善。他要学我这烧银之法，眼下可以拿出万金来，以为炉火药物之费。但这事须有一位中间的人，先生的大名，他是知道的，何况在书坊选批文章，是有踪迹可寻，可靠的人，他更可以放心。如今相会过了，决定此事，开始烧银，到七七四十九天之后，成了银母。凡是一切铜锡之物，点着就成黄金，何止数十百万？我是用他不着，到那时告别还山，先生得了这银母，家道自此也可以小康了。"

马二先生见他如此神术，有什么不信。等到胡三公子来，憨仙介绍："这是舍弟，各书坊所贴'处州马纯上先生选《三科程墨》'的便是。"胡三公子改容尊敬，施礼坐下。三公子举眼一看，洪憨仙人物轩昂，行李华丽，四个长随，轮流献茶；又有选家马先生是至亲，欢喜放心，坐了一会儿去了。

次日，憨仙同马二先生回拜胡府。第三天是胡三公子请客，两席酒、一本戏，吃了一日。胡三公子约定三五日后，到家来写立合同，就请马二先生做中人，然后在自家花园里准备丹室，先兑出一万两银子来，托憨仙修制药物。并请憨仙住进丹室，开始工作。

一连四天，不见憨仙处有人来请，马二先生过去探望，一进了门，只见那几个长随不胜慌张，敢问方知是憨仙病了，症候甚重，医生已不肯用药。马二先生大惊，上楼去看，已是奄奄一息，头都抬不起来。

马二先生好心相伴，晚间也不回去。挨过两天，那憨仙寿尽身亡。四个手下慌了手脚，寓所一掳，只有四五件绸缎衣服，还可当得几两银子，其后一无所有，几个箱子都是空的。这四个人也并不是什么长随，是一个儿子，两个侄儿，一个女婿，这时都说出身份。马二先生听在肚里，替他们着急。此时连买棺材的钱都不够，马二先生有良心，赶回住处，取了十两银子来与他们料理。

儿子守着哭泣，侄子上街买棺材；女婿无事，同马二先生走去隔壁茶馆谈谈。马二先生道："你令岳是个活神仙，活了三百多岁，怎会忽然间就死？"

女婿道："笑话！他老人家今年只得六十六岁，哪有什么三百岁？想着他老人家，也就是不守本分，惯弄玄虚。寻来钱又混用掉了，而今落得如此收场！不瞒你先生说，我们都是买卖人，抛下生意，跟着他做这种骗人的事。如今他一死，害得我们要讨饭回县，这话从哪里说起！"马二先生提起那一包包黑煤，烧起炉来，一倾就是纹银。

女婿道："哪里是什么黑煤，那就是银子，用煤弄黑了的！一下了炉，银子本色就现出来了。那原是做出来骗人的，用完了那些，就没得再用了。"

马二先生道:"还有一点,他若不是神仙,为何在丁仙祠初见我的时候,不曾认得就知我姓马?"女婿道:"你又差了!他那日在片石居扶乩出来,看见你坐在书店看书,书店的人问你尊姓?你说就是书面上马什么的,他听了记在心里。世间哪有什么神仙!"

马二先生这才恍然大悟,憨仙的结交,目的是要借马二先生的名头做中人,去骗胡三公子家上万两的银子,幸得胡家时运高,不曾上当;更幸得这骗局还未弄成,马二先生不受连累。

马二先生忠厚,又想道:"他亏负了我什么?我到底还是该感激他才是。"当下候着装殓,算还庙里的钱,叫脚夫抬去清波门外,暂时厝着。马二先生备了个牲礼纸钱,送到厝所,看着用砖砌好了,剩下的银子,那四个人作旅费,谢别了马二先生,回乡去了。

【注释】

① 言扬行举:以言行优良为标准。

② 言寡尤,行寡悔:《论语·为政》:"子曰:多闻阙疑,慎言其余,则寡尤;多见阙殆,慎行其余,则寡悔。言寡尤,行寡悔,禄在其中矣。"

③ 贤良方正:汉代郡国举士的一种,凡稍有文墨才之士都能被选。

④ 子曰行:读书人。

⑤ 元色:黑色。

137

⑥　笏板：大臣见君时所执持，用以记事的手板。

⑦　苏若兰：苏蕙，字若兰，前秦时才女，曾织锦为回文《璇玑图诗》。

⑧　朱淑贞：宋代才女，工诗词，集名《断肠集》。

【批评分析】

（一）马二先生认为读书人的事业全在举业，就是孔夫子在今，也要念文章、作举业，这是他的迂腐固执。蓬公孙想要在马二先生的选本上列名，一股迫切求名的心理，清晰呈现。

（二）马二先生破产救友，义行表现人类性行高贵的一面。而由差人的行为可以看出当时衙门的黑暗，以大吃小，以强凌弱的可悲实况。

（三）马二先生游湖一段，写景记物，文字极为佳妙。书呆子游湖，对自然山水全无会心，"女人们不看他，他也不看女人"。但女人色香的刺激却在篇中屡屡冒出，马二先生不是不想看，而是逃避心理的不敢看；他只知道吃，吃了一顿又一顿。这位食古不化读书人的精神枯淡，人生单调，十分可悲。

（四）洪憨仙的行骗，马二先生居然信以为真：不仅是他的见识之浅，更可见他希求财利心理的迫切。

八、匡超人前恭后倨

（一）马二先生收盟弟

马二先生到城隍山吃茶，忽见茶室旁边添了一张小桌子，一个少年坐着替人测字。那少年面前摆着字盘笔砚，手里却拿着一本书在看。马二先生走近一看，原来就是他新选的《三科程墨持运》。马二先生来桌旁板凳上坐下，那少年问要测字，马二先生说是走乏了，借此坐坐。那少年即向茶室里开了一碗茶，送在眼前，陪着坐下。

马二先生见他头戴破帽，身穿一件单布衣服，甚是褴褛，人虽则瘦小，却很有精神。问起他来，才知他是温州府乐清县人氏，姓匡名迥，号超人。自小也上过几年学，只因贫寒不能继续，去年跟着个卖柴的客人来杭州，在柴行里记账，想不到那客人折了本钱，他因此流落在此，不得回家。前日家乡人来，说是家中父亲有病，如今存亡不知……说着，那豆大眼泪掉将下来，马二先生着实恻然。匡超人动问仙乡贵姓，马二先生道："这不必问，你方才看的文章，封面上马纯上就是我了。"匡超人慌忙作揖，磕下头去，说道："晚生这真是有眼不识泰山。"

马二先生带着他到文瀚楼住处，问他可还想着读书上进，还是想回家去看父亲，匡超人流泪道："先生，我今衣食缺少，就想要读书上进，也是不能的了！只是父亲病着在家，为人子的不能奉侍，禽兽不如，一想起来就惭愧自恨，真想早寻一个死处！"马二先生劝道："快不要如此！你的孝思，就是天地也会感动。"收拾便饭，留他吃过。到晚上笑着向他说："我如今大胆出个题目，请你作一篇，让我看看你笔下有没有希望能进学。"

匡超人道："正要请教，只是不通，先生休笑。"马二先生出了题，留他住下。次日起来，他的文章已是作好，送了过来。马二先生喜道："又勤学，又敏捷，可敬！可敬！"把文章看了一遍，说道："文章才气是有的，只是理法差一些。"当时拿笔批点。从头到尾，讲了许多虚实反正，吞吐含蓄的文章法则给他听。

匡超人谢了要去，马二先生要送他盘费，匡超人只要一两银子，马二先生道："不然，你这一回到家，也得要有个本钱，方能奉养父母，才有工夫读书。我这里先拿十两银子与你，你回去做个生意，请医生替你令尊看病。"

当下开箱，取出十两一封银子，又找一件旧棉袄，一双鞋，都递与他。匡超人接了衣物银子，两泪交流道："蒙先生这般相爱，我匡迥何以为报！想要拜为盟兄，将来诸事还求照顾，只是大胆，不知长兄肯不肯接纳？"

马二先生大喜，当下受了他两拜，又同他拜了两拜，结为兄弟。留他在楼，准备些饭菜为他饯行，吃着向他说道："贤弟，你听我说，你如今回去，奉侍父母，总以文章举业为主；人生在世，除了这事，就没有第二件可以出头的了。算命测字是下等，教馆作幕也都不是个了局。只是有本事进了学，中了举人进士，立刻就荣宗耀祖。这就是《孝经》上所说的显亲扬名，才是大孝，同时自身也不会再受苦。古语说得好：书中自有黄金屋，书中自有千钟粟①，书中自有颜如玉。如今什么是书？那就是我们的文章选本了。贤弟，你回去奉养父母之外，总以做举业为主。就是生意不好，奉养不周，也不必介意。那养病的父亲，睡在床上，没东西吃，果然听见了你念文章的声气，他的心花开了，分明难过也好过，分明哪里疼也不疼了。这就是曾子的'养志'。假如时运不好，终身不得中举，一个廪生是挣得来的，到后来作一任教官，也能替父母请一道封诰。我是百无一能，年纪又大了。贤弟，你少年英敏，可细听愚兄之言，图个日后宦途相见。"说罢，又去书架上细细拣了几部文章给他。匡超人依依不舍，急于要回家去看父亲，只得洒泪告辞。

（二）谦逊的孝子人缘好

匡超人搭便船去温州，那船是抚院衙门当差的郑老爹包的。匡超人为人乖巧、谦逊，口口声声叫老爹，那郑老爹甚是欢喜，吃饭时邀他同吃。

船上谈着，郑老爹说："如今人情浇薄，读书人都不孝父母。这温州姓张的弟兄三个都是秀才，两个疑惑老子把家私偏了小儿子，在家打吵，吵得父亲急了，出首到官[2]。他两弟兄在府县都用了钱，倒替他父亲做了假哀怜的呈了[3]，把这事销了案。亏得学里的一位老师爷持正不阿，备文详送抚院衙门，大人传了，差我去温州提一干人犯。"问他："如果审得确实，府县的老爷岂不要受牵连。"

郑老爹道："审出真情，府县都是要参的。"匡超人听了，心想有钱的不孝父母，像自己这等穷人，要孝父母却又不能，真是不平之事！

过了两日，谢辞了郑老爹，上岸起早，一路晓行夜宿来到自己村庄。望见家门，心里欢喜，两步并作一步，急来敲门。母亲听是他的声音，开门迎出，唤道："小二！你回来了！"

匡超人道："娘！我回来了！"向娘作揖磕头。她娘捏一捏他身上，见他穿着厚棉袄，这才放心，向他说道："自你跟客人去后，这一年多我时刻不安。一夜梦见你掉在水里，我哭醒来；一夜又梦见你把腿跌折了；一夜又梦见你脸上生了个大疙瘩，指与我看，我替你用手拈，总是拈不掉；一夜又梦见你来家望着我哭，把我也哭醒了；一夜又梦见你头戴纱帽，说做了官，我笑着说我们庄农人家，哪有官做？旁边一个道：'这官不是你儿子，你儿子却也做了官，却是今生再也不到你跟前来了！'我哭起来说：'若是做了官就不得见面，这官就不做它也罢！'就这样哭醒了，把你爹也吓醒了。你爹问我，我把这梦告诉你爹，你爹说我心想得痴了。没想到在这半夜你爹就得了病，半边身子动弹不得。"

匡太公在房里，听见儿子回来了，登时病就轻松了些，觉得有些精神，匡超人走过来叫爹，磕头。太公叫他坐在床沿，告诉他这得病的缘故，是三房里的叔子想着这屋子，出的价又少，太公赌气不卖，三房叔子竟然举出上一手的业主，要拿原价来赎。那业主还是太公的叔辈，倚恃尊长，不认数年修缮，就要原价赎回。那日祠堂里争论，竟然出手打了太公。

族人受了三房嘱托，都偏向他。匡超人的哥子又不中用，说话没力量，太公一气病倒。病倒后日用艰难，匡老大听人家的话，以房产原价立约卖回，银子零星收来，都花费了。匡老大见不是事，和妻子商量，与父母分开来另吃。每早挑着担子在各处赶集，寻的钱两口子自己都还不够。太公睡着不能动，隔壁要翻盖房子，三天五天来催。匡超人一去不知下落，他母亲想着就哭。

匡超人听了道："爹，这些事都不要焦心，静静养病要紧，我在杭州，难得遇着个先生，送了我十两银子。我明日做起个小生意，寻些柴米过日子。三房里来催，怕什么？看我来应付他。"

匡超人去厨房，向嫂子作揖，饭后去集上，买一只猪蹄来家煨着，晚上与太公吃。正好他哥子挑着担子进门，他向哥作揖下跪，哥告诉他家里的苦楚，又说太公老糊涂，常得罪人，连累他受气，太公疼的是小儿子，如今弟弟回家，叮嘱弟弟，早晚说着

143

太公一些。匡超人等肉烂了，和饭拿到父亲面前，扶起来坐着。太公因儿子回家，心里欢喜，又有些荤菜，就吃了许多。剩下的，请母亲和哥嫂进来，在太公面前，放桌子吃了晚饭。太公看着欢喜，坐了一阵，扶着睡下。匡超人将被单拿来，在太公脚头睡。

第二天当早，拿银子去集上买了几头猪，养在圈里，又买了一斗多豆子。先杀了一头猪，烫洗干净，分肌劈理地卖了一早晨；又把豆子磨出一箱豆腐，也都卖了钱；拿来放在太公床下，就在太公跟前坐着，说些西湖景致笑话，逗得太公高兴发笑。太公要出恭，不能站起来，匡超人想出办法，厨下端来一个瓦盆，满盛着灰，拿进来放在床前；端一条板凳，放在瓦盆外边；自己靠在床上，把太公扶着挪出来，两只脚放在板凳上，屁股对着瓦盆。他自己钻在中间，双膝跪下，把太公的两条腿，扛在肩上；让太公睡得安安稳稳，自自在在地出恭。

到晚侍候太公睡下，点起灯，坐在太公旁边，拿出文章来念。太公夜里要吐痰吃茶，一直到四更，他就读到四更。太公叫一声，儿子就在眼前，这番儿子孝顺侍候，一切方便，夜里出恭也有人服侍，不必忍到天亮，因此晚饭也能放心多吃几口。

过了四五日，他哥自集上带回一个小鸡子，在嫂子房里煮着，又买了壶酒，要替兄弟接风，说道："这事不必告诉老爹吧。"匡超人不肯，把鸡先盛了一碗，送与父母，剩下的兄弟两人在堂里吃着。

恰好三房的阿叔过来催房子，匡超人向阿叔作揖下跪。说出理由，病人移了床，不得就好。如今赶紧请医生替父亲医，若是父亲好了，尽快让房给阿叔；就算父亲是长病，不得就好，那就该料理了房子搬走。一番话说得中听，又是委婉，又是爽快，三叔反倒没的话说，答应再耽搁些时日。

此后，匡超人卖的肉和豆腐，生意极好，不到日中就卖完了。把钱拿来家，伴着父亲算计。哪日赚的钱多，就在集上买只鸡鸭或是鱼类来家，与父亲吃饭。因为太公是个痰症，不宜大荤，所以饮食特别注意，买这些东西，或是猪腰、猪肚，总是不断，医药更是不消说。

太公的日子过得称心，病渐渐好了许多。这匡超人精神最足，上半天的生意，夜晚伴着父亲念文章，辛苦已极。但他中午得闲，还溜来门前同邻居们下棋。这日正下着棋，来了本村大柳庄的保正潘老爹，匡超人恭敬作揖，回答问话。

潘保正上前，替他把帽子升了升，又拿起他的手来细细看了，说道："二相公，不是我奉承你，我自小学得些麻衣神相④，你这骨骼是个贵相。只到二十七八就会交上好运，妻财子孙都是有的。现今印堂颜色有些发黄，不日就有个贵人星照命。"又把耳朵边捏着看看道："却也还有个虚惊，不大碍事；此后运气，一年好过一年。"匡超人不信，潘保正说是日后自然会验。

（三）回禄之灾贵人扶助

三房里催房，限定三天不搬，就叫人来摘瓦。匡超人心里着急，还瞒着父亲。过了三日，天色晚了，正服侍太公出了恭起来，太公睡下，他读文章，忽听得门外一片大响，几十个人吆喝。心里疑惑，莫不真是三房里的叫人来摘瓦下门？顷刻之间，几百人声喊起，一派红光，把窗纸照得通红。

匡超人叫声："不好了！"开门出看，竟是本村失火，一家人一齐跑出来道："不好了！快些搬！"他哥哥睡得迷糊，爬了起来，只顾他一副上集的担子，里面的东西又零碎，芝麻糖、豆腐干、腐皮、泥人、小孩吹的箫、打的叮当、女人戴的锡簪子……抓着这件，掉了那件。糖和泥人，断的断了，碎的碎了，弄得一身臭汗，才一总捧起来往外跑。

那火头已是望见有丈把高，火团子一个个往天井里滚。他嫂子抢了一包被褥，衣裳鞋脚，抱着哭哭啼啼，反往后走。老奶奶吓得两脚软了，一步也挪不动。那火光照耀得四处通红，喊声大震。

匡超人心想救人要紧，忙进房去，抢一床被在手，把太公扶起，背在身上，先背出来到门外空着；又飞跑进来，一把拉了嫂子，背她向门外走；又把母亲扶了，背在身上。才得出门，那火已到门口，几乎封住了出路。

好在父母、嫂嫂，都已救出，再寻他哥时，已不知吓得躲到哪里去了。那火轰然燃烧，足足烧了半夜，一村人家房子，被烧成空地。匡超人无处存身，幸得潘保正向庄南庵里和尚说情，借间屋住，保正回去，又送了饭菜与他压惊。

直到下午，他哥才寻了来，反怪兄弟不帮他抢东西。匡超人见不是事，托保正就在庵旁路口，租了半间房，搬去住下。幸得本钱还带在身边，依旧杀猪、磨豆腐过日子，晚间点灯念文章。太公因这一吓，病添得重了些，匡超人虽是忧愁，读书还是不歇。

那晚读到二更多天，忽听窗外锣响，许多火把簇拥着一乘官轿过去，后面一片马蹄之声，原来是本县知县经过。没想到知县这一晚就在庄上住下，心中叹息道："这样乡村地面，夜深时分，还有人苦功读书，实为可敬，只不知这人是秀才？还是童生？何不就传保正来一问？"传了潘保正来，才知是新遭火灾匡家的二儿子，只是个少年生意人。

知县听罢惨然，吩咐道："我这里发一个帖子，你明日拿去，致意这匡迥说：我此时也不便约他来会，现今考试在即，叫他报名来应考。如果文章会作，我自然会提拔他。"

次日清早，知县回衙，保正叩送了回来，飞跑来到匡家，说道："恭喜！"匡超人问是何事，保正帽子里取出个单帖来，递与他，上面写着："侍生李本瑛拜"。

匡超人见是本县县主的帖子，吓了一跳，保正忙将老爷好意，叫去应考，要注意抬举的一番意思说了，又说："我前日说你气色好，并有贵人星照命，今日不就是应验了吗？"匡超人喜从天降，捧着帖子去向父亲说了，太公也欢喜。到晚他哥回来，看见帖子，又把这话向他哥哥说了，他哥还不肯信。

过了几天，县里果然出告示考童生，匡超人买卷应考。考过了，取了复试，匡超人又买卷伺候。知县坐堂，头一个点名的就是他，知县叫住他问道："今年多少年纪了？"匡超人道："童生今年二十二岁。"

知县道："你文章是会作的，这回复试更要用心，我少不得照顾你。"匡超人磕头谢了，领卷下去，复试结果，竟取了第一名案首。见知县时，知县问知家里苦楚，封出二两银子来相赠，叮嘱加意用功，府考院考之时，还要资助他的旅费。匡超人谢了出来，回家告诉父亲，太公捧着银子，在枕上望空磕头，谢了本县老爷，直到这时，他哥子才信了。

乡下人大家约着，送个贺份来家，太公吩咐借庵里请了一天酒。残冬已过，宗师按临温州。匡超人叩辞知县，知县又送二两银子。府考院考考了出来，恰好知县上辕来见学道，在学道前下了一跪，说道："卑职这次取的案首匡迥，是个孤寒之士，而且是孝子。"将他行孝之事，细细说了。

学道云："士先器识而后辞章。果然内行克敦，文辞都是末艺。昨看匡迥的文字，理法虽略有未清，才气是极好的。贵县请回，领教便了。"

自从匡迥上府去应考，匡太公屎尿仍在床上，去了二十多天，就如去了两年一般，每天眼泪汪汪，望着门外。那一天向老奶奶说："第二个去了这些时，还不回来；不知他可有福气，挣着进一个学？这早晚我若是死了，就等不到他在眼前送终！"说罢又哭，老奶奶正劝着，忽听门外一片吵闹，一个凶神般的人，赶着匡大打了来，说是在集上占了他摆摊的位置。

148

匡大不服，红着眼向那人乱嚷乱叫，那人把匡大担子夺下，筐子踢坏，零碎东西，撒了一地。匡大要拉他去见官，口里说道："县主老爷，现同我家老二相与，我不怕你，我同你见官去！"太公听了，忙教他进来，吩咐他莫与人口舌相争，况且占人的摊子，原是不对，就该央人向他好好说话，不可吵闹。匡大哪里肯听，正吵得不可开交，亏得潘保正来了，把那人说了几句，那人嘴才软了。

只见大路上两个人，手里拿着红纸帖子，走来问道："这里有一个姓匡的吗？"保正认得是学里的门斗，说道："好了，匡二相公恭喜进学了！"门斗进门，向床上的太公道了恭喜。把报帖升起来，上写着："捷报贵府相公匡讳迥，蒙提学御史学道大老爷，取中乐清县第一名入泮。联科及第。本学公报。"

太公欢喜，叫老奶奶烧起茶来，就把匡大担里的食物装了两盘，又煮了十来个鸡子，请门斗吃着。潘保正又拿了十来个鸡子来贺喜，一总煮了出来，留着潘老爹陪门斗吃饭。饭罢，太公拿出二百文来做报钱，门斗嫌少，潘老爹帮着说话，添了一百文才走。

直到四五日后，匡超人送过宗师回来，穿着衣巾，拜见父母。嫂子在火灾后住回娘家，拜见哥哥。他哥见他中了相公，更加亲热。

潘保正替他收齐了份子，择个吉日贺学，又借在庵里摆酒，此番共收了二十多吊钱，宰了两头猪和鸡鸭之类，吃了两三日酒。连和尚也来奉承。

匡超人同太公商议，把剩下的十几吊钱，把与他哥，又租了两间屋，开了个小杂货店，接了嫂子回来，也不分在两处吃了，每日赚些小钱做家里用度。忙过几日，进城谢知县，知县此番便和他分庭抗礼，留着吃了酒饭，拜作老师，事毕回家，又拜了学师。太公吩咐买个牲醴，到祖坟上去拜奠。

（四）流浪客结交假斯文

那日上坟回家，太公觉得身体不大爽利，从此病一日重似一日。匡超人同哥商议，把自己往日那几两本钱，替太公准备后事，店里照旧不动。

那日，太公自知不济，叫两个儿子都到眼前，吩咐道："我这病，眼见得望天的日子远，入地的日子近！我一生是个无用的人，土地房产都没留传你们！第二的侥幸进了一个学，将来读书，会上进一层，也不可知；但功名到底是身外之物，德行才是最要紧的。我看你在孝悌上用心，极是难得；千万不可因后来日子略过得顺利些，就添出一肚子的势利见识来，改变了做人的态度。我死之后，你一满服，就急急的要寻一门亲事，总要穷人家的儿女，万不可贪图富贵，攀结高门。你哥是个混账人，你要到底都敬重他，就和奉侍我的一样才是。"兄弟两个哭着听了，太公瞑目而逝。祖茔安葬，满庄的人，都来吊孝送丧。

那天从坟上奠了回来，潘保正走来，告诉他县里老爷出了事，上面委温州府二太爷来摘印。匡超人进城去看，只见百姓要留好官，鸣锣罢市，围住摘印的官要夺回印信，关了城门，闹成一片。匡超人不得进城，又过了三四日，潘保正来报道："昨日安民的官下来，百姓散了。上司叫查此次纠众闹事为首的人。衙门里有两个没良心的差人，就把你也密报了，说老爷待你甚好，留官夺印，为首的一定有你。依我之意，你不如到外府去躲避些时日！"

匡超人惊得手慌脚忙，与保正商议要去杭州，潘保正道："你去杭州，我有个分房兄弟，行三，人都叫他潘三爷，现在布政司里充当书吏。我写个信与你带去，你去寻着了他，凡事叫他照应。他是个极慷慨的人，不会错的。"匡超人嘱咐哥嫂家里事务，洒泪拜别母亲，潘保正直送上大路才回去。

匡超人在温州赴杭州的船上，认识了在杭州开头巾店，专门作诗的景兰江。到了杭州，又由景兰江介绍认识了作盐商的赵雪斋。约好以后要雅集相叙，分韵作诗。到文瀚楼来找马二先生，已是回处州去了。文瀚楼主人认得他，留他在楼上住。

次日去找潘三爷，又出差去了。寻来豆腐桥大街景家方巾店，景兰芳不在，左右店邻说一定是出去探春，寻花问柳，作诗去了。匡超人走过两街，远远望见景兰江同着两个戴方巾的人并行，赶上去相见作揖。景兰江替他介绍，一个麻子是支剑峰，一个胡子是浦墨卿，都是诗会里的人。

当下酒店小酌，谈起赵雪斋，今日在家宴请一位奇客。这客人姓黄，是宁波府鄞县知县，与赵雪斋同年同月同时出生。两人际遇不同，赵家是两个儿子，四个孙子，两老夫妇齐眉，却是个布衣。黄公中了进士，做的是知县，却是三十岁就断了弦，而今妻室儿女全无。两般际遇不同，到底要家室之乐好，还是仕宦得意好？匡超人说还是做赵先生好！

浦墨卿说宁肯中进士，不要全福。支剑峰说赵爷虽差着一个进士，但而今他的大令郎已经高进了，将来名登两榜，少不得封诰乃翁。浦墨卿笑道："这又不然，先前有一位老先生，儿子已作了大位，他还要科举，点名时监临不肯收他，他把卷子掼在地下，狠狠地说：'为这个小畜生，害得我戴个假纱帽！'这样看来，儿子的进士，到底当不得自己的进士。"

景兰江道："众位先生所讲，中进士是为名，还是为利？"众人道："是为名。"

景兰江道："可知赵爷虽不曾中进士，外边诗选中刻着他的诗几十处，行遍天下，哪个不晓得有个赵雪斋先生，只怕比进士享名更多哩！"说罢，哈哈大笑。众人一齐道："这果然说得畅快！"一齐干了酒。匡超人听了，才知天下还有这一种道理。

文瀚楼的主人来约匡超人批文，匡超人应允了，主人随即搬了许多考卷文章上楼来；议定由文瀚供应伙食、茶水、灯油，二十天里批出三百多篇，刻出来时，封面就用匡超人的名号。

匡超人大喜，当晚点起灯来，不住手地批，四更之前，已经批出了五十篇。批到第四天，景兰江拿着诗会名人的诗稿来请教，说是作过冢宰⑤的胡老先生公子胡三先生今朝小生日，同人都在那里聚会，约匡超人一齐去。

路上走着，景兰江告诉他说，这胡三虽然好客，却是胆小，先年冢宰公去世之后，他关着门不敢见人，又时常被人骗，被骗了还没处说，最近这几年全亏结交了诗会的各位，帮他立起门户，热闹起来，才没有人敢欺他。

匡超人问："冢宰公子，怎的有人敢欺？"

景兰江道："冢宰是过去的事了，他家眼下没人在朝，自己不过是个秀才。俗语说死知府不如一只活老鼠！谁来理他，如今人情势利，倒是赵雪斋先生诗名大，府司院道现任官员都来拜他。人家见他家门口，今日是一把黄伞的轿子来，明日又是七八个红黑帽子吆喝了来，不由得不敬不怕。所以近来人见他的轿子，三日两日就到胡三公子家去，疑猜三公子也有些势力。就是三公子门首住房子的钱，也给得爽快得多了。"

在胡府又见着在京师工作的金东崖先生，贡生严致中先生，还有建德乡榜卫体善先生，老明经石门随岑庵先生。谈起文来，卫先生道："近来的选事，益发坏了！"

随先生道："正是。前科我两人该选一部，振作一番的。"卫先生道："前科没有文章！"

匡超人忍不住问道："请教先生，前科墨卷，到处都有刻本的，怎的没有文章？"

卫先生道："所以说没有文章者，是没有文章的法则。"

匡超人道："文章既是中了，就是有法则了；难道中式之外，又另有个法则？"

153

卫先生道："长兄，你原来不知。文章是代圣贤立言，有一定的规矩，比不得那些杂览，可以随手乱作的。所以一篇文章，不但看得出这本人的富贵福泽，并可看出国运的盛衰。各朝各代，都有法则，一脉流传，有个元灯。比如主考中出一榜人来，也有合法的，也有侥幸的，必定要经过我们选家批了出来，这篇就是传文了。若是这一科无可入选，只叫作没有文章。"

随先生道："长兄，所以我们不怕不中，只是中了出来，这三篇文章必要见得人，不然，只能算是侥幸，一生抱愧！"又问卫先生道："近来那马静选的《三科程墨》，可曾看见？"

卫先生道："正是他把个选事弄坏了，因他在嘉兴蘧太守家走动，讲究杂学杂览，对文章理法全然不知，一味胡闹，好墨卷也被他批坏了！所以我看了他的选本，叫子弟把他的批语涂掉了读。"

胡家一直到晚，不得上席，要等赵雪斋。直等到一更天，赵先生的一乘轿子，有两个轿夫跟着，前后四支火把，飞跑了来，下轿同众人作揖道谢有累久候。胡家筵开三席，席散各自归家。

匡超人在六日之内，把三百多篇文章都批完了，然后把在胡家听来的一番道理，作了个序文在上面。书店里的人拿去看了，回来夸匡超人比马二先生批得又快又细。封出二两选金送来，又说将来各书坊都要来请先生，生意多着哩。匡超人心下也不免高兴得意。

诗会来约，西湖上雅集作诗，匡超人不会作诗，连夜拿一本诗法入门来看，凭他的聪明，看了一夜，早已会了，次日拿起笔就作，自觉比景兰江等人的不差。到了约期，众人上船，赵雪斋还不曾到，内中不见严致中，问时方知他家中为立嗣之事，有着家难官事，现在已经平复。他亡弟的那一房，仍旧立他大房的第二个儿子承继，家私三七分开；他亡弟严监生的妾，自分了三股家私过日子。

船到花港，胡三公子上去借花园吃酒，那管园的竟然不肯，胡三公子发了急，那人也不理。景兰江背地里问，那人道："胡三爷是出名的悭客，他一年里有几席酒照顾我？我为什么奉承他？去年借了这里，摆了两席酒，一个钱也不给，去的时候也不叫人扫扫地，还把煮饭剩下的两升米叫小厮背了回去，这样的大老官乡绅，我不奉承他！"说得没法，众人只得到于公祠。份子钱都在三公子身上，三公子拉着景兰江去采购，匡超人跟去。

到了鸭子店，三公子怕鸭不肥，拔下耳挖来戳戳脯子上肉厚，方才叫景兰江讲价钱买了，因人多，又买了几斤肉、两只鸡、一尾鱼和一些蔬菜。还要买些肉馒头，那馒头三个钱一个，三公子只给他两个钱一个，就同馒头店里的吵了起来，景兰江劝解，不买馒头了，买了些面带回来下着吃。

来到庙里，交与和尚收拾。支剑峰道："三老爷，你何不叫个厨役伺候？为什么自己忙？"三公子吐舌道："厨役，那就太费了！"又称了一块银，叫小厮去买米。忙到下午，赵雪斋轿子才到，取出二钱四分银子，交与三公子。酒菜已齐，众人分韵作诗。分韵已定，又吃了几杯酒，散了各自进城。胡三公子叫家人取了食盒，把剩下来的骨头骨脑，一些果子，装在里面，又向和尚查剩下的米，也装起来。送了和尚五分银子的香资，自己押着家人，挑担进城。

匡超人与支剑峰、浦墨卿、景兰江同路，四人高兴，一路勾留得进城迟了，已是昏黑。景兰江催大家快些走，支剑峰已是大醉，口发狂言道："何妨？谁不知我们西湖诗会名士？况且李太白穿着宫锦袍，夜里还走；我们放心走！谁敢来？"

正在手舞足蹈高兴，忽然前面一对高灯，又是一对提灯，上面的字是"盐捕分府"。那分府坐在轿里，一眼看到支剑峰，叫人传他过来，问道："支锷，你是本分府盐务里的巡商，怎么黑夜吃得大醉，在街上胡闹？"

支剑峰醉了，把脚不稳，跌跌撞撞，口里还说："李太白宫锦夜行。"那分府见他还戴了方巾，说道："衙门巡商，从来没有生监充当的。你怎么戴这个帽子，左右，锁起来！"

浦墨卿上来帮着说了几句，分府怒道："你既是生员，如何黑夜酗酒？也带着，送到儒学里去！"景兰江见不是事，悄悄在黑影里把匡超人拉了一把，从小巷里溜了。

（五）潘三爷见不得人的事

次日去问支、浦两位的事，还好不严重；众人分韵的诗作出来，看那卫先生、随先生的诗，连"且夫""尝谓"都写在内，其余就是文章批语上采下来的字眼，匡超人拿自己的诗与大家比，自觉不差。过了半个多月，出差的潘三爷回来了，到文瀚楼来见匡超人，知道匡超人与一般诗人为伍，大大不以为然。他告诉匡超人，这般人都是有名的呆子，那姓景的开头巾店，本来有两千银子的本钱，被他一顿诗作得精光，如今借作诗为由，逢人借钱，人见人怕。那姓支的是盐务里的一个巡商，假冒斯文，吃醉了在街上吟诗，如今连巡商都革了，将来只好穷得淌屎。

潘三邀匡超人上饭店，饭店里见是潘三爷，屁滚尿流，鸭和肉都拣上好极肥的切来；海参杂烩，加味用重作料，酒饭已毕，出来也不算账，只吩咐一声："是我的。"那店主人连忙拱手道："三爷请便，小店知道。"

潘三把匡超人带回家，家里正开着赌场，当下走了进去，拿出两千钱来，说是匡二相公放与众人的，今日打的头钱，都归匡二相公，就叫匡超人坐着收取头钱。

原来这位潘自业潘三爷，交游广阔，神通广大，做的都是令人咋舌的事。匡超人来后，做了他的文笔助手。一连几件事作将出来。头一件，是乐清县大户人家逃出一个使女荷花，被一班光棍抓着在茅家铺轮奸，钱塘县衙门快手捉住了光棍，知县王太爷把光棍每人打十板子放了，令解差黄球将荷花解回乐清。而乡下有个姓胡的财主，看上了丫头荷花，商量若是有法买下这丫头来，情愿出几百两银子。

潘三爷找解差黄球来商议，说好连使费一总由胡家出二百两银子。潘三道:"我家现住着一位乐清县的相公,他和乐清县的太爷最好。我托他去人情上弄一张回批来,只说荷花已经解到,交与原主人领回。我这里再托人向本县弄出一个朱签来,到路上将荷花赶回,交与胡家。"黄球答应去了。

第二件事是郝老二来求潘三爷,有个乡下人施美卿,将亡弟媳妇卖与黄祥甫,银子都兑了,弟妇要守节,不肯嫁,施美卿只好吩咐对方硬抢,没想到抢错了,把施美卿自己的老婆抢了去,隔着三四十里路,等到知道弄错,已是睡了一晚。

施美卿来要回老婆,黄祥甫不肯,施美卿告了状,黄祥甫也要告,却因讲亲的时节,不曾写过婚书,没有凭据。而今要写一个,还有衙门里的事,都要拜托潘三爷料理,有几两银子送来作使费。

潘三起了一个婚书稿,叫匡超人写了,把与郝老二看,叫他明日拿银子来取去。又设计个公文回批,叫匡超人写了;家里有的是豆腐干刻的假印,拿来盖上,又拿出朱笔,叫匡超人写了个赶回文书的朱签。

办完了事,两处都送了银子来,潘三拿二十两递与匡超人,匡超人欢喜接了,遇便也托带些回家去,与他哥子添些本钱。书坊各店,也有些文章请他选。潘三一切事都找他,分几两银子,身上渐渐光鲜起来,果然听了潘三的话,和那些名士少来往了。

住了将及半年,宗师按临绍兴,有个金东崖在京师里当差,挣得有钱,想要儿子进学,他儿子金跃,却是个文字不通的。想要找个替身代考,托了李四来找潘三。潘三道:"替考的人在我,衙门打点也在我。你只叫金家的把五百两银子，兑出来封在当铺里，另外拿三十两银子给我作盘费，我包他有一个秀才。若是进不得学，五百两一点也不动。这样可妥当吗？"李四道："这样，没话可说了！"

潘三带着匡超人来绍兴府，次日，李四带着那童生金跃来会了一会。潘三打听到宗师挂牌考会稽了，三更时分，把匡超人化装成差役。五鼓之后，学道三炮升堂，匡超人手持水火棍，跟着一班军牢夜役，吆喝了进去，排班站立，点到童生金跃，便不归号，悄悄站在黑影里，匡超人退下来与那童生彼此换过衣帽。那童生执着水火棍归队。匡超人捧卷归号，作了文章，交卷出去，神不知来鬼不觉。发案时，那金跃高高进了。潘三拿出二百两银子以为笔资，做媒为他娶了在抚院衙门当差郑老爹的三女儿，招赘在郑家。翁婿见面，原来就是昔年回乡同船的人，新婚之夜，见新娘端正，好个相貌，匡超人满心欢喜。

满月之后，郑家屋小不便，潘三替他在书店左近典了四间屋，价银四十两，又买了家具之类，搬进去请邻居，所存的银子已是一空，亏得潘三帮衬，办得便宜。又亏得书店托选两部文章，有几两选金，又有样书，卖了将就度日。一年有余，生下一个女儿，夫妻相得。

那日门口闲站，忽见一个青衣大帽的人，一路问来，问这里可是乐清匡相公家。原来匡超人的老师，前任乐清县知县的李本瑛，因为被参发审，审出来所参各款都是虚情，依旧复任，其后进京，授了给事中⑥，寄信来约门生进京，要照顾提拔他。匡超人留来人吃了酒饭，写了禀告说："蒙老师呼唤，不日整理行装，即来趋教。"

（六）得意的先儒匡子

宗师按临温州，匡超人回乡去应岁考。考过，宗师着实称赞，取在一等第一；又把他题了优行，贡入太学肄业。宗师起马，送过了，匡超人回杭州，和潘三商量，要回乐清乡里去挂匾，竖旗杆。到织锦店里织了三件补服：自己一件，母亲一件，妻室一件。制备停当，又在各书店里约了一个会，每店三两，各家又另送了贺礼来。

正要择日返家，景兰江来告，潘三昨晚被拿了，已经下在监里，匡超人大惊道："哪有此事，我昨日午间还见他，怎么就拿了？"

景兰江道："我一个舍亲在县里当刑房，今早是他的小生日，满座的人谈的都是此事。竟是抚台的访牌下来，县尊三更天出差去拿，怕他走了，前后门都围了起来，拿到后县尊不曾问什么，只把访着劣迹的款单掼了下来叫他自看，他看了也没辩，只朝上磕了几个头，县尊叫送监寄内号，同大盗在一处。"

两人同去找景兰江的亲戚蒋刑房，借出了潘三款单来看，那款单上开着十几款：包揽欺隐钱粮若干两；私和人命几案；短截本县印文及私动朱笔一案；假雕印信若干颗；拐带人口几案；重

160

利剥民、威逼平人身死几案；勾串提学衙门，买嘱枪手代考几案……匡超人不看便罢，一看款单，不觉嗖的一声，魂从顶门出去了。

心想这些事与自己多有牵连，日前唯有远走高飞，躲去京师里避祸。和娘子说自己如今贡了，要去京里做官，把娘子送回乐清与母亲同住。娘子不肯下乡，哭喊吵闹，亏得丈人郑老爹来劝，方才雇船动身。匡超人把房子卖了，托妻舅送妹子到家，写信与他哥说："将本钱添在店里，逐日支销。"

匡超人来到京师，拜见李给谏，给谏大喜，问他说道："贤契，现今朝廷考取教习，学生料理，包管贤契可以取中。你就来住在我处……"匡超人搬来，又过了几时，给谏问可曾婚娶？匡超人心想，老师是位大人，在他面前说出丈人是抚院当差的，恐会惹他看轻，只得答道："不曾！"

想不到第二天晚上，李府的一位老管家就来提亲，李大人的一位外甥女，从小抚养在李府，今年十九岁，才貌出众。李大人有意招匡爷为甥婿，一切费用，俱是李府备办，不消费心。匡超人吓了一跳，若是说明回绝，显然说谎；若是允了，又觉得与理不合。转又想到，戏文上说的蔡状元招赘牛相府，传为佳话，这又有何妨？即便就应允了。

给谏大喜，择吉完婚，张灯结彩，倒赔数百金妆奁，把外甥女嫁与匡超人。那一日大吹大擂，匡超人纱帽圆领，金带皂靴，拜了给谏公夫妇，一派细乐，引进洞房，揭去头巾，见那新娘子辛小姐美貌非凡，人物标致，嫁妆齐整。匡超人满心欢喜。

自此珠围翠绕，燕尔新婚，享了几个月的天福；不想考取了教习，要回本省地方取结。只得别过辛小姐回浙江，一到杭州，先去看旧丈人郑老爹，只见郑老爹夫妇痛哭，客座上坐的，便是他的哥哥匡大。惊问之下，才晓得是郑氏娘子下乡，生活不便，得病去世。匡超人听了落下泪来，问后事是怎么办的？匡大说已把预备给娘用的衣衾棺木，先与弟妇用了，如今暂厝在庙后，等匡超人回来下土。

匡超人道："还不仅是下土的事哩。我想如今我还有几两银子，大哥拿回去，在你弟妇厝基上，替她多添两层厚砖，砌得坚固些，也还得过几年。她是个诰命夫人，到家请会画的，替她画个像，把凤冠补服画起来；逢时过节，供在家里，叫小女儿烧香，她的魂灵也欢喜；就是那年我做了送回家去与娘的那件补服；若是本家亲戚们家请酒，叫娘也穿起来，显得与众不同。哥将来在家，也要叫人称呼老爷；凡事立起体统来，不可自己倒了架子。我将来有了地方，少不得连哥嫂都接到任上，同享荣华的。"匡大被他这一番话，说得眼花缭乱，浑身都酥了，一总都依他说。

匡超人将几十两银子递与他哥。住在郑家，过了三四日，景兰江同刑房的蒋书办来访，见郑家房子浅，要邀到茶室去坐。匡超人口气与前不同了，口虽不说，意思不肯到茶室，景兰江揣知其意，约去酒楼接风，好冠冕些。

酒楼上，景兰江问道："先生，你这教习的官，可是就有得选

162

的吗？"

匡超人道："怎么不选？像我们这正途出身的，考的是内廷教习，每天教的，多是勋戚人家的子弟。"

景兰江道："也和平常教书一般的吗？"

匡超人道："不然！不然！我们在里面，也和衙门一般，公座朱笔墨砚，摆得停当。我早上进去升了公座，那学生们送书上来，我只把那日子用朱笔一点，他就下去了。学生都是荫袭的三品以上的大人，出来就是督抚提镇，都在我跟前磕头。像这国子监的祭酒，是我的老师，他就是现任中堂的儿子。中堂是太老师，前日太老师有病，满朝问安的官都不见，单只请我进去，坐在床沿上谈了一会儿出来。"

蒋刑房等他说完，慢慢提起，潘三哥现在监里，听说匡超人回来，想要会会叙叙苦情。匡超人表示，现在的身份，比不得作秀才的时候，既是替朝廷办事，就要依着朝廷的赏罚，若是去到监里，那就是赏罚不明了。

蒋刑房说你先生并不是本城地方官，只是去看看朋友，有什么赏罚不明？匡超人道："二位先生，这话我不该说，因是知己面前不妨。潘三哥所做的这些事，便是我做地方官，我也是要访拿他的。如今倒反去监里看他，难道说朝廷处分他不对？这就不是做臣子的道理了。况且我在这里取结，院里司里都知道的。如果去监里一走，传得上边知道，就是小弟一生官场之玷，这个如何可行？费你蒋先生的心，多多拜上潘三哥，凡事心照。若是小弟

163

侥幸，这一回去就得个肥美地方，到任一年半载，那时带几百两银子来帮衬⑦他，倒是不值得什么！"两人见他说得如此，不再相劝，吃完散讫。蒋刑房自去监里回复潘三。

匡超人取定了结，包船到扬州。上得船来，中舱两位客人，一位年老的是做幕客的牛布衣，另一位中年的冯琢庵，是上京会试的举人。匡超人说了姓名，冯琢庵道："先生是浙江选家，尊选有好几部，弟都是见过的。"

匡超人道："我的文名也够了！自从那年到杭州，至今五六年。考卷、墨卷、房书、行书，名家的稿子，还有四书讲书，五经讲书，古文选本，家里有本账，共是九十五本。弟选的文章，每一回印出来，书店一定要卖掉一万部，山东、山西、河南、陕西、北直的客人，都争着买，只愁买不到手。还有个拙稿，是前年刻的，而今已经翻刻过三副版。不瞒二位先生说，这五省读书的人，家家隆重的都是小弟，都在书案上香火蜡烛供着'先儒匡子之神位'。"

牛布衣笑道："先生，你此言误矣，所谓先儒，是已经去世的儒者。如今先生尚在，哪可如此称呼？"

匡超人红着脸道："不然，所谓先儒者，乃先生之谓也。"牛布衣不和他辩。冯琢庵又问起操选政的另一位马纯上如何。匡超人道："这也是弟的好友。这马纯兄理法有余，才气不足，所以他的选本也不甚行。选本总是销售量为主，若是不行，书店就要赔本，唯有小弟的选本最行，连外国都有卖的。"

【注释】

① 千钟粟：钟，量器，六斛四斗。此指俸给之多。

② 出首：检举。

③ 假哀怜：冒父亲之名上呈，表示怜爱儿子，原谅过错，不再追究。

④ 麻衣神相：宋代钱若水为举子时，在华山遇见一个穿麻衣的道人，看着钱若水，看了好久，说："急流中勇退人也。"后来钱若水做枢密副使，果然能急流勇退，辞官返乡。后世相术中的麻衣法就依托此事为名。

⑤ 冢宰：吏部尚书。

⑥ 给事中：官名，清代属都察院，与御史同为谏官，又称给谏。

⑦ 帮衬：帮助，赞助。

【批评分析】

（一）匡超人的孝思，马二先生的义助、教导，都是《外史》中正面揄扬的笔触。

（二）温州张姓秀才忤逆，被父亲检举到官府，两兄弟竟然用钱买通销案，可见当时伦常之变，人情浇薄。初期的匡超人孝亲，勤勉上进，谦逊待人，十分可爱，能得人缘。相反的是，他哥不顾老父有病，分开另吃；替兄弟接风，有吃食居然说不要告诉老爹，自私愚昧，使人觉得可厌。

（三）匡超人在火灾时表现的机智孝友极好，太公训斥匡大，不可占人摊位，是一种不偏私的正义表现。

（四）匡太公临死的嘱咐：功名身外之物，德行才是最要紧的；儿子能在孝悌上用心极好，千万不可因得意而变为势利；娶亲不可攀结高门；哥哥虽然混账，但长幼有序，必须尊重。这些话都是作者假太公之口表现为人立身行事的根本。卖头巾的景兰江、盐商赵雪斋、巡商支剑峰，都不是读书人，却要冒充附庸风雅，作诗印诗，希图出名。卫体善、随岑庵虽是读书人而观念固陋。胡三公子的小气吝啬，可笑可鄙。

（五）卫、随两位的诗作低劣，名不副实。潘三爷虽有义气，但专走歪路，包揽词讼，伪造文书，包赌，枪手替考……尽做坏事。匡超人耳濡目染，渐渐地同流合污改变了。

（六）太公临终的担心嘱咐，不幸而言中，匡超人竟然改变：得意忘形，停妻再娶，攀结高门，做了官返回杭州，也变得会胡乱吹牛自夸，不念昔年潘三相助的旧情，势利现实，与前判若两人，甚至吹牛吹得错了，自称先儒。

九、真假牛布衣

（一）小牛郎求名冒姓氏

前文提到过的名士牛布衣，一直流浪在外，在各处权贵人家做清客。自从那次船上与匡超人、冯琢庵相识作别之后，牛布衣独自来到芜湖，在浮桥口的甘露庵里作寓，日间出去寻访朋友，晚间灯下吟哦诗词。老和尚与他甚是相得，没想到后来牛布衣病倒了，医治无效。

那日牛布衣请老和尚进房来，说道："我离家千余里，客居在此，蒙老师父照顾，如今眼见得不济了。家中并无儿女，只有一个妻子，年纪还不上四十岁。我同来的一个朋友进京会试去了，老师父就是至亲骨肉一般。我这床头箱内有六两银子，我死后烦请老师父备棺，棺材上写'大明布衣牛先生之柩'，暂寻空地寄放，不要烧化，若能遇着故乡亲戚，把我的遗体带回去，死在九泉，也是感激。"又拿出两本书来，递与老和尚道："这两本是我生平所作的诗，虽没有什么好，却是一生结交的人都在上面，舍不得淹没了，也交与老师父；有幸遇着个后来的人，替我流传了，我死也瞑目。"

挨到晚上，气断身亡。老和尚大哭一场，装殓入棺，念了"往生咒"，就把庵里一间堆柴的屋腾出来停柩。过了几日，老和尚又请了吉祥寺八众僧人，来替牛布衣拜了一天的"梁皇忏"。此后老和尚早晚课诵，一定去牛布衣柩前添一些香，洒一些泪。

前街上有个十七八岁的少年牛浦郎，父母去世，祖父开着个小香蜡店，晚间常到庵里来，映着琉璃灯念书。老和尚看了喜欢，许给他要送他两部诗稿。过了几日，老和尚下乡去念经。

牛浦郎想着："老师父有什么诗，却不肯就与我看，哄我想得发慌……"又想："三讨不如一偷。"寻到床上一个枕箱，找着两本锦面线装的书，上写"牛布衣诗稿"，见那题目上都写着："呈相国某大人""怀督学周大人""娄公子偕游莺脰湖分韵，兼呈令兄通政""与鲁太史话别""寄怀王观察"，其余某太守、某司马、某知府、某少尹，不一而足。浦郎自想，这些都是现在老爷的称呼，可见只要会作两句诗，并不一定要进学中举，就可以同这些老爷们往来。何等荣耀！想着同是姓牛，何不就冒他之名。

次日，又在店里偷了几十个钱，走来吉祥寺前，找刻图书的郭铁笔刻两方印章，一方阴文"牛浦之印"，一方阳文"布衣"。郭铁笔将眼上下把浦郎一看，问道："先生便是牛布衣吗？"浦郎答道："布衣是贱字。"郭铁笔慌忙作揖请坐，奉茶，说道："久闻牛布衣大名，失敬失敬，尊章即镌上献丑，笔资也不敢领。此处也有几位朋友，仰慕先生，改日同到贵寓拜访。"

浦郎怕他去庵里看出真相，忙说邻郡一位官员约去作诗，明早就行，以后回来再谋相聚。

他的祖父牛老儿与间壁开米店的卜老爹相好，那天谈起牛浦郎，每天出门讨赊账，讨到三更半夜还不回来，担心这小厮情窦初开，莫要在外胡混，淘坏了身子，以后老祖父没人送终。卜老说出个主意，愿意把领养在家的外孙女嫁与牛浦郎，彼此不争财礼妆奁，只要做几件衣服就行。况且两家一墙之隔，打开一个门就换了过来，连轿夫钱都可以省的。

当下说定，卜家的两位舅大人卜诚、卜信代为张罗一切，简简单单地就娶了亲。牛浦郎也有好些时日不曾去庵里，那日偶然经过，看见庵外拴着有五六匹马，坐着三四个官差，牛浦郎不敢进去。

老和尚在里面一眼看见，连忙叫他进去，吩咐道："京师里九门提督①齐大人，打发人来请我去京里报国寺做方丈。我本不愿去，只因先前有个朋友死在我这里，他有个朋友到京会试，我今借这个便，到京寻着他这朋友，好把他的灵柩运回原籍，也好了这番心愿，我以前说有两本诗要与你看，就是他的。在我枕箱之内，你自开箱去拿，还有一些被褥零碎器用，都托小檀越②代为照应。"

老和尚走后，牛浦郎取一张白纸，贴在庵前，写下五个大字"牛布衣寓内"，每天来此走走。

又过了一个月，他祖父牛老儿盘账，发觉本钱已是十去其七，气得说不出话来，到晚牛浦郎回家，问他又问不出一个所以然来，口里只管之乎者也胡扯。牛老儿一气成病，七十岁的人，元气衰了，又没有药物补养，病不过十日，寿尽归天。牛浦郎夫妇大哭，亏得卜老过来料理，一场丧事下来，负债累累，逼得只好卖房子还债。卖了房子之后，牛浦郎小两口没处住，卜老又在自己家里腾出一间房子，叫他两口儿搬来住卜。

不觉已是除夕，卜老叫牛浦郎在房里立起牌位来，祭奠老爷。新年初一，叫他去坟上烧纸钱，吩咐道："你去坟上向老爹说，我年纪老了，这天气冷，我不能亲自来与亲家拜年。"卜老直到初三才出来拜年，想着死去的亲家，又多吃了些年货，回来就病倒了。那日天色已晚，卜老爹睡在床上，看到窗眼里钻进两个人来，走到跟前，手里拿着一张纸，递与他看。卜老惊怪，告诉家人，家人都说不曾见有生人进来。卜老爹接纸在手，竟是一张花边批文，上面三十五个人名，都用朱笔点了。头一名牛相，就是他亲家，末一名是他自己——卜崇礼。正待要问，眼睛一眨，人和批文俱都不见。

卜老爹亲见地府钩牌，即把两个儿子媳妇叫来，吩咐遗言，把方才见到钩批的情形说了："且喜我和亲家是同一票，他是头一个，我是末一个！他已是去得远了，我要赶上他去。"说毕身子一挣，倒在枕上，已是断气。

幸好后事都是现成的，丧期中牛浦郎陪客，也有几个念书的人与他来往，初时卜家还觉得新鲜，后来来得勤些，一个生意人家，只见这些"之乎者也"的人来讲呆话，甚觉可厌。

（二）借用官势奚落舅丈人

那天，牛浦郎在庵门前里拾起一张帖子，上面写道："小弟董瑛，京师会试，于冯琢庵年兄处，拜读大作，渴欲一晤识荆③，奉访尊寓，未遇为怅，明早幸能少留，以便趋教，至祷。"看时知道是来访牛布衣的，帖上既有"渴欲识荆"，那就是不曾会过。

牛浦郎心想："何不就认作牛布衣，和他相会？"又想道："他说在京会试，一定就是一位老爷，且叫他来卜家会我，吓吓卜家弟兄两个……"主意已定，写了个帖子："牛布衣近日馆于舍亲卜宅。尊客过问，可至浮桥南首大街卜家米店便是。"贴在门上。

回家对卜诚、卜信说道："明日有一位董老爷来拜。他是就要做官的人，我们不好轻慢，如今要借重大爷，明晨把客座收拾干净，还要借重二爷，捧出两杯茶来。这都是对大家脸上有光辉的事，拜托帮忙。"

卜家两弟兄，听说有官来拜，也觉得喜出望外，一齐答应了。第二天清早，卜诚起来，扫地布置，寻出一个捧盘，两个茶杯，两张茶匙，又剥了四粒桂圆，一杯里放两个，伺候停当。等到早饭时候，一个青衣人，手持红帖，一路问了下来，道："这里可有一位牛相公？董老爷来拜。"卜诚道："在这里。"接了帖子，飞跑进来报告。

牛浦郎迎出，轿子已落在门首。董孝廉④下轿进来，头戴纱帽，身穿浅蓝色缎圆领，脚下粉底皂靴，三绺胡须，白净面皮，约有三十多岁光景。行礼分宾坐下。

171

董孝廉先开口道："久仰大名，又读佳作，思慕至极，原以为先生老师宿儒，不料这般青年，更加可敬。"

牛浦郎道："晚生山鄙之人，胡乱笔墨，蒙先生同冯琢翁过奖，抱愧实多。"卜信捧出两杯茶，从上面走下来，送与董孝廉。董孝廉接了茶，牛浦郎也接了。卜信直挺挺站在堂屋中间。

牛浦郎打躬向董孝廉道："这仆人村野之人，不知礼节，老先生休要见笑。"

董孝廉笑道："先生世外高人，何必如此计论俗套。"

卜信听了，连颈脖子都羞红了，接过茶盘，骨都着嘴⑤进去。牛浦郎问道："老先生此番驾往何处？"

董孝廉道："弟已授职县令，如今发来应天候缺，行李尚在舟中。因渴欲一晤，故而两次奉访。如今既已接教，今晚就要开船到苏州去了！"

牛浦郎道："晚生得蒙青目，尚未尽得地主之谊，如何是好？"

董孝廉道："先生，我们文章情谊，何必拘泥俗情？弟此去若是派得了地方，就可奉迎先生到署，早晚请教。"说罢，起身要去。牛浦郎说要来船上道别，董孝廉行色匆匆，辞谢不必。当下打躬作别。

牛浦郎一回来，卜信气得满脸通红，数说道："牛姑爷，我再不济，也是你的舅丈人，长亲！你叫我捧茶去，这也罢了，怎么当着董老爷的面讥讽我？"牛浦郎指出错误，官府来拜，规矩该换三遍茶，又不能从上头往下走，应从下往上送。

卜信道："我们生意人家，也不要这老爷们来走动！没借什么光，反惹他笑话！"牛浦郎道："不是我说，若不是我在你家，你家就一二百年也不会有个老爷走进这屋里来！"

卜诚道："就算你认识个老爷，你自己到底不是老爷！"牛浦郎道："凭你向哪个说去，是坐着同老爷打躬作揖的好？还是捧茶给老爷吃，走错路，惹老爷笑的好？"

卜信道："别恶心了，我家不稀罕这样的老爷！"牛浦郎道："不稀罕么？明日向董老爷说，拿帖子送去芜湖县，先打一顿板子！"两个舅丈人一齐叫了起来："反了！反了！外孙女婿要送舅丈人去打板子！我家养活你这一年多来，不见你领情，反而如此！也罢，就和你去县里讲讲，看是打谁的板子？"当下两人把牛浦郎扯到县门口，恰好遇着郭铁笔，过来打圆场。

卜诚道："郭先生，自古'一斗米养个恩人，一石米养个仇人'，这竟是我们养着他的不是了！"郭铁笔问明所以，也说牛浦郎的不是。

当下扯到茶馆，说妥了外孙女还是由卜诚、卜信两个养着，牛姑爷搬出来自己过日子。牛浦郎搬来甘露庵，没有吃用，把老和尚的法器都当了，闲着无事，去看郭铁笔，郭铁笔不在店里，柜上见有一部"新缙绅"。揭开一看，看到淮安府安东县新补的知县董瑛，字彦芳，浙江仁和人。牛浦郎心想："是了！我何不去寻他？"走回庵里，卷了被褥，把和尚的一座香炉，一架磬，拿去当了二两多银子，当作路费上路。

（三）认了一个叔祖公

牛浦郎先到南京，换便船去扬州。那天看见江沿上歇着一乘轿，三担行李，四个长随。轿里走出一个人来，头戴方巾，身穿沉香色夹袖长袍，粉底皂靴，手拿白纸扇，花白胡须，约有五十多岁，一双刺猬眼，两个颧骨腮。

那人吩咐船家道："我是要到扬州盐院大老爷那里去说话的，你们小心伺候，到了扬州，另外有赏。若有一些怠慢，就拿帖子送去江都县，重重处罚！"船家诺诺连声。便中把牛浦郎拉上船去，安在烟蓬底下。开行之后，被那包船的人发现，船家赔着笑说是小的们所带的一份酒资，幸好那人并未生气，反教牛浦郎进舱。

牛浦郎拜问老先生尊姓，那人道："我么？姓牛名瑶，草字叫着玉圃。我本是徽州人，你姓什么？"牛浦郎道："晚生也姓牛。祖籍本来也是新安。"牛玉圃不等他说完，便接口道："你既然姓牛，五百年前是一家，我和你祖孙相称吧，你从此就叫我叔公好了！"

牛浦郎见他如此体面，不敢违拗，问他去扬州有什么公事，牛玉圃大言说自己与八轿的官，相交得极多，扬州的万雪斋，就看重自己相与官府多，有些声势，所以每年请去，送几百两银子，聘做代笔。

船到仪征，牛玉圃带着牛浦郎去大观楼吃素菜，楼上先坐着一个戴方巾的人。两人见了欢喜叙旧，牛玉圃叫侄孙牛浦郎上前叩见，介绍说是他二十年拜盟的老弟兄，常在衙门里共事的王义安老先生。

　　当下三人吃着素饭，牛、王两位老友谈着往事。正说之间，楼梯上走来两个头戴方巾、穿着破烂的秀才来，一眼看见王义安，一个说道："这不是丰家巷婊子家掌柜的乌龟王义安吗？"另一个道："怎么不是他，他居然敢戴了方巾在此胡闹！"不由分说，走上来，一把扯掉方巾，劈脸就是一个大嘴巴，打得乌龟跪在地上，磕头如捣蒜。

　　牛玉圃上来扯劝，被两个秀才啐骂："你一个衣冠中人，同这乌龟坐着一桌吃饭，不知道也罢了，既知道了还敢来劝，连你也是该死！还不快滚！"牛玉圃见势不妙，拉着牛浦郎悄悄溜了。这里两个秀才，要送乌龟去见官，乌龟急了，腰里摸出三两七钱碎银子来送与两位相公做好看钱，这才罢了，放他下去。

　　到了扬州，牛玉圃住在子午宫，第二天拿出一顶旧方巾和一件蓝绸袍来，叫牛浦郎穿了，带他去见东家万雪斋。到了万府，十分的气派。主人万雪斋出来，头戴方巾，手摇金扇，身穿茧袖长袍，脚下朱履，见礼之后，万雪斋问："玉翁为什么在京耽搁了这许久？"

　　牛玉圃道："只为我的名声太大了，一到京住在承恩寺，就有许多人来求，要我写字、作诗，求教的日夜打发不清，好不容易打发清了，国公府里徐二公子知道小弟到了，一回两回打发管家来请。他那管家都是锦衣卫指挥五品的前程，我只得到他家盘桓了几天，临别再三不肯放，我说是雪翁这里有要紧事等着，才勉强辞了来。二公子也仰慕雪翁尊作，诗稿是他亲笔看的。"

袖口里拿出两本诗来，递与万雪斋。万雪斋问："这一位令侄孙多少贵庚了？大号是什么？"牛浦郎答应不出，牛玉圃道："他今年才二十岁，年幼不曾有号！"

万雪斋正待揭开诗本来看，医生宋仁志来为他第七个妾看病，主人去和医家斟酌。这里牛玉圃领着牛浦郎各处参观，牛玉圃问："方才主人问你话，你怎么不答应？"

牛浦郎正要答话，一脚踏空，半截身子掉下塘去。湿淋淋地拉起来，牛玉圃恼了，骂道："你原来是个上不得台盘的人！"叫小厮先送他回去，回到子午宫，道士来问可曾用饭，又不好说没有，只得说是吃了，足足饿了半天。

第三天万家来请，牛玉圃不带牛浦郎去，牛浦郎跟道士去旧城，茶馆里坐谈，道士问："牛相公，你和这位令叔祖，可是亲房的？他老人家一向在这里，却是不见你相公！"

牛浦郎道："也是路上遇着，叙起来联宗的。我一向在安东县董老爷衙门里，那董老爷真好客，记得我初到他那里时，帖子才送进去，他就连忙叫两个差人出来请我的轿。我不曾坐轿，却骑了个驴。我要下驴，差人不肯，两个人牵了我的驴头，一路走上去，走到暖阁上，走得地板咯噔咯噔的一路响。董老爷已开了宅门，自己迎了出来，同我手搀着手走了进去，留我住了二十多天。我要辞他回来，他送我十七两四钱五分细丝银子，送我出到大堂上，看着我骑上了驴，口里说道：'你到处若是得意，就罢了；若不得意，再来寻找。'这样的人真是难得！我如今还到他那里去。"

问起东家万雪斋，是个什么前程，道士冷笑道："万家，只有你令叔祖敬重他罢了！若说做官，只怕纱帽满天飞，飞到他头上，还有人摭（zhí）⑥了他的去哩！"牛浦郎说这万家既非倡优、隶卒，怎会如此？

道人说出万家的秘密："这万雪斋自小是大盐商万有旗程家的书童，主子程明卿见他聪明，十八九岁时提拔他料理盐务司上零碎事情，叫作小司客。他做小司客每年聚几两银子，赎了身出来。置产做盐生意，生意又好，发成了十几万的家财，万有旗程家已经折了本钱，回徽州去了，所以没人说他这件事。去年万家娶妇，是个翰林的女儿，费了几千两银子，大吹大打，执事灯笼摆了半条街，好不热闹。不想他主子程明卿清早一乘轿子抬了来，坐在厅里，万雪斋走出来，不由得跪下磕头，当时就兑了一万两银子出来，才糊弄过去，不曾破相出丑。"

（四）发人阴私遭逐打

万雪斋的七姨太生病，医生说是寒症，药里要用一个"雪虾蟆"。扬州买不到，听说苏州还寻得出来，拿三百两银子托牛玉圃办，牛玉圃叫牛浦郎去走一趟，牛浦郎不敢违拗。当晚牛玉圃替他饯行，楼上吃着。

牛浦郎道："方才遇见了歙县的李二公，他说万雪斋先生同叔公算是极好的了，但也是笔墨相与，他家的银钱大事，还是不肯相托。这万东家生平有一个心腹朋友，叔叔只要说出与这人相好，万东家就会诸事放心，一切都托叔公。不但叔公发财，连我做侄孙的将来都有好日子过。"牛玉圃问是何人？牛浦郎道："是徽州的程明卿先生。"

牛玉圃笑道："这是我二十年拜盟的朋友，我怎么不认得，我知道了。"

次日牛浦郎带银上船去苏州。万家请酒，牛玉圃去时，见着了两位盐商，一位姓顾，一位姓汪。酒席头一碗上的是"冬虫夏草"。万雪斋请客人吃，说这样稀奇外方来的东西，扬州城里甚多，偏偏就寻不出一个雪虾蟆来，如今已托玉翁的侄孙到苏州寻去了。

汪盐商道："这种稀奇的东西，苏州也未必会有，恐怕要到我们徽州旧家人家去寻，或者能有！"

万雪斋道："这话不错，一切东西都是我们徽州出的好。"

顾盐商道："不但东西出得好，就是人物也是出在我们徽州。"

牛玉圃忽然想起，问道："雪翁，徽州有一位程明卿先生，是相好的吗？"万雪斋听了，满脸绯红，答不出话来。

牛玉圃还没看出不妥，又说："这是我拜盟的好弟兄，前日还有信与我说，不日就要到扬州，少不得要与雪翁叙一叙。"万雪斋气得两手冰冷，一句话也说不出。顾盐商道："玉翁，自古'相交满天下，知心能几人'，我们今日且吃酒，也不必谈那些旧话了！"

当晚勉强终席散去。牛玉圃回到下处，好几日不见万家来请。

那天万家突然送来一函，说是仪征王汉策舍亲令堂太亲母七十大寿，请先生作寿文并大笔书写，望即命驾。

牛玉圃到了仪征，找到了王汉策，王汉策道："我这里就是万府下店，雪翁昨日有信来，说尊驾为人不甚端方，又好结交匪类，自今以后，不敢劳驾了！"送一两银子，叫他请便。牛玉圃大怒，把银子丢在楼上，说要自去找万雪斋理论，王汉策劝他莫去，去时东家也必然不肯会见。牛玉圃无奈，只得自寻饭店住下，从饭店里走堂的口中探知，原来是不知万雪斋的忌讳，无意中挑出徽州程家那话来，故而恼羞成怒。牛玉圃这才省悟道："罢了，我上了这小畜生的当了。"

次日叫船去苏州寻牛浦郎，上船后盘缠不足，长随辞去了两个，只剩两个粗汉子跟着，找到苏州虎丘药材行，牛浦郎正坐在那里，道是雪虾蟆还不曾有，牛玉圃说镇江有一个人家有了，快把银子拿来同着去买。

当下押着牛浦郎，拿了银子，一同上船。走了几天，到了龙袍洲，是个没人烟的所在，牛玉圃圆睁两眼，大怒道："你可晓得我要打你哩！"牛浦郎惊慌道："做孙子的又不曾得罪叔公，为什么要打我呢？"

牛玉圃道："放你的狗屁！你弄的好乾坤！"当下不由分说，叫两个粗汉把牛浦郎衣裳剥尽，鞋帽不留，一根绳子捆起，臭打了一顿，抬着往岸上一掼，那船马上扯起篷来去了。

牛浦郎被这一掼，掼得个发昏，又因掼倒在一个粪窖子前，一动就会滚进粪窖，只得忍气吞声，动也不敢动。过了半日，幸好有江船经过，船上客人来出恭，牛浦郎大喊救命。那客人问他因何如此，牛浦郎道："我是一个秀才，安东县董老爷请我去做馆，路上遇见强盗打劫……"那客人姓黄，就是安东县人，家里做着小生意，是戏子行头经纪，当下救了牛浦郎，取来衣物，与他穿戴，带到船上启行。

谁知牛浦郎被剥衣服，在大日头下捆晒了半日，又受了粪窖子里熏蒸的臭热，一到船上，就害起痢疾来，一天到晚拉稀，只得坐在船尾，两手抓着船板由他泻，泻到三四天后，就像是一个活鬼。

听得舱内客人悄悄商议道："这个人料想是不好了，如今趁他还有口气，送上岸，若是死了，就费力了。"那位黄客人不肯。

牛浦郎屙到第五天上，忽然闻到一阵绿豆香，向船家道："我想要口绿豆汤吃。"满船人都不肯，他说："是我自家要吃，死而无怨。"众人没奈何，只得靠岸买了些绿豆来煮一碗汤，给他吃过，肚里响了一阵，屙出了一泡大屎，登时病就好了。扒进舱来，谢了众人，睡下安息。养了两天，渐渐复元。

到了安东，就住在黄客人家，黄客人替他买了一顶方巾，添了件把衣服，一双靴，穿着去拜董知县，董知县见了果然欢喜，留了酒饭，要留他在衙门里住，牛浦郎不肯，还是住在黄客人处。黄家见他果然同老爷相与，十分敬重。牛浦郎三日两日进衙门走，借着讲诗为名，顺便"撞两处木钟"⑦弄起几个钱来。黄家又把第四个女儿，招了他做女婿，就在安东，快活过日子。

（五）还我的丈夫来

想不到董知县升任去了，接任的向知县也是浙江人。交代时问董知县有什么事托他，董知县道："只有个作诗朋友，住在贵治，叫作牛布衣。老寅台清目一二，足感盛情。"向知县应诺了。

董知县来到京师，吏部投文，次日过堂掣签。这时冯琢庵中了进士，寓处就在吏部门口不远。董知县来拜，冯主事迎着坐下，董知县只说得一句："贵友牛布衣在芜湖甘露庵里……"还不曾说出一番交情，也不曾说到后来安东县的一番经过，只见长班进来跪禀道："部里大人升堂了。"董知县连忙辞别，到部就掣了一个贵州知州的签，匆匆束装赴任，不曾再会冯主事。

冯主事过了几时，打发一个家人寄家书回浙江绍兴，吩咐带着十两银子，到家乡找着牛布衣相公的夫人牛奶奶，告诉她牛相公现在芜湖甘露庵，银子赠予牛奶奶做盘缠，催她去找丈夫。这家人果然不负所托，找到了牛家，交代了话。

牛奶奶接着银子，心里凄惶起来，想道："他恁大的年纪，漂流在外，又没有儿女，怎生是好！我不如趁着这几两银子，去到芜湖找他回来。"主意已定，就将两间破房子锁了，拜托邻居照管，自己带着侄子，搭船一路来到芜湖，找到了甘露庵，里面荒凉残破不堪，只有一个又哑又聋的老道人，问他可有一个牛布衣，他手指着前头的一间屋。

牛奶奶寻去，只见屋里停着一具棺材，棺上的魂幡也不见了，材头的字，被屋漏处雨淋得字迹剥落，只有"大明"两字。牛奶奶见了，不觉心惊肉颤，毫毛根根都竖起来，问那道人："牛布衣莫不是死了？"道人摇手指着门外，不得要领，牛奶奶又去庵外沿街细问，一直问到吉祥寺郭铁笔店里，才知是去安东董老爷任上了。

牛浦郎招赘在安东黄客人家，门上贴一个帖，上写道："牛布衣代作诗文"。这一日来了一个芜湖县的旧邻居，叫作石老鼠，是个有名的无赖，因他停妻再娶，就来讹诈要借几两银子，牛浦郎不肯，石老鼠要拉他上衙门。当下两人揪扭来到县门，遇见县里两个头役，认得牛浦郎，上前来劝。石老鼠掀牛浦郎的底，牛浦郎指石老鼠是有名的光棍。几个头役说好说歹，垫出几百文给石老鼠，又吓他牛相公现与老爷相与最好，莫要自讨没趣，那石老鼠不敢多言，接钱谢了自去。

牛浦郎谢了众人回家，只见一个邻居来报："你刚出门，就有一乘轿子，一担行李，一个堂客来到，你家娘子接了进去。这堂客说她就是你的前妻，要和你见面，在那里同你家黄氏娘子吵得狠，娘子托我来寻，叫你快些回去。"

牛浦郎一听，恍若掉进冷水盆里的一般，心下明白，准是石老鼠这个奴才，把芜湖卜家的前头娘子贾氏撺弄来闹。没奈何，硬着头皮回家。到了家门口一听，里面吵闹的不是贾氏娘子的声音，是个浙江人。走了进去，与那妇人对面，彼此都不认得。黄氏道："这便是我家的了，你看看可是你的丈夫？"

牛奶奶问道："你这位怎叫作牛布衣？"

牛浦郎道："我为什么不是牛布衣，但我不认得你这位奶奶。"

牛奶奶道："我便是牛布衣的妻子。你这厮冒了我丈夫的名字，在此挂招牌，分明是你把我丈夫谋害了！我怎能与你干休！"

牛浦郎道："天下同名同姓的也多，怎见得就是我谋害了你丈夫？"

牛奶奶道："怎么不是！我从芜湖甘露寺一路问来，说在安东。你既冒我丈夫之名，就要还我丈夫！"

当下哭喊，叫跟来的侄子将牛浦郎扭着，牛奶奶上轿，一直喊来县前喊冤，向知县叫补了状，第三日午堂听审。牛奶奶告状是为谋杀夫命事，向知县叫牛奶奶上去问，牛奶奶把从浙江寻到芜湖寻到安东的事说了一遍，"他现挂着我丈夫的招牌，我不问他要丈夫，向谁要？"

向知县问牛浦郎，牛浦郎说："不但不认得这妇人，也并不认得她丈夫。"向知县问牛奶奶道："眼见得这牛生员叫作牛布衣，你丈夫也叫作牛布衣。天下同名同姓的多，他自然不知道你丈夫的踪迹，你还是到别处去寻访你的丈夫吧。"

牛奶奶哭哭啼啼，定要求向知县替她申冤，缠得向知县急了，说道："也罢，我这里差两个衙役，把你这妇人解回绍兴，你去本地告状去，我哪管这种无头的官事——牛生员，你也请回去吧。"说罢，就退了堂。两个解役，把牛奶奶又解回到绍兴去了。

【注释】

①　九门提督：清步军统领，掌京城九门禁卫，称为九门提督。九门是正阳、崇文、宣武、安定、德胜、东直、西直、朝阳、阜成。

②　檀越：佛家称人，如"施主"。

③　识荆：初次识面的敬辞。李白《与韩朝宗书》："生不用

封万户侯，但愿一识韩荆州。"

④　孝廉：明清时举人的别称。

⑤　骨都着嘴：翘着嘴。

⑥　摅：取也。

⑦　撞木钟：蒙骗，用诈欺手段以骗取请托行贿者的财物。

【批评分析】

（一）甘露僧的义气，卜老与牛老的友谊，卜老的义气与友情的感怀，表现方外，市井之人的可敬性行。郭铁笔的见识浅陋，对牛浦郎冒称牛布衣，居然不察。

（二）作官的董瑛也是识浅，不察假冒。牛浦郎借官势奚落两位舅丈人，是势利小人气量狭窄、报复心理的表现。

（三）牛玉圃狂妄自夸，底牌揭露，竟和妓院乌龟王义安为友；见到万雪斋时，又借吹牛而自抬身价。牛浦郎向道士说谎（安东县的优遇），是企图消除他被牛玉圃压制而生不平衡。

（四）牛浦郎陷害牛玉圃，是小人的报复，牛玉圃终被自己吹牛说谎的习惯所害，这番出了差错，触犯了万雪斋见不得人的忌讳，砸破了饭碗，可说是自作自受。黄客人不肯抛弃垂死的牛浦郎，义行可敬。

（五）牛浦郎停妻再娶的势利恶劣。石老鼠敲诈，表现恶棍行径。向知县偏袒斯文，对可以查究的官司敷衍，不曾尽到为官的职责。这是当时官僚乡愿的又一明征。

十、鲍家梨园行的沧桑

（一）倪老爹贫穷卖子

就因为牛奶奶寻夫的事，传闻安东县向知县相与作诗文的，放着人命大事不问。上司访闻，送到按察使院里。这按察使姓崔，是太监的侄儿，荫袭①出身。这天灯下看文稿，阅到安东县知县向鼎许多事故，指名严参。

按察使自己看了又念，念了又看。灯烛影里，门下的一个戏子鲍文卿，跪下求情；道是并不认得这位向知县，但自七八岁学戏，在师父手里念的就是他作的曲子。这位老爷是个大才子，大名士，如今二十多年，才做得一任知县，好不可怜，如今这事被参，想这事也是敬重斯文之意，不知可否求大老爷免了他的参处。

按察使道："想不到你竟有爱惜才人之念，你有此意，难道我倒反不肯？如今免了他这一个革职，但是要叫他知道是你救他，叫他好好地谢你一番。"鲍文卿磕头谢了，按察使吩咐小厮去向幕宾说："这安东县不要参了。"

185

过了几日，果然差个衙役拿着封信，把鲍文卿送到安东县。向知县看了信，大吃一惊，忙叫快开宅门请鲍相公进来。向知县迎了出去，鲍文卿跪下请安，知县双手夹扶，要同他叙礼，他不肯。向知县道："你是上司衙门的人，况且与我有恩，怎么如此拘礼？快请起来，好让我拜谢。"

鲍文卿道："虽是老爷要格外抬举小的，但这关系朝廷体统，小的断然不敢。"立着垂手回了几句话，退到廊下，向知县只好叫管家来陪他。

次日向知县备了酒席道谢，他不敢坐，没奈何只得把酒席发下去，叫管家来陪他吃了。向知县写了谢按察使的禀帖，封了五百两银子谢他。他一厘也不敢受，说是朝廷颁与老爷们的俸银，小的贱人，若是用了，一定会折死。向知县不好勉强，因把他这些话，又写禀帖禀按察使，按察使知道了，说他是个呆子，也就罢了。过了一阵，按察使升了京堂②，把他带进京去。不想一进京，按察使崔公就病故了。鲍文卿失了靠山，他本是南京人，就只得收拾行李回到南京来。

这南京乃是太祖皇帝建都的所在，里城门十三、外城门十八、穿城四十里，沿城一转，足有一百二十多里。城里几十条大街，几百条小巷，都是人烟凑集，金粉楼台。城里一道河，东水关到西水关，足有十里，便是秦淮河。水满的时候，画船箫鼓，昼夜不绝，城里城外，琳宫梵宇，碧瓦朱甍（méng）③，在六朝时，是四百八十寺；到如今，何止四千八百寺！大街小巷合共起来，

186

大小酒楼有六七百座，茶社有一千余处。

不论你走到哪一处僻巷里面，总有一个地方悬着灯笼卖茶，插着时鲜花朵，烹着上好的雨水，茶社里坐满了吃茶的人。到晚来，两边酒楼的明角灯，每条街十足有数千盏，照耀如同白日，走路的人，可以不带灯笼。秦淮河在有月色的时候最妙，当夜色已深，就有那细吹细唱的船摇来，凄清委婉，动人心魄。两边河房里住家的女郎，穿了轻纱衣服，头上簪了茉莉花，一齐卷湘帘，凭栏静听。所以灯船鼓声一响，两边卷帘窗开，河房里焚的龙涎沉速香雾一齐喷出来，与河里的月色烟光合成一片，望着如天山仙人。还有那十六楼官妓，新妆炫服，招接四方游客，真乃是朝朝寒食、夜夜元宵。

鲍文卿住在西门，水西门与聚宝门相近。这聚宝门当年说每日进来有百牛千猪万担粮，到这时更是不止了。鲍文卿到家与妻子相见，他家本是几代的戏行，如今仍做这行营业。鲍文卿去戏行总寓旁边的茶馆里会会同行，看到他同班唱老生的钱麻子，戏班同行里的黄老爹，都打扮得像读书人的模样，心中大大不以为然。

鲍文卿想找几个孩子，组班学戏，又有乐器待修。这天找到个修补乐器的倪老爹，约了来家修补，酒楼招待用饭，问起倪老爹像是个斯文人，不知因何做上这修理之事，倪老爹叹口气道："长兄，我从二十岁上进学，到而今做了三十七年的秀才，就坏在读了这几句死书，百无一用！一天穷似一天，儿女又多，没奈何只得借手艺糊口。"问起他家里，老妻还在，六个儿子，死了一个，四个都因没有吃用，把来卖在他州外府，如今家里只留下一个小的，看来衣食欠缺，留他在家里，跟着饿死，不如放他一条生路，卖与人去。

鲍文卿道："老爹要把小相公卖与人，若是卖到他州别府，就如那几个相公一样，不能见面了。如今我四十多岁，生平只有一个女儿，没有儿子。你老人家若是不弃贱行，把小令郎过继与我，我送二十两银子与老爹，抚养他成人。平日逢时过节，可以到老爹家里来，等后来老爹事业发达了，我依旧把他送还。"倪老爹喜出望外，一口答应。过了几天，鲍家备一席酒，倪老爹带了儿子来，写立过继文书，凭着左邻开绒线店的张国重，右邻开香蜡店的王羽秋做中，言明倪霜峰将年方一十六岁的第六子倪廷玺，过继与鲍文卿，改名鲍廷玺。

这鲍廷玺甚是聪明伶俐。鲍文卿因他是正经人家儿子，不肯叫他学戏，送他读了两年书，帮着当家管戏班。到十八岁时，倪老爹去世，鲍文卿又拿出几十两银子来，替他料理后事，叫鲍廷玺披麻戴孝，送倪老爹入土，自己去一连哭了好几场。

自此之后，鲍廷玺着实得力。他娘不疼他，只疼女儿女婿。鲍文卿说他是正经人家儿女，比亲生的还疼些，每天带在身边。那天长县杜老爷府上邵管家来找，说是老太太七十大寿，要订二十本戏。鲍文卿带着鲍廷玺，领了班子，去到天长杜府做戏，做了四十多天，回来足足赚了百多两银子，欢喜不尽。

（二）义不受贿的老戏子

那天街上，只见对面来了一把黄伞，两对红黑帽，一柄遮阳，一顶大轿。知是外府的官经过。遮阳到时，上面写着"安庆府正堂"，轿里的官，看见鲍文卿，吃了一惊，原来是安东县的向老爷。

向老爷约去相见，鲍文卿叫儿子在外候着，自己进到河房来，向知府已是纱帽便服，迎了出来，笑着说道："我的老友到了。"告诉鲍文卿，在安东做了两年，又到四川做了一任知州，转了个二府，今年才升来安庆府做知府。问起别后情形，鲍文卿报告了，叫进鲍廷玺来相见，留着用饭。向知府自去上司衙门，回来后拿出二十两银子交与鲍文卿，约他半月后带着儿子来安庆相会。

鲍文卿回来与妻子商议，把戏班子暂托给女婿归姑爷和教师金次福，自己收拾行李衣服，准备一些南京的土产——头绳、肥皂之类，带去安庆与衙门里各位管家。搭船去安庆，船上有两个人就是安庆府里的书办，一路奉承鲍家父子两个，买酒买肉请吃。晚上人静，悄悄向鲍文卿说："有一件事，只求太爷批一个'准'字就可以送你二百两银子。又有一件事，县里详上来，只求太爷驳下去，这件事，竟可以送你三百两。"

鲍文卿推辞道："不瞒二位老爹说，我是个老戏子，乃是下贱之人，蒙太老爷抬举，叫到衙门里去，我是何等之人，敢在太老爷眼前说情？"

那两个书办怕他不信，说是只要答应，上岸先兑五百两银子。鲍文卿笑道："我若是喜欢银子，当年在安东县曾赏过我五百两银子，我不敢受。自己知道是个穷命，须是骨头里挣出来的钱才做得肉④。我怎肯瞒着太老爷拿这项钱？况且他若有理，绝不肯拿出几百两银子来买人情。若是准了这边的情，就要叫那边受屈，岂不是丧了阴德？依我的意思，不但我不敢管，连二位老爹也不必管他。自古道：'公门里好修行。'你们服侍太老爷，凡事不可坏了太老爷的清名，也要各人保着自己的身家性命。"一番话，说得两书办毛骨悚然，不敢再提行贿的事儿。

到了安庆，向知府吩咐他父子搬到书房里住，每天同自己亲戚一桌吃饭，又拿绸布替父子两个里里外外做衣裳。作主把自家王总管的小女儿许给鲍廷玺，那王总管的儿子小王，已由向知府替他买了个部里书办名字，五年考满，便可选得一个典史⑤杂职。鲍文卿感激答应。

衙门里打首饰、缝衣服、做床帐被褥、糊房，打点王家招女婿。吉期之日，鲍廷玺插花披红，身穿绸缎衣服，脚下粉底皂靴，先拜父亲，吹打着迎过那边去拜了丈人、丈母。舅爷小王穿着补服出来陪妹婿，吃过三遍茶，请进洞房和新娘交拜合卺（jǐn）。次日拜见老爷大人，夫人另有重赏。衙门里摆了三天喜酒，无一个人不吃。

看看过了新年，向知府要下察院去考童生，向鲍文卿父子道："我今去考童生，这些小厮，若是带去巡视，他们就要作弊。你父子是我心腹人，替我去照料几天。"

鲍文卿领命，父子两个在察院里巡场查号，见那些童生，也

190

有代笔的，也有传递的，大家丢纸团、掠砖头，挤眉弄眼，无所不为。到了抢粉汤包子的时候，大家推成一团，跌成一块，鲍廷玺看不上眼。

有一个童生，推说要出恭，走到察院土墙跟前，把土墙挖个洞，伸手要到外头去接文章，被鲍廷玺看见，要揪他过来见太爷。鲍文卿拦住道："这是我小儿不知世事。相公，你一个正经读书人，快归号里去作文章。倘若太爷看见，那就不便了。"忙拾起些土来把那洞补好，把那童生送进号去。

考试已毕，发出案来，怀宁县的案首叫作季萑（huán）。他的父亲是个武两榜，前来拜谢向知府，知府设席相留，就由鲍文卿作陪，说起鲍朋友协助巡场，生意虽属梨园，颇多君子之行，季守备肃然起敬。三四日后，请鲍文卿到他家去吃酒。考察首的儿子出来陪坐，是一个美貌少年，号叫苇萧，鲍文卿着实称赞，这季少爷好个相貌，将来前途不可限量。

（三）道台老友题铭旌

在安庆又过了几个月，没想到那王家女儿，难产死了。鲍文卿自己也添了个痰火症，动不动就要咳嗽半夜，想要辞了向太守回家，又不好说。恰好向太爷升了福建汀漳道，鲍文卿借此告辞，向太守封出一千两银子来给他，说道："文卿，你在我这里一年多，并不曾见你说过半个字的人情。替你娶房媳妇，又没命死了。

我心里着实过意不去。而今这一千两银子送与你，拿回家去，置些产业，娶一房媳妇，养老送终。我若做官到南京来，再接你相会。"

鲍文卿不肯受，向道台道："而今不比当初了。我做府道的人，不穷在这一千两银子。你若不受，把我当作什么人？"鲍文卿这才不敢违拗，磕头谢了。

父子两个回到南京，把这银子买了一所房子，两副行头，租与两个戏班子穿着，剩下的，给家里作盘缠。又过了几个月，鲍文卿的病渐渐重了，自知不起，那日把妻子、儿子、女儿、女婿，都叫来床前，吩咐他们："同心同意，好好过日子，不必等我满服，就娶一房媳妇进来要紧。"说罢，瞑目而逝。合家恸哭，料理后事，停灵在家，开丧时四个总寓的戏子都来吊孝。鲍廷玺又请阴阳先生寻定了地，要择日出殡，只是没人题铭旌⑥。

正踌躇间，只见一个青衣人飞跑来问："这里可是鲍老爹家？"问他何事，那人道："福建汀漳道向太老爷来了，轿子已到了门前。"鲍廷玺慌忙出门跪接，向道台道："我陛见回来，从这里过，正要会会你父亲，不想已作故人，你引我到柩前去。"

鲍廷玺哭着跪辞，向道台不肯，一直走到柩前，叫着："老友文卿！"恸哭了一场，上香作揖。鲍廷玺的母亲，出来拜谢。向道台问何时出殡？谁人题的铭旌？鲍廷玺道："小的和人商议，说铭旌上不好写。"向道台道："有什么不好写？取纸笔过来！"当下取笔濡墨，一挥而就：

皇明义民鲍文卿享年五十有九之柩。赐进士出身中宪大夫福建汀漳道老友向鼎拜题。

写毕递与鲍廷玺，吩咐送亭彩店去做，晚上向道台又打发一个管家，拿着一百两银子，送来鲍家，以为丧葬之需。

（四）王太太的结婚闹剧

过了半年，戏班子里的教师金次福来找鲍老太，替鲍廷玺做媒。问是哪一家的女儿，金次福道："是内桥胡家的女儿，胡家是布政使司[⑦]衙门，起初把她嫁了安丰管典当的王三胖。不到一年三胖死了。这堂客才得二十一岁，出奇的人才，因她年纪小，又没儿女，所以娘家主张嫁人。王三胖留给她足有上千的东西，大床一张、凉床一张、四箱四橱。箱子里的衣裳盛得满满的，手都插不下去，金手镯有两三副、赤金冠子两顶，珍珠宝石，不计其数，还有两个丫头——一个叫荷花，一个叫采莲——跟随都嫁了来。"一番话说得鲍老太满心欢喜，吩咐归姑爷去问问。

归姑爷找到做媒的沈天孚，沈天孚的老婆也是媒婆，有名的沈大脚。沈天孚说了实话，道是这堂客是娶不得的，说道："她是布政使司胡偏头的女儿。偏头死了，她跟着哥们过日子。她哥不成材，赌钱吃酒，把布政使的缺都卖掉了。因她有几分颜色，满十七岁上就卖与北门桥来家作小。她作小不安本分，人叫她新娘，

193

她就要骂，要人称呼她是太太，被大娘知道，一顿嘴巴子，赶了出来。其后嫁了王三胖。王三胖是一个候选州同，她真正是太太了。她做太太又做得太过了：把大呆的儿子、媳妇，一天要骂三场；家人、婆娘，两天要打八顿。这些人都恨她。不到一年，三胖死了。儿子疑惑三胖的东西都在她手里，那日进房搜，家人婆娘又帮着出气，这堂客有见识，预先把一匣子金珠首饰，一总倒在马桶里。那些人在房里搜了一遍，搜不出来，又搜太太身上，也搜不出银钱来。她就借此大哭大喊，喊到上元县堂上去出首儿子。上元县把儿子责罚了一顿，劝她分房另住，守也好嫁也好都由她。当下处断，另分几间房子，在胭脂巷住。就为她名声大，没人敢惹，这事已有七八年了，她怕不也有二十五六岁，对人只说二十一岁。"

归姑爷问她手头是否有千把银子，沈天孚说这几年也花费了，金珠首饰衣服，怕还有值得五六百银子。归姑爷心想，果然有五六百银子，我丈母心里也欢喜了。若说女人会撒泼，我哪怕磨死倪家这小孩。

当下重托沈天孚，沈天孚回来和沈大脚说，沈大脚摇头道："天老爷！这位奶奶可不好惹的，她又要是个官，又要有钱，又要人物齐整——又要上无公婆，下无小叔姑子。她每天睡到日中才起来，横草不拿，竖草不拈，每天要吃八分银子药。她又不吃大荤，头一日要鸭子，第二日要鱼，第三日要荬儿菜鲜笋做汤。闲着没事，还要橘饼、龙眼、莲米搭嘴。酒量又大，每晚要炸麻雀、盐水虾，吃三斤百花酒。上床睡下，两个丫头轮流捶腿，捶到四更鼓尽才歇。鲍家只是个戏子——戏子家有多大汤水，敢娶这位奶奶去？"

沈天孚叫他妻子多架空^⑧些。沈大脚来到胭脂巷，王太太正在裹脚，两只脚足足裹了三顿饭时才裹完；然后又慢慢梳头、洗脸、穿衣服，直弄到日头偏西才清白。沈大脚把鲍家大夸一顿，说是水西门大街鲍府，鲍举人家，广有田地，正开着字号店，千万贯家私，本人二十三岁，上无父母，下无兄弟，是个武举人，扯得动十个力气的弓，端得起三百斤的制子。

王太太道："沈妈，料想你也知道我是见过大事的，不比别人。想着当初到王府上，才满了月，就替大女儿送亲，送到孙乡绅家。那孙乡绅家三间大敞厅，点了百十支大蜡烛，摆着糖斗糖仙。'吃一看二眼观三'的席，戏子细吹细打，把我迎了进去，孙家老太太，戴着凤冠，穿着霞帔，把我奉在上席正中间，脸朝下坐了。我头上戴着黄豆大珍珠的拖挂，把脸都遮满了，一边一个丫头，用手来替我分开了，才露出嘴来，吃他的蜜饯茶。唱了一夜戏，吃了一夜酒。第二日回家，跟去四个家人婆娘，把我白绫织金裙子上，弄了一点灰，我要把她们一个个都处死了，她四个一齐走进来跪在房里，把头在地板上磕得扑通扑通地响，我还不开恩饶她们哩。沈妈，你替我说这事，须要十分地实，若有半些差池，我手里不能轻轻地放过了你。"

沈大脚道："这个何消说？我生来就是'一点水一个泡'的人，比不得媒人嘴。若是扯了一个字的谎，明日太太访出来，我自己把这两个脸巴子送来给太太掌嘴。"

次日，沈天孚告诉归姑爷，堂客已肯。只是说明没有公婆，不要叫鲍老太自己来下插定⑨。归姑爷回报丈母说："这堂客手里有几百两银子是真的，只是性子不好，会欺负丈夫，这是两口子的事，我们管他作什么？"鲍老太道："这不必管，现今这小厮傲头傲脑，也要娶个辣燥些的媳妇来制着他才好！"

将这事告诉鲍廷玺，鲍廷玺道："我们小户人家，只是娶个穷人家的女儿做媳妇好，这样的堂客，娶了来，恐怕会淘气。"被鲍老太一顿臭骂道："倒运的奴才！没福气的奴才！你到底还是那穷人家的根子，开口就要说穷，将来少不得要穷断你的筋！像她有许多箱笼，娶进来摆摆房也是热闹的！你这奴才，知道什么！"

骂得鲍廷玺不敢再说。次日，备了一席酒，请沈天孚、金次福为媒。鲍老太拿出四样金首饰，四样银首饰来，交与沈天孚，沈天孚扣下四样，只拿四样首饰，叫沈大脚去下插定。

那边接了，择定十月十三日过门。到十二日，把那四箱、四橱和盆桶、锡器、两张大床，先搬了来。两个丫头坐轿跟着来。第二天到晚上，一乘轿子，四对灯笼火把，娶进门来，进房撒帐，说四言八句。拜花烛，吃交杯盏，不必细说。五更鼓出来拜堂，听说有婆婆，就惹了一肚子气，出来使性掼气磕了几个头，拜毕，就往房里去了。

丫头一会儿出来要雨水煨茶与太太喝，一会儿出来叫拿炭烧着了进去与太太添着沉速香，一会儿出来到厨下叫厨子蒸点心做汤，拿进房与太太吃。两个丫头，川流不息地在屋前屋后走，叫得太太一片响。鲍老太听了道："在我这里叫什么太太！连奶奶也叫不得，只好叫个相公娘罢了！"

丫头进房去把这话对太太说了，太太就气了个发昏。南京的风俗，新媳妇进门，三天就要去厨下，收拾一样菜，发个利市，这菜一定是鱼，取"富贵有余"的意思。

当下鲍家买了一尾鱼，烧起锅来，请相公娘上锅。王太太坐着不动。戏班里钱麻子的老婆来劝，太太忍气吞声，脱了锦缎衣服，系上围裙，走到厨下，把鱼接在手中，拿刀刮了三四刮，拎着尾巴，往滚汤锅里一掼。溅了钱麻子老婆一脸的热水，连一件二色的缎衫子都弄湿了，吓了一跳。王太太丢了刀，嘟着嘴，往房里去了。

到第四日，鲍廷玺领班子去做夜戏，进房来穿衣服。王太太看他这几日戴的都是瓦楞帽子，并无纱帽，心里疑惑他不像个举人，问他："这晚间你到哪里去了？"

鲍廷玺道："我做生意去！"太太还以为他去字号店里算账，一直等到五更鼓天亮，他才回来。

太太问道："你在字号店里算账，为什么算了这一夜？"

鲍廷玺道："什么字号店？我是戏班子里管班的，领着戏子去做夜戏，才回来。"

太太不听则已，一听怒气攻心，大叫一声，往后便倒，牙关紧咬，不省人事。鲍廷玺慌了，忙叫两个丫头拿姜汤灌了半日。

灌醒过来，大哭大喊，满地乱滚，滚散了头发，一会儿又扒到床顶上去，大声哭着，唱起曲子来。原来气成了一个"失心疯"，吓得全家人又好恼又好笑。正闹着，沈大脚手里拿了两包点心，走来房里贺喜。才走进房，太太一眼看见，上前就一把揪住，把她揪到马桶跟前，揭开马桶，抓一把屎尿，抹了她一嘴一脸。众人扯开，沈大脚走出堂屋，又被鲍老太指着脸臭骂了一顿。

（五）大哥哥找到了小弟弟

请医生来看，说是一肚子的痰，正气又虚，要用人参、琥珀，一剂药要四钱银子。自此以后，一连害病两年，把些衣服、首饰，全花费完了。两个丫头也卖了。归姑爷同大姑娘和鲍老太商议道："他本是螟蛉之子，又不中用。如今弄了这疯女人来，在家闹到这种地步，将来我们这房子和本钱，还不够他吃人参、琥珀！不如将他们赶出去！"

鲍老太听信女儿、女婿的话，要把他两口子赶出去。鲍廷玺慌了，央求邻居王羽秋、张国重来说情，要鲍老太分些本钱与他做生意，老太道："他当日来的时候，只有头上几茎黄毛，身上还是光光的，而今我养活他这么大，又替他娶过两回亲。况且他那死鬼老子，也不知累了我家多少。他不能补报也罢了，我还有什么贴他的。"说来说去，说得老太转了口，许给他二十两银子，自己去住。

鲍廷玺接了银子，哭哭啼啼，搬了出去，在王羽秋店后借一间住。只得二十两银子，要办戏班弄行头，是弄不起，想要做个别的小生意，又不在行，只好"坐吃山空"。把这二十两银子吃得快光了，太太的人参、琥珀药也没得吃了，病也不大发了，只是在家坐着哭泣咒骂。

那一天，王羽秋问他：是不是有个哥哥在苏州？鲍廷玺说老爹只有我一个儿子，并没有哥哥。王羽秋道："不是鲍家的，是你那生身之父，三牌楼倪家。"鲍廷玺说："倪家虽有几个哥哥，自小就被卖出，不知下落。"

王羽秋说方才有人找问，说是"倪大太爷找倪六太爷"。鲍廷玺惊道："我在倪家，正是第六。"

少顷只见那人又来找问。王羽秋指着鲍廷玺道："这位便是倪六爷！"那人腰间拿出红纸帖，鲍廷玺接着，只见上面写着："水西门鲍文卿老爹家过继的儿子鲍廷玺，本名倪廷玺，乃父亲倪霜峰第六子，是我的同胞的兄弟，我叫作倪廷珠。找着是我的兄弟，就同他到公馆来相会。要紧！要紧！"

一问来人，原来是大太爷跟班的阿三，大太爷现在苏州抚院衙门里作相公。鲍廷玺这一下喜从天降，同着阿三来见哥哥，来到抚院公馆前，茶馆相候。只见阿三跟着一个人进来，头戴方巾，身穿酱色缎袍，脚下粉底皂靴，三绺髭须，约有五十岁光景。阿三指着道："便是六太爷了！"鲍廷玺忙走上前。

那人一把拉住道："你就是我六兄弟了！"鲍廷玺道："你就是我大哥哥！"两个抱头大哭。

倪廷珠告诉兄弟，自己一直在京，二十多岁就学了幕，在各衙门作馆，各省找寻几个弟兄，都不曾找着。五年前同一位知县去广东上任，在三牌楼找着旧时老邻居，才知六弟已过继鲍家，父母俱已去世。如今跟着这位姬大人，宾主相得，每年送束脩一千两银子。前几年在山东，今年调来苏州做巡抚。这是故乡了，所以赶紧来找弟弟，找着时就要用积蓄买一所房子，兄弟两家一起过日子。

问鲍廷玺是否已婚，鲍廷玺道："大哥在上……"便把过继鲍家，鲍老爹恩养，向太爷衙门里招亲，前妻王氏难产死了。回到南京，鲍老爹去世，娶了如今这个女人，被鲍老太赶了出来……经过情形，说了一遍。

倪廷珠说不妨，一同来看弟媳，王太太拜见大伯，此时衣服、首饰都没有了，只穿着家常打扮。倪廷珠荷包里拿出四两银子来，道与弟妇作拜见礼。王太太看见有这样一个体面的大伯，不觉忧愁减了一半。倪廷珠吃了一杯茶起身，约好暂回公馆，稍停就来。

鲍廷玺和太太商议准备酒饭，要买板鸭和肉，王太太道："呸！你这死不见识面的货！他一个抚院衙门里住着的人，他没见过板鸭和肉？自然是吃了饭才来，哪会稀罕你这几样东西吃！如今快称三钱六分银子，到果子店里装十六个细巧围碟子⑩来，打几斤陈年百花酒候着他，才是道理。"

到了晚上，果然一乘轿子，两个"巡抚部院"灯笼，阿三跟着，他哥哥来了。身边带的七十多两银子，拿出来，一包包交与鲍廷玺道："这些你且收着，我明日就要同大人往苏州去。你从速看下一所房子，价银或是二百两、三百两都可以，你同弟妇搬进去住着，你就收拾了到苏州衙门里来。我和姬大人说，把今年束脩一千两银子都支了与你，拿到南京来做个本钱，或是买些房产过日子。

鲍廷玺收了银子，留着他哥吃酒，说着一家父母兄弟分离苦楚的话，说着又哭，哭着又说。

过了半个月，看定了一所房子，在下浮桥施家巷，三间门面，一路四进，是施御史家的。价银二百二十两，成了议约，付押金二十两。择吉搬了进去。

搬家的那天，邻居送礼，归姑爷也来行人情，出份子。鲍廷玺请了两天酒，又替太太赎了些头面衣服。太太身子又有些娇病起来，隔几日要个医生，要吃八分银子的药。那几十两银子，渐渐将完，鲍廷玺收拾上苏州寻他大哥。

那天到了仪征，遇见了昔年向知府时取中的季苇萧，告诉鲍廷玺说，向道台升任之后，管家王老爹不曾跟去福建，就在安庆住着，王老爹的儿子，也就是昔年鲍廷玺的妻舅，后来选了典史，典史的女儿嫁与季苇萧，两家就结了亲。这番因盐运司荀玫荀大人，是季守备的文武同年，故而来此看看年伯。谈了一会儿，约好鲍廷玺去苏州回来，再到扬州来相聚。

鲍廷玺上船，一直来到苏州，阊（chāng）门上岸，劈面撞见跟他哥哥的小厮阿三，阿三前走，后面跟着一人，挑了一担三牲银锭纸马。鲍廷玺问大太爷在衙门里吗？阿三道："六太爷来了！大太爷自从南京回来，进了衙门，打发人上京去接太太，去的人回来说，太太已于前月去世。大太爷这一着急，得了重病，不多几日，就归天了。大太爷的灵柩现在城外厝着，今日是大太爷的头七，小的送这三牲纸马到坟上烧纸去。"

鲍廷玺听了这话，两眼大睁着，说不出话来，慌问道："怎么说！大太爷死了！"阿三道："是大太爷去世了。"鲍廷玺哭倒在地，阿三扶了起来，当下不进城了，就同阿三到他哥哥厝基的所在，摆下牲醴，浇奠了酒，焚起纸钱，哭道："哥哥，阴魂不远，你兄弟来迟一步，就不能再见大哥一面！"说罢，又恸哭起来。

【注释】

①　荫袭：由先世勋绩而叙官。

②　京堂：清制都察院、通政司、詹事府以及其他诸卿寺的堂官都称为京堂。后来兼用为三、四品官的虚衔。

③　甍：屋脊。

④　作得肉：能得实惠。

⑤　典史：明代的知县属官，管文移出纳、盗贼等事。

⑥　铭旌：丧具之一，用以识别死者。

⑦　布政使司：官名，明代分全国为十三承宣布政使司，设左右布政使各一人，掌一省之政，朝廷有德泽禁令之承流宣布以下于有司。

⑧　架空：夸大。

⑨　插定：订婚用的定礼。

⑩　围碟子：旧时整桌的筵席，必有十二或十六个碟子，中盛水果、蜜饯等，叫作"围碟"。

【批评分析】

（一）鲍文卿挽救了向鼎的被参革，守着自己的身份不肯越分，不受酬谢；义助贫士倪老爹，收留倪廷玺为螟蛉，合情合理。他的人格行事，正是作者所标榜平民高洁人物的代表。这一段中记叙南京风光景物，文字佳妙，是作者吴敬梓熟悉的写境。

（二）鲍文卿正义拒贿，反劝书办改正，是为平民高洁人物风骨的高度表现。由此也可看出天下乌鸦一般黑，衙门贿赂风行，积弊已深。鲍父子参与监考一段，可见科场舞弊的严重，而鲍文卿不予检举，保留读书人颜面，给予改过机会，不但是宅心仁厚，更是"积极导正胜于消极制裁"，最自然最合理的有效处置。

（四）向鼎亲题铭旌，自称老友，证明了朋友风义，本无阶级身份的限制。归老爷促成鲍廷玺和王太太的婚姻，是为讨好丈母娘；陷害鲍廷玺，为的是财产利益的争取。沈大脚的架空，媒人口舌，全无实话，旧时代的婚姻悲剧痛苦，这类人物的罪恶极大。现在虽已随着旧时代过去了，仍能使读者回顾而惊心。

（五）鲍老太赶走螟蛉，情义全无，同时也显示了旧时代家庭纷争的症结。倪廷珠多年寻找各位弟弟，不自私的友于亲情，使人感动。

十一、莫愁湖名士盛会

（一）饿得死人的南京城

话说鲍廷玺死了兄长，失了靠山，盘缠用尽，阿三也辞了他往别处去了。想着没法，只好把新做准备见抚院用的一件绸袍，当了两把银子，先到扬州寻季姑爷再说。

到了扬州，找着了季苇萧，正在尤家招亲。鲍廷玺知道他在安庆已有妻室，问他如今怎的又婚，季苇萧指着厅上对联："清风明月常如此，才子佳人信有之。"说道："我们风流人物，只要才子佳人会合，一房两房，何足为奇？"问起他的费用，方知他一到扬州，他的年伯两淮盐运使①荀玫就送了一百二十两银子，又派在瓜州管关税。看样子要在这里过几年，所以又娶一门亲。

在季苇萧婚礼中，见到扬州城的许多名士，作诗写字的辛东之、金寓刘，两位名士大骂盐商。辛先生道："扬州这些有钱的盐呆子，实在可恶！就如河下兴盛旗冯家，有十几万银子，从徽州请了我上来，住了半年，我说：'若要我承情，就一总送我两三千

204

银子。'他竟一毛不拔！我后来向人说：'冯家这银子该给我的，将来他死的时候，这十几万两银子一个也带不去！到阴司里，是个穷鬼。阎王要盖森罗宝殿，那四个字的匾少不得是请我写，至少也得送我一万两银子。我那时就把几千与他用用也未可知，何必如此计较！'"

金先生道："这话一点也不错！前日不多时，河下方家来请我写一副对联，共是二十二个字。他叫小厮送了八十两银子来谢我，我叫他小厮来，吩咐他道：'拜上你家老爷说：金老爷的字，是在京师王爷府里品过价钱的：小字是一两一个，大字十两一个。我这二十二个字，平买平卖，时价值二百二十两银子。你若是二百一十九两九钱，也不必来取对联。'那小厮回家去说了，方家这畜生，卖弄有钱，竟坐了轿子到我住处来，把二百二十两银子与我。我把对联递与他，他——他——两把把对联扯碎了！我登时大怒，把银子打开，一总都掼在街上，给那些挑盐的、拾粪的去了！"

鲍廷玺问道："我听说，盐务里这些有钱的，到面店里，八分一碗的面，只呷一口汤，就拿下去赏与轿夫吃。这事可是有的？"辛先生道："怎么没有？"金先生道："他哪里是当真吃不下！他本是在家里泡了一碗锅巴吃了，才到面店去的。"众人听了大笑。

闹房时，又来了一位道士诗人来霞士，和芜湖来的刻印名手郭铁笔。其后又来了一位方巾阔服、古貌古心的宗穆庵，路过闻知，特来进谒，谈了一会儿辞去。鲍廷玺要回南京，季苇萧送了五钱银子的旅费，又写下一封信，托他带去南京，交给同姓不同宗的安庆人季恬逸，告诉他不能来南京相会，劝他快回安庆，南京这地方是可以饿得死人的，千万不可久住。

鲍廷玺回到南京，把苦处告诉了王太太，被太太臭骂了一顿。施御史来催房价，没银子，只好把房子退还施家。没处存身，太太只好在内桥胡姓娘家，借了一间房子，搬进去住着。

（二）为出名选文刻书

鲍廷玺找到了季恬逸，交给他季苇萧的信。这季恬逸因为穷，没有寓所，每天拿八个钱，买四个吊桶底②分两顿吃，晚上在刻字店一个案板上睡觉。这日见了信，知道季苇萧不来，越发慌了，又没旅费回安庆，整天吃了饼，坐在刻字店里出神。

那一天早上，连饼也没的吃了，只见外面走进一个人来，头戴方巾，身穿元色长袍，拱手坐下，那人问："这里可有选文章的名士吗？"

季恬逸道："多得很！卫体善、随岑庵、马纯上、蘧骍夫、匡超人，我都认得，还有前日同我在这里的季苇萧，都是些大名士，你要哪一个人？"

那人道："我姓诸葛，名佑，字天申，盱眙县人。有二三百银子，想要选一部文章，烦先生替我寻一位来，我好同他合选。"

季恬逸请他坐着，自己走上街来找，心想这些人虽常在这里，却是散在各处，这一会儿要找时偏就一个不见。管他的，如今只往水西门一路走去，遇到哪个就抓了，先混些东西吃吃再说。走到水西门口，看到一人，押着一担行李进城，认得是安庆的名士萧金铉，喜出望外，急忙拉着回来与诸葛天申相见。当下诸葛天申请客吃饭，季恬逸饿慌了，尽力吃了一饱。

三人一齐去找寓所，找到一处庙里，和尚道："房子甚多，都是各位现任老爷常来作寓的……"看了房子，问租金时，和尚一定要三两银子一月，讲了半天，诸葛天申已经出到二两四了，和尚还不点头。又装腔作势骂小和尚："不扫地！明日下浮桥施御史老爷来此摆酒，看见了成什么样！"

萧金铉见他可厌，就说："房子不错，只是买东西路远了些。"

老和尚呆着脸道："在这儿住的客，若是买办和厨子是一个人做，那就不行了。至少得要两个人伺候着才行！"

萧金铉笑道："将来我们在这里住，不但买办厨子要用两个人，还要牵一头秃驴，给那买东西的人骑着来往，更走得快！"骂得那和尚干瞪眼。

后来找到了僧官，用每月二两银子租金租定了房，住定了吃饭。诸葛天申是乡下来的，不认得香肠，说是猪鸟③，又说腊肉；又不认得海蜇，说道："这进脆的是什么东西。倒好吃！再买些进脆的来吃吃！"当晚住下，季恬逸没有行李，萧金铉匀出一条褥子来，给他在脚头盖着睡。

过几天，僧官庆祝新任请客，从应天府尹衙门的人到县衙门的人，约有五六十。客还未到，道人慌忙来报："那龙三又来了！"

僧官走进去，只见椅上正坐着一人，一张乌黑的脸，两只黄眼睛珠，一嘴胡子，头戴一顶纸剪的凤冠，身穿蓝布女褂，白布单裙，脚底下大脚花鞋。

那人见了僧官，笑容可掬，说道："老爷，您今日喜事，所以我一早就来替您当家！"僧官叫他快把女衣脱了，他道："老爷，您好没良心！您做官到任，不打金凤冠与我戴，不做大红补服与我穿，我做太太的人，自己戴了个纸凤冠，不怕人笑也罢了，你怎么还要叫我去掉？"

僧官道："龙老三！玩笑是玩笑，虽然我今日不曾请你，你要上门来怪我，也该好好走来，为什么这种样子？"那龙老三不听，走进僧官房里，坐得安稳，吩咐小和尚，叫拿茶来给太太吃。客人们看了好笑，府书的尤书办、郭书办来了，劝龙三莫要在此胡闹，萧金铉主张大家拿出几钱银子来与他，叫他快走，那龙三撒赖，哪里肯去。

幸好司里的董书办、部里的金东崖来了。金东崖一见就骂："你是龙三？你这狗头，在京里拐了我几十两银子溜走，怎么今日又在这里装怪讹诈，实在可恶！"叫跟来的小子："把他的凤冠抓掉，衣服扯掉，赶了出去！"龙三见是金东崖，这才慌了，自己脱了凤冠、女衣，说道："小的在此伺候。"不敢再闹，谢了出去。

客人们坐下谈话，董书办说出，两淮盐运使荀玫大人已因贪赃拿问，就是近三四天的事。可见祸福旦夕难料，令人嗟叹。客人们陆续到来，其后进来三位戴方巾的和一位道士，其中一位戴方巾的问谁是季恬逸，袖中取出书信，原来是季苇萧托带来的，四人就是辛东之、金寓刘、郭铁笔、来霞士，当下都被僧官主人留下，看戏吃酒。

此后这般名士，各人都找到了寓所，来道士去神乐观寻他师兄，郭铁笔在报恩寺门口租了一间房，开印章店。季恬逸、萧金铉、诸葛天申三位，在寺门口聚升楼包伙，每天要吃四五钱银子。文章已经选定，叫了七八个刻字匠来刻，又赊了百十捆纸来，准备刷印。四五个月之后，诸葛天申那二百多两银子已所剩无几，每天仍在店里赊着账吃。季恬逸是饿怕了的，又开始有点担心起来了。

（三）江南数一数二的才子

老退居隔壁和尚家来了新客，是大有名的天长杜公孙十七老爷，姓杜名倩字慎卿。诸葛天申等人见着，那时正是春暮夏初，天气渐暖，杜公孙穿着莺背色的夹纱袍，手摇丝扇，脚踏丝履，走了过来。近前一看，面如傅粉，眼若点漆，温恭尔雅，飘然有神仙之概。这人是有子建④之才，潘安之貌，是江南数一数二的才子。

诸葛天申向季、萧两位道："去年申学台在敝府合考二十七州县诗赋，就是杜十七先生的首卷。"

杜慎卿笑道："那是一时应酬之作，何足挂齿？况且那天小弟正病着，进场还带着药物，只是草草塞责而已。"

萧金铉道："先生尊府，王谢风流，各郡无不钦仰。先生大才，又是尊府'白眉'⑤，今日幸会，一切要求指教。"

杜慎卿谦逊着，进房来看选文，看了好一会儿，放在一边。忽然翻出萧金铉的一首诗来，看了点点头道："诗句是清新的。"萧金铉正好立即向他请教。

杜慎卿道："如不见怪，小弟也有一点意见。诗以气体为主。如尊作这两句：'桃花何苦红如此？杨柳忽然青可怜！'岂不是加意做作了些，如在上一句添个'问'字，'问桃花何苦红如此？'就是《贺新凉》⑥中间一句好词。如今先生把他作了诗，下面又勉强对了一句，就觉得索然无味了！"一番话把萧金铉说得透身冰冷。

季恬逸道："先生如此谈诗，若与我家苇萧相见，一定相合。"杜慎卿道："我也曾见过苇萧的诗，才情是有些的。"

次日，杜慎卿写帖来约："小寓牡丹盛开，薄治杯茗⑦，屈三兄到寓一谈。"在杜寓见到了鲍廷玺，上的菜果然不俗，是江南时鱼，樱桃竹笋，清清疏疏的九个盘子，酒是永宁坊上好的橘酒。点心之后，又是雨水煨的六安毛尖茶。

杜慎卿酒量甚大，不甚吃菜，点心只吃了一片软香糕。茶酒清淡，萧金铉提议分韵作诗，杜慎卿嫌诗社老套太俗，就由鲍廷玺吹笛，一个小小子拍着手唱李太白《清平调》，真是穿云裂石之声，三人停杯细听，吃到月上时分，照耀得牡丹花色越发精神，又有一树大绣球，好像一堆白雪。三人不觉手舞足蹈起来。杜慎卿也颓然醉了，老和尚走来，就席上噼啪放起一串鞭炮来醒酒，杜慎卿大笑。

诸葛天申等三人商议要请杜慎卿，约去聚升楼，杜慎卿勉强吃了一块板鸭，登时就呕吐起来，吃饭时用茶泡一碗饭，吃了一会儿，还吃不完，递与小小子拿下去吃了。饭后去雨花台，山顶上望着城内万家烟火，那长江如一条白练；琉璃塔金碧辉煌，照人眼目。杜慎卿在亭前，太阳地里看见自己的影子，徘徊了大半日。

　　草地坐下，杜慎卿发表议论，说"夷十族"⑧的话是不对的，永乐皇帝振作，比建文皇帝的软弱要好得多，又说方孝孺⑨拘泥，被斩并不冤枉。坐到日色西斜，只见两个挑粪桶的，挑着两担空桶，歇在山上，这一个拍着那一个的肩头道："兄弟，今天的货卖完了，我和你去永宁泉吃一壶水，回来再到雨花台看落日！"

　　杜慎卿笑道："真是'菜佣酒保，都有六朝烟水气'，一点也不错。"

（四）杜慎卿看到的妙人

　　后来季苇萧也来了，和杜慎卿见面，极为投合。季苇萧同着王府里的宗先生来拜，谈起和杜慎卿父亲同年的宗子相，宗先生说是一家的弟兄辈。杜慎卿讨厌他一开口就是纱帽，背地向人说：敝年伯宗子相一定不会认他这么一个潦倒的兄弟。

　　杜慎卿要娶太太，沈大脚来做媒，讲的是王家十七岁的姑娘，王姑娘还有一位标致会唱的兄弟王留歌。季苇萧向杜慎卿道贺，杜慎卿愁着眉道："太祖高皇帝说：'我若不是妇人生，天下妇人都杀尽！'妇人哪有一个好的？小弟的性情，是和妇人隔着三间屋就闻见她的臭气，这是为了要得子留后，无可奈何！"

郭铁笔来求见，一见面就说了许多仰慕的话："尊府是一门三鼎甲、四代六尚书，门生故吏，天下都散满了，督抚司道，在外头做，不计其数。管家们出去，做的是九品杂职官——季先生，我们自小听说的。天长杜府老太太生这位太老爷，是天下第一个才子，转眼就是一个状元。"说罢，袖子里取出锦盒，刻好了的两方"台印"，双手递来，杜慎卿收下了。送客出去，回来对季苇萧说："他一见我就有这些恶劣的奉承，也亏他访问得真确！"季苇萧道："尊府之事，何人不知。"

杜慎卿与季苇萧谈得投机，渐渐谈到他对"情"的观念，不喜男女之情，重视同性之情，举出汉哀帝喜欢董贤，要将天下禅让给他，是为独得了情的真义，就是尧舜揖让也不过如此，可惜无人了解。季苇萧问他，生平可曾遇着一个同性知心的情人，杜慎卿道："假使天下有这样一个人，又与我同生同死，小弟也就不会这样多愁善感了！只为缘分太浅，遇不着一个知己，所以对月伤怀，临风洒泪！"季苇萧说，可在梨园行中去找。

杜慎卿道："苇兄，你这话更外行了，要去梨园中求知己，就如爱女色的去青楼中求一个情种，岂不大错？这种事要相遇于心腹之间，相感于形骸之外，方是天下第一等人！"又拍膝嗟叹道："天下终无此一人，老天辜负了我杜慎卿万斛愁肠、一身侠骨！"说着，掉下泪来。

季苇萧道："你也莫说天下没有这个人，小弟就曾遇见一个少年，是一个道人。这人生得飘逸风流，是个美男子，但又不像妇人。我最不赞成像女人的美男子，如果要像女人，不如去看女人了！天下原有另一种美男，只是人不知道！"

杜慎卿拍桌道："你说得对极了。你再说说看，这个人怎么样？"

季苇萧道："他是如此的妙人，多少人想结交他，他却轻易不肯对人一笑！却又是十分爱才，小弟因为多了几岁年纪，在他面前，自觉不配，所以不敢痴心妄想和他结交。长兄，去和他会会。"

季苇萧故作神秘，写好一个小纸包，上面写着"敕令"两字，交给杜慎卿，教他去到神乐观前，才准拆开来看。杜慎卿一心会见妙人，第二天一早起来，洗脸擦肥皂，换上一身新衣，身上又多熏了香，坐轿来到神乐观前，取出纸包拆开来看，上面写着："至北廊尽头一家桂花道院，问扬州新来的道友来霞士便是。"

杜慎卿来到桂花道院，访问来霞士，道人去请。去了一会，只见楼上走下一个肥胖的道士来，头戴道冠，身穿沉香色袍，一副油晃晃的黑脸，两道重眉，一个大鼻子，满腮胡须，大约五十多岁。见面请问，知是天长杜府，那道士满脸堆下笑来，说道："我们桃源旗领的天长杜府的本钱，就是老爷尊府，小道不知老爷到省，应该先来拜谒，如何反劳老爷降临？"忙教道人，快煨新鲜茶，捧上果碟来。

杜慎卿心想："这人一定是来霞士的师父了。"问道："有位来

213

霞士，是令徒，还是令孙？"那道人道："小道就是来霞士。"

杜慎卿吃了一惊，说道："哦！你就是来霞士！"自己心里忍不住，拿衣袖掩着口笑。道士不知是什么意思，殷勤招待，又在袖里摸出一卷诗来请教，慎卿没奈何，只得勉强看了一看，吃了两杯茶，起身辞别。道士还要拉着手送到大门，问明住处，说是明日还要来拜望。杜慎卿上了轿，一路忍笑不住，心想："季苇萧这狗头，如此胡说。"

回到寓所，萧金铉同着辛东之、金寓刘、金东崖来拜。辛东之送一幅大字，金寓刘送一副对子，金东崖把自己编的《四书讲章》送来请教，好不容易都应酬过了。杜慎卿鼻子里冷笑，向仆人们说道："一个衙门当书办的人，居然也敢来讲究四书，圣贤的书，是这样的人能讲的吗？"

娶妾之后，季苇萧来贺，笑问："你见到妙人了吗？"杜慎卿道："你这狗头，该记着一顿肥打！"

季苇萧道："怎的该打？我原说的是美男，不像女人，你看到的难道不是吗？"正说着，只见来道士同鲍廷玺一齐来贺喜，两人越发忍不住笑。

（五）逞风流盛会莫愁湖

杜慎卿想出个新鲜主意，和鲍廷玺商议，借莫愁湖湖亭，把南京一百三十多班戏班子全约来，旦角们一个做一出戏，由杜慎卿和季苇萧评审，列出一榜，把色艺双绝的取在前列公布。凡是参加演出的，每人酬谢五钱银子，荷包一对，诗扇一把。当下拟好通知，由鲍廷玺去分别传告。又取了百十把扇子，分别由名士们拿去书写。商定请客名单，宗先生、辛东之先生、金东崖先生、金寓刘先生、萧金铉先生、诸葛天申先生、季恬逸先生、郭铁笔先生、僧官老爷、来道士、鲍廷玺老爷，连同二位主人，一共十三位名士。

新娶的娘子兄弟王留歌来看姐姐，杜慎卿拉住他细看，果然标致，姐姐比不上他，就把湖亭作会的计划告知。留歌道："有趣，哪日我也来串一出！"当晚酒宴，鲍廷玺吹笛，来道士打板，王留歌唱了一曲《碧云天·长亭饯别》，音韵悠扬，众人大醉而散。

到了盛会那天，湖亭摆宴，宾客齐聚，戏子们装扮起来，一个个亭前走过。这时湖亭轩窗四起，一转都是湖水围绕，微有熏风，吹得波纹如谷，亭外一条板桥，戏子们装扮起来。都是簇新的包头，极新鲜的褶子，打从板桥上过来，杜慎卿同季苇萧二人，暗用纸笔作了记号。少顷打动锣鼓，轮流出来做戏。有的作"请宴"，有的作"窥醉"，有的作"借茶""刺虎"，各具佳妙，王留歌也扮了一出"思凡"。

到了晚上，点起几百盏明角灯来，高高下下，照耀如同白日，歌声缥缈，直上云霄。城里那些衙门做事的，开字号商行的，有钱的人，听说莫愁湖大会，都雇了湖中打鱼的船，搭了凉篷，挂了灯，撑到湖中左右来看。看好时齐声喝彩，直闹到天明才散。

过了一天，水西门口挂出一张榜来：第一名芳林班小旦郑魁官，第二名灵和班小旦葛来官，第三名王留歌。其余共六十多人，都取在上面。鲍廷玺带了郑魁官来寓叩谢，杜慎卿又取二两银子，托鲍廷玺去银匠店里打造一只金杯，上刻"艳夺樱桃"四字，特别奖赏给郑魁官。各班戏子也都把荷包、银子、汗巾、诗扇领了去。那些小旦，取在前十名的，与他相好的大老官看了榜都忻忻（xīn）得意，也有约去家里吃酒的，也有酒店庆贺的，彼此热闹，足足吃了三四天的贺酒。自此传遍了水西门，轰动了淮清桥，使得这位天长杜十七老爷，名震江南。

【注释】

① 盐运使：明代置都运使、从三品，掌盐运之事。

② 吊桶底：是一种油饼。

③ 猪鸟：猪的生殖器。

④ 子建：三国时曹植，字子建。

⑤ 白眉：三国蜀汉马良，兄弟五人，并以常为字，皆有才名，而以良为最。良眉中有白毛，故云："马氏五常，白眉最良。"此处是夸杜慎卿是杜家兄弟中最好的一位。

⑥ 贺新凉：词牌名。

⑦ 杯茗：酒茶。

⑧ 十族：明清的律例九族是直系亲以自本身上推而父、祖、曾、高，再自本身下推而子、孙、曾、玄为止，旁系亲以自本身横

推而兄弟、堂兄弟、再从兄弟、族兄弟为止。十族是九族再加门生。

⑨ 方孝孺：明代学者，以明王道、致太平为己任。成祖即位，因不肯替成祖起草诏书而被杀，并灭十族。

【批评分析】

（一）季苇萧停妻再娶，还说是才子风流，卑劣可笑。由辛东之、金寓刘口中说出扬州盐商的豪奢、浅薄、欺人，可见当时社会风气的败坏。

（二）季恬逸挨饿一节，写出了落魄文士的可悲。租房时和尚的对话，连方外之人也一样势利。僧官请客时龙三的讹诈胡闹，恶棍丑态鲜活呈现。

（三）杜慎卿说诗赋首卷是病时之作，表面谦逊，其实正是一种自夸（要是没生病，诗文之好那还了得），上馆子吃一块板鸭就呕吐，看似脱俗其实做作。雨花台上亭前，在太阳地看见自己的影子，徘徊了大半天，正表现这位名士公子十分自怜。

（四）杜慎卿口说讨厌女人，做出来的行为是娶妾，矛盾。郭铁笔的奉承肉麻，杜慎卿说他访得真确，还是一种自高的心理。被骗找来霞士一段，显示他有畸形的变态心理。书办金东崖附庸风雅，编《四书讲章》，杜慎卿批评说圣贤的书不是这样的人能讲的，观念浅陋。圣贤的书人人可讲，只要是讲得对，圣贤是并不会来计较讲者的身份阶级的。

十二、不应征辟的真处士

（一）寻银子远去天长县

杜慎卿的莫愁湖大会，看在鲍廷玺眼里，见他慷慨，想要求他资助几百两银子，仍旧组起一个班子来做生意过日子。每天在河房里效劳，杜慎卿看出了他的心事，那天告诉他，家中虽有几千现成的银子，但却留着不敢动，因为估计自己一两年里科举会中，中了就得用钱，如今为鲍廷玺设想，要介绍一个人来让鲍廷玺去投奔。鲍廷玺道："除了老爷，哪里还有这一个人？"

杜慎卿道："你听我说，我家共是七大房，这做礼部尚书的太老爷，是我五房的，七房的太老爷是中过状元的。后来一位大老爷，做江西赣州府知府，这是我的伯父。赣州府的儿子是我第二十五个兄弟，他名叫作仪，号叫少卿，只小我两岁，也是个秀才。我那伯父是个清官，家里还是祖宗留下的一些田地，伯父去世之后，也不到一万两银子的家私。我那兄弟是个呆子，就像有十几万似的，一听人家向他说苦，他就大把捧出来给人。"

鲍廷玺求老爷写个介绍信，杜慎卿道："这信写不得，他做大老官，是要独做，我若写信，他就会说我已经照顾了你，他就赌气不照顾了。"

当下指示鲍廷玺，先去找杜少卿的管家王胡子。杜少卿有个毛病，但凡说是见过他家太老爷的，就是一条狗他也是敬重的。王胡子那奴才好酒，须得买些酒叫他吃得高兴，叫他在主子面前说鲍廷玺是太老爷极欢喜的人，那杜仪自然就会给银子了。杜仪不欢喜人叫他"老爷"，要叫他"少爷"。他还有个毛病，不喜欢在他面前说人做官，说人有钱，像鲍家受过太爷恩惠的事，在他面前都不能说。总要说天下只有他一个杜仪是大老官，肯照顾人。若是问起认不认得杜慎卿，也要说不认得。

鲍廷玺遵照指示，启程去天长县，路上遇见韦四太爷谈起杜府，韦四太爷道："我同他家做赣州府的太老爷自小同学拜盟，极是相好。他家兄弟虽有六七十个，只有慎卿、少卿两个招接四方宾客，其余的闭门在家，守着田园作举学。这两个都是大江南北有名的，慎卿虽是雅人，我还嫌他带着点姑娘气，少卿确实是个豪杰。我也是要去少卿那里，正好同路。"

到了天长，鲍廷玺先去拜望管家王胡子。韦四太爷来到杜府，杜少卿出来恭迎老伯，韦四太爷问起娄焕之，杜少卿说娄老伯近来多病，已将他的令郎、令孙接来侍奉汤药，谈起这位娄翁，在杜府已有三十多年。

杜少卿道："自从先君赴任赣州，把舍下全交给娄老伯管理，先君从不过问。娄老伯除年修金四十两，其余不沾一文。收租之时，亲自去乡里佃户家，佃户备两样菜，老伯要退去一样只吃一样。凡他令郎令孙来看，只许住两天，就打发回去，盘缠之外，不许多有一文。临行还要搜身，怕管家们私自送他银子。收来的租稻利息，遇有舍下穷困亲友，娄老伯就极力相助，先君知道也不问，有人欠先君银钱的，娄老伯见他还不起，便把借契烧去。到如今他老人家两个儿子，四个孙子，家里仍然赤贫如洗，所以小侄过意不去。"韦四太爷叹息道："这真是古之君子了！"

家人王胡子来禀，领戏班的鲍廷玺来叩见少爷，杜少卿本来不见，听王胡子说这是昔年太老爷着实喜欢，曾许着要照顾他的人，登时高兴接见。鲍廷玺进来，看这位少爷：头戴方巾，身穿玉色夹纱袍，脚下珠履，面皮微黄，两道剑眉，好像画上关夫子的眉毛。当下叩见，杜少卿留他住下。

杜少卿吩咐去后门外请张相公来，少刻请来一人，大眼睛，黄胡子，头戴瓦楞帽，身穿大阔布衣服，忸忸怩怩，作些假斯文相，进来作揖坐下。与韦四太爷、鲍廷玺互道姓名，他是张俊民，略通医理，现正为杜府请着替娄太爷看病。

张俊民道："晚生在江湖上胡闹，不曾读过什么医书，看的症却不少。近来蒙少爷的教训，才知书是该念的，所以一个小儿不教他学医；从先生读书，作了文章，拿给杜少爷看，将来再过两年，叫小儿出去考个府、县考，骗两回粉汤包子吃，将来挂招牌，就可以称'儒医'了！"说得韦四太爷哈哈大笑。

北门汪盐商家生日，请了县主老爷，来请杜少卿作陪。杜少卿发牢骚，说要请就请县里暴发的举人进士去陪，自己哪有工夫替人家陪官，一口拒绝了。韦四太爷指出，杜家有一坛陈酿，算算至今，足有九年零七个月。杜少卿寻了出来，打开坛头，舀出一杯来看，那酒竟和面糊一般，喷鼻发香。韦四太爷说一定要另加他酒方可吃得，约好明天吃上一天。

次日鲍廷玺起来，知道少爷亲自在娄太爷房中侍病。娄太爷吃的粥和药，少爷要自己看过才送与娄太爷吃！少爷奶奶自己煨人参，一早一晚，不是少爷就是奶奶，亲自送人参去。娄太爷也不过只是太老爷的门客，如此养在家里，当祖宗看待，早晚亲自服侍，实在出奇。

杜少卿的朋友臧荼臧三爷，字蓼斋，前来约少卿，说本县王知县是臧荼的老爷，说过了好几次仰慕杜少卿的话，今日特来约少卿去一会。杜少卿道："像这拜知县做老师的事，也只好让三哥你们做，不要说先曾祖、先祖，就是先君在日，这样的知县不知见过多少！他果然仰慕我，为什么不先来拜我，倒叫我去拜他？况且我倒运作了个秀才，见了本处知县，就要称他老师。王家这一宗灰堆里的进士，他拜我做老师我还不要，我为什么要去会他？今日北门汪家请我去陪他，我也是不去！"

臧三爷道："正是为此，昨日汪家已向王老师说明是请你作陪，王老师才肯到他家，为的就是要会你。"

杜少卿道："三哥，你这位贵老师，总不是什么尊贤爱才，不过想人拜门生，受些礼物！叫他把梦做醒些！况我家今日寻出来九年半的陈酒，汪家哪有这样好吃的东西。"

当下留下藏茶。用的是杜府的金杯、玉杯，坛子里舀出酒来，韦四太爷捧着金杯，吃一杯，赞一杯，连声道："好酒！好酒！"

止吃之间，杨裁缝送来新做的秋衣一箱，裁缝走来天井，双膝跪下磕头，放声大哭，杜少卿惊问，杨裁缝说母亲突得暴病而死，棺材衣服，一无着落。杜少卿问要多少银子，裁缝说小户人家，怎敢多，少则四两，多则六两。

杜少卿惨然道："父母大事，不可草草，否则将来就是终身之恨。至少也得买一口十六两银子的棺材，连同衣服、杂费，少不了二十金。我这里没有现银，也罢，这一箱衣服，也可以当得二十多两银子，王胡子，你就拿去同杨司务当了，一总把与杨司务去用。"又吩咐裁缝道："杨司务，这件事你不可记在心里，忘记就好。你不是拿我的银子去吃酒赌钱，这是母亲身上的大事。谁无父母？这是我应该帮助你的。"

杨裁缝同王胡子，抬着衣箱，哭哭啼啼去了。韦四太爷赞道："世兄，这事真是难得！"鲍廷玺吐着舌道："阿弥陀佛，天下哪有这样的好人！"

（二）大少爷的豪举

韦四太爷又住了一日，辞别要走，杜少卿雇好了轿夫，拿了

222

一只玉杯，和赣州公的两件衣服，亲自送给韦四太爷，说道："先君拜盟的兄弟，只有老伯一位了，此后要求老伯常来走走，小侄也要常到镇上向老伯请安。这玉杯送给老伯带去吃酒用，先君的两件衣服，送与老伯穿着，就如看见先君一般。"

韦四太爷走后，杜少卿缺钱用，叫王胡子来商量卖田，一宗田本值一千五百两，乡人贪便宜杀价，只肯出一千三百两。杜少卿急着要用钱，吩咐王胡子卖了。那天王胡子卖了田拿银子回来禀报："他这银子，九五兑九七色的，又是市平，比钱平小一钱三分半，他内里又扣去他那边中人用二十三两四钱银子，文书用去二三十两，这都是我们本家要去的。如今银子在此，拿天平来请少爷当面兑。"杜少卿道："哪个耐烦你算这些疙瘩账，既拿来，又兑什么，收了进去就是了！"

杜少卿暗地叫娄太爷的孙子来，交给他一百两银子，叫他瞒着不让他祖父知道，带回去好做个小生意。娄太爷的孙子，欢喜接了。次日辞回家去，娄太爷果然叫只秤三钱银与他做盘缠，打发去了。杜家公祠看祠堂的黄大来见，说是因为修屋，私用了坟山上的死树，不想被本家几位老爷知道，责罚黄大不该偷树，打了一顿，叫十几个管家来搬树，连房子都拉倒了，如今没处存身。杜少卿听了，又拿五十两银与黄大去修补房屋。

臧三爷来帖，请杜少卿与鲍廷玺去吃酒。去到臧家入席，那臧茶斟酒一杯，奉与少卿，跪了下去，说道："老哥！我有一事奉求！"

杜少卿吓了一跳，连忙跪下去拉他，说道："三哥！你疯了！

这是做什么？"

臧蓼斋道："目前宗师考广州，下一棚就是我们，我前日替人家买一个秀才，宗师有人在这里揽这个事，我已把三百两银子兑与了他，后来他又说出来：'上面严紧，秀才不敢卖，倒是把考等第的，开个名字来可以补廪生。'我就把我的名字开了去。今年这廪是我补的了。但这买秀才的人家，事既不成，催着要退还三百两银子，我若没银还他，我这件事就要被揭穿，身家性命一起都完了！"

杜少卿道："呸！我当是什么话，原来是这个事，也要大惊小怪，磕头礼拜的！这有什么要紧，我明天就把银子送来与你！"当下拿大杯来吃酒，杜少卿有点醉了，问道："臧三哥，我问你，你一定要这廪生作什么？"

臧蓼斋道："你哪里知道！廪生一来中的多，中了就做官；就是不中，十几年贡了，朝廷试过，就是去做知县推官，穿螺蛳结底的靴，坐堂、洒签、打人。像你这样的大老官来打秋风，把你关在一间房里，给你一个月豆腐吃，蒸死了你！"杜少卿笑道："你这匪类，下流无耻极了！"

第二天早上，叫王胡子送了一箱银子去。王胡子得了六两银子赏钱，回来在鲜鱼面店里吃面，张俊民来找着他，商量着要用激将法让杜少卿出力，送张俊民的儿子应考。王胡子来书房，见了杜少卿，禀事之后说道："眼见学院就要来考，少不得会找少爷修理考棚，这凤阳府的考棚是我家先太爷几千银子盖的，白白便利众人，少爷若是要送一个人去考，谁敢不依？"

杜少卿道："这话说得也是，学里的秀才，未见得就好过我家的奴才！"

王胡子道："后门口张二爷的儿子读书，想要去考，但是冒籍，不敢去考。"

杜少卿道："你去和他说，叫他去考。若有廪生多话，你就向那廪生说，是我叫他去考的！"王胡子应诺去了。

一天，臧三爷走来说道："县里王公坏了，昨晚摘了印，新官押着他就要出衙门，县里人都说他是个混账官，不肯借房子给他住，在那里急得要死！"杜少卿立刻叫王胡子来，吩咐道："你快去县前，叫工房进去禀王老爷，王老爷没有住处，请来我家花园里住。"王胡子连忙去了。

臧蓼斋道："你从前连会他一会都不肯，今日又为何借房子与他住？况且他这事有拖累，将来百姓闹他，怕不连你的花园都拆了？"杜少卿道："先君有大功德在于乡里，人人知道。就是我家藏了强盗，也没有人来动我家的房子，这个老哥放心，至于这王公，他知道仰慕我，那就是他的造化了。我以前若去拜了他，就是奉承本县知县。而今他官已坏了，又没有房子住，我就该照应他。"

张俊民进来跪下磕头，说是他儿子应考的事，各位廪生先生听说是少爷吩咐，都没话说，但却要张俊民捐一百二十两银子修学宫……杜少卿一口答应，替他出这一百二十两。

张俊民道谢去了。王胡子来报王老爷来拜，杜少爷和臧蓼斋迎了出去，见那王知县纱帽便服，进来作揖再拜说道："久仰先生，不得见面，如今弟在困厄之中，蒙先生慨然以尊斋相借，令弟感愧无地，先来道谢。"

杜少卿道："老父台，小小事不必介意。房子原是空着的，就请搬过来便了。"

臧蓼斋道："门生正要同敝友来候老师，不想反劳老师驾临。"王知县道："不敢，不敢。"

一连串的事，用了好些银子，王胡子暗地提醒鲍廷玺，若是再不赶紧开口，恐怕就来不及了。这天正吃着酒，鲍廷玺道："门下这里住着，看少爷用银子像淌水，连裁缝都是大捧拿了去，只有门下是七八个月的养在府里，白混些酒肉吃，一个大钱也不见。我想这样'干篾片'①也做不来，不如揩揩眼泪，到别处去哭吧。门下明日告辞。"

杜少卿问他的心事，鲍廷玺连忙奉酒一杯，说道："门下父子两个，都是教戏班子过日子，不幸父亲死了，门下消折了本钱，不能替父亲争口气。家里有个老母亲，又不能养活。门下是该死的人，除非少爷赏个本钱，才可以回家养活母亲。"

杜少卿道："你一个唱戏的梨园中人，却有思念父亲、孝敬母亲的心，这就可敬得很了，我怎能不帮你？"问他要多少银子。

鲍廷玺把眼望着站在底下的王胡子，王胡子走上道："鲍师父，这银子要用得多哩，连叫班子，买行头②，怕不要五六百两。少爷这里没有，只好将就弄几十两给你过江，舞起几个猴子来，你再跳。"

杜少卿道："几十两银子不济事，我今给你一百两银子，你拿

226

去教班子，用完了，你再来找我。"

鲍廷玺跪道谢，杜少卿拉住道："只因娄太爷病重要料理，不然，我还要多给你一些银子的。"

（三）杜少卿破产移家

娄太爷的病，一日重一日，表示自己是有子有孙的人，自然要死在家里，杜少卿垂泪替他准备了后事所需的一切。娄太爷道："这棺木衣服，我受了你的，你不要再拿银子给我家的儿孙。我只在三日内就要回去，坐不起来，只好用床抬了去。你明天早上，到令先尊神主前祝告：说娄太爷告辞回去了。我在你家三十年，是你令先尊的知心朋友，令先尊去后，大相公如此侍奉我，我还有什么话说？你的品行、文章，是当今第一人，你生的这个小儿子尤其不凡，将来要好好教育他成个正经人物。但是你不会当家、不会交友，这家业是一定保不住了。"

娄太爷继续说："像你这样做慷慨仗义的事，我心里喜欢，只是也要看来说话的是什么样的人。像你这样做，都是被人骗，没人会报答你的。虽说施恩不望报，但也不可如此贤良卑劣不明。你所结交的臧三爷、张俊民，都是没良心的人。近来又添一个鲍廷玺，他做戏的有什么好人？那管家王胡子，尤其是坏极了的。银钱是小事，我死之后，你父子事事要学你令先尊的德行，德行若好，就算没饭吃也不妨。你平生最相好的是你家的慎卿相公，慎卿虽有才情，也不是什么厚道人。你只要学你令先尊，将来就不会吃苦。你眼里又没有官长，又没有本家，这本地方也难住。南京是个大邦，以你的才情，到那里去，或者可以遇到知己，做出些事业来。这剩下的家产是靠不住的！大相公，你听信我言，我死也瞑目！"

杜少卿流泪道："老伯的好话，我都知道了！"吩咐雇人，抬娄太爷过南京，到陶红镇，又拿出百十两银子来，付与娄太爷的儿子回去办后事。送去娄太爷之后，没人再劝，越发放手用钱。手头紧了，叫王胡子再去卖田，两千多两银子随手乱用。用一百两银子，把鲍廷玺打发过江，王知县的事已清了，退还了房子，告辞回去。

杜少卿在家，又住了半年多，银子用得差不多了，想着把现住的房子并与本家，搬到南京去住，和娘子商议，娘子依了。有人劝他，他不肯听，足足闹了半年，房子归并妥了。除了还债赎当，还剩千多两银子，对娘子说："我先去南京，找到了房子，再来接你！"

带着王胡子同小厮加爵过江，王胡子见不是事，拐了三十两银子溜了，杜少卿付之一笑。到了仓巷里外祖卢家，表侄卢华士出迎，书房摆饭，请出华士今年请的业师来，姓迟名均字衡山，细瘦通眉③，长爪，两眼炯炯有神，知他不是庸流，两人一见如故。

商议着要寻几间河房来住，一同来到状元境，书店里见着了马纯上、蘧駪夫、景兰江等名士。找着房屋揦客，在东水关看中了一处房子，回到仓巷卢家来写约。

次日，一人在门外喊了进来："杜少卿先生在哪里？"少卿正要出去看，那人已先进来，一把拉着少卿道："你便是杜少卿？"

杜少卿向他请教，那人道："少卿天下豪士，英气逼人，小弟一见丧胆，不像迟先生老成持重，所以我一眼就能认出，小弟便是季苇萧。"谈起杜慎卿，始知他已加了贡，北上进京应试去了。

杜少卿说要买河房，搬来南京，季苇萧拍手道："妙！妙！我也寻两间河房，同你做邻居，把贱内接来与老嫂做伴，这买河房的钱就出在你！"杜少卿道："这个自然。"

马纯上、蘧䮠夫、景兰江来拜。谈了一会儿送出去，又是萧金铉、诸葛天申、季恬逸知道了消息，前来拜望。杜少卿写家书，打发人到天长去接家眷。次日正要回拜，郭铁笔同来道士来拜，郭铁笔送两方印章，来道士送诗作请教。跟着有了空，杜少卿才得便出去，回拜各位名士。

一连在卢家住了七八天，和迟衡山谈些礼乐之事，很是投机。天长的家眷到了，搬进河房。次日，众人来贺。正是三月初旬，杜少卿备酒宴客，共是四席，季苇萧、马纯上、蘧䮠夫、季恬逸、迟衡山、卢华士、景兰江、诸葛天申、萧金铉、郭铁笔、来霞士都到了。金东崖是河房邻居，也请了来。鲍廷玺打发新教的三元班小戏子上来磕头。客人到齐后，把河房窗子打开来。

众客落座，或凭栏看水，或啜茗闲谈，或摆案观书，或箕踞④自适，各随其便。鲍廷玺带着他家王太太来问安，王太太见了杜娘子，着实小心不敢抗礼。杜娘子留她坐下。外面席面齐整，杜少卿出来，奉席坐下，吃了半夜酒才散。

（四）为适性豪杰辞征辟

娘子因初到南京，要去外面看看景致。杜少卿叫了几乘轿子，约卖花的堂客姚奶奶作陪，厨子挑了酒席，借清凉山姚园山顶的一个八角亭子摆席。上了亭子，观看那景致，一边是清凉山，高高下下的竹树；一边是灵隐观，绿树丛中，露出红墙来，十分好看。杜少卿带来一只赤金杯子，斟酒持杯，趁着春光融融，和气习习，凭栏流连痛饮。这日杜少卿大醉了，竟携着娘子的手，出了园门，一手拿着金杯，大笑着，在清凉山冈子上走了一里多路，背后三四个妇女，嬉笑相随。两边看的人目眩神摇，不敢仰视。

杜少卿回到河房，卢华士来说北门桥的庄表伯绍光先生明日要来访，杜少卿说绍光先生是自己师事的长辈，不能劳他先来，约好明日先去拜望。不料晚间娄焕文的孙子来报，祖父去世，杜少卿大哭了一场，吩咐连夜制备祭礼，次日清晨，赶去陶红镇致祭，在娄太爷柩前大哭了几次，拿银子做了几天佛事超度，一连住了四五日，哭了又哭。陶红镇上的人，人人叹息，都说天长县杜府厚道。杜少卿又拿了几十两银子，交与他儿孙买地安葬，娄家一门，拜谢大德。

回到家中，娘子告知有巡抚的差官同天长县的门斗⑤，拿了一角文书来寻，正在奇怪，差官和门斗来见，差官道声："恭喜！"门斗送上文书，拿出来看，上面写着："巡抚部院李，为举荐贤才事，钦奉圣旨，采访天下儒修。本部院访得天长县儒学生员杜仪，

230

品行端醇，文章典雅。为此饬知该县儒学教官，即敦请该生即日束装赴院，以便考验，申奏朝廷，引见擢用。毋违，速速！"

杜少卿看了道："李大人是先祖的门生，原是我的世叔，所以荐举我，我怎么敢当？但大人如此厚意，我即刻料理起身，到辕门去谢。"留下差官门斗，吃了酒饭，赠银打发先去。在家收拾，没有旅费，把一只金杯当了三十两，带一个小厮上安庆来。

到了安庆，李大人公出，等了几日才回来，见着之后，杜少卿一直谦辞，李大人执意要荐，留着住了一夜，拿出许多诗文来请教。次日辞别出来，这番旅费带得不多，又多住了几天，辕门上又被人要了些喜钱去，叫一只船回南京，船钱三两银子也欠着，一路遇上逆风，走了四五天才到芜湖。那船走不动了，船家要钱买米煮饭，杜少卿只剩下五个钱。

杜少卿想要拿衣服去当，心里烦闷，上岸走走，走来吉祥寺，茶桌上坐着，吃了一壶茶，肚里饿了，又吃了三个烧饼，一问要六个钱，连茶馆门都走不出。幸好遇见来霞士，付了茶钱，同来识舟亭。看见墙上贴着韦四太爷的诗，方知韦四太爷正在楼上，上楼相见。

韦四太爷问起，杜少卿把李大人荐举的事说了一遍，又道："小侄这回旅费带少了，今日只剩下五个钱，方才茶钱还是来老爷付，船钱、饭钱都没有！"

韦四太爷笑道："好！好！今天你这大老官做不成了！但你是个豪杰，这样的事何必操心？且在我这里吃酒，我教的一个学生前日进了学，我来贺他，他谢了我二十四两银子。你在我这里吃了酒，看风转了，我拿十两银子给你去。"

三人吃酒，直到下午风转，杜少卿拿了韦四太爷的赠银，作别上船。顺风返回南京，到家告诉娘子路上的困窘，娘子听了好笑。

去会迟衡山，迟衡山说："而今读书的朋友，只不过讲个举学，若会作两句诗赋，就算是极雅的了，放着经史上礼乐兵农的事，全然不问！我本朝太祖定了天下，大功不差似汤武，却全然不曾制作礼乐。少卿兄，你这番征辟了去，要替朝廷做些正经事，方不愧我辈所学。"

杜少卿道："这征辟的事，小弟已是辞了。正因为出去做不出什么事业，徒然惹高人一笑，所以宁可不出去的好。"

李大老爷吩咐天长县邓知县来请，杜少卿装病，穿一件旧衣，拿手帕包了头，躺在床上。娘子笑道："朝廷叫你去做官，你为什么装病不去？"杜少卿道："你好呆！放着南京这样好玩的所在，留着我在家，春天秋天，同你出去看花吃酒，好不快活，为什么要送我到京里去？"

邓老爷亲自来访，杜少卿叫两个小厮搀扶着，装出十分有病的样子，路也走不稳，出来拜谢知县，一拜在地下，就起不来。慌得知县连忙扶起，坐下就道："朝廷大典，李大人专要借光，不想先生病得如此，但不知何时可以勉强就道？"

杜少卿道："治晚不幸大病，生死难保，这事是一定不能的了。总求老父台代我恳辞。"袖子里取出一张呈子来递与知县，知县不好勉强，只得收下，作别而去。

邓知县回到县里，备了文书："杜生确系患病，不能就道。"申详了李大人。恰好李大人调了福建巡抚，这事也就此罢了。

杜少卿躲过了征辟，心里欢喜道："好了！我做秀才，有了这一场结局，将来乡试也不应，科岁也不考，逍遥自在，做些自己的事吧！"

【注释】

① 干篾片：篾片，专事帮闲凑趣的门客。干篾片，是说作了帮闲而弄不到钱。

② 行头：演剧所用的衣物等。

③ 通眉：两眉相连。

④ 箕踞：展开两足而坐，形状如箕。

⑤ 门斗：旧时学官的侍役。

【批评分析】

（一）杜慎卿表面淡泊，厌弃纱帽，而内心却热衷功名，直等到他向鲍廷玺说自己一两年里科举中，就要做官，虚伪面目揭开，原形显露。如此做作，难怪韦四太爷嫌他带着点姑娘气。指引鲍廷玺去杜少卿处，是一种"以邻为壑"的自私行为。少卿尊重韦四太爷、娄老伯，不肯趋炎附势陪县官，义助裁缝料理亲丧，表现他豪放耿介的个性。

（二）杜少卿（作者自况）豪放磊落性行的充分表现：对娄太爷后事、子孙生活的安排，资助管祠堂的黄大、臧三爷、张俊民，尤其以主动安排下任知县住处一节，表现雪中送炭，勇敢正直。相反的臧三爷替人买秀才，自己补廪生，为的是图谋不法之利，做官威风，难怪少卿要骂："你这匪类，下流无耻极了！"张俊民就是以前的张铁臂，弃侠从医，忸忸怩怩假充斯文，串通王胡子，用激将法利用杜少卿出面，送冒籍的儿子去应考秀才，又向杜少卿诈骗得银。王胡子不忠于主，做尽坏事，和鲍廷玺等人合作来骗主人的银子。杜少卿性行虽然可敬可爱，但竟然不察宵小，误交损友，缺点明晰。作者明白剖出，其中有着他自己的忏悔。

（三）娄太爷临去的一番话，语重心长，对杜少卿极为切当："德行若好，就算没饭吃也不妨。"是为少卿终生奉行的信念。劝他去南京发展，为其后杜少卿破产移家的先声。王胡子背主拐银逃走，当然是小人劣行，少卿置之一笑，正是豪杰宽博的胸怀。

（四）少卿为娄太爷料理丧事，是他为人的厚道；携眷游山，不怕批评，是他个性的豪放。装病不应征辟，为了自由不受拘束，无可厚非；但说："我做秀才，有了这一场结局，将来乡试也不应，科举也不考，逍遥自在，做些自己的事吧！"看来他要借着征辟光荣来推卸一些，自我的强化仍是不够，洒脱仍是不够。

十三、泰伯祠祭祀大典

（一）不可学天长杜仪

迟衡山有一个伟大的心愿，计划着要逐步实现。某日拿出个手卷来，对杜少卿说道："我们这南京，古今第一个贤人是吴泰伯^①，却没有一个专祠，那文昌殿关帝庙到处都有。小弟的意思，要约一些朋友，报资兴建一所泰伯祠，春秋两季，用古礼古乐致祭。借此大家学习礼乐，造就出一些人才，也可以有助于政教。但是建造此祠，须要数千金。我今裱了一个手卷在此，愿捐的写在上面。少卿兄，你意如何？"

杜少卿大喜说道："这是应该的！"接过手卷，放开来写下"天长杜仪捐银三百两"。

迟衡山道："也不少了。我把历年作馆的束脩节省出来，也捐二百两。"就写在上面，又叫："华士，你也勉力出五十两。"卢华士也写在卷上。迟衡山卷起手卷收着，另外再去找人捐资。

杜少卿因辞征辟，装病在家，有好一阵子不曾出来。这日鼓

235

楼街薛乡绅家请客，迟衡山到了，马纯上、蘧駪夫、季苇萧都在座。又到了两位客：一个是扬州萧柏泉，名树滋；一个是采石余夔，字和声，两位都是少年名士。生得面如傅粉，唇若涂朱，举止风流，芳兰竟体，有两个绰号，一个叫"余美人"，一个叫"萧姑娘"。隔了一会儿，六合的翰林院侍读高老先生到了，此人最喜欢戏班里做正生的钱麻子，看到席上没有钱朋友，连说："没趣，没趣！今日满座欠雅！"

席间谈话，谈到浙江许多名士，以及西湖上的风景，娄家兄弟结交宾客的故事。余美人道："这些事我还不爱，我只爱駪夫家的双红姐，说着都齿颊生香。"

季苇萧道："你是个美人，所以就爱美人了。"萧柏泉则表示最喜修补纱帽，钦佩鲁编修公，可惜去世，不得请教。蘧駪夫慨叹鲁家表叔的豪举，如今不可得。

季苇萧道："駪兄，这是什么话？我们天长杜氏兄弟，只怕更胜于令表叔的豪举！"迟衡山道："两位中是少卿更好。"高翰林道："诸位谈说的，可就是赣州太守的令郎？"迟衡山道："正是，老先生也知道？"

高翰林道："我们六合和天长是接壤之地，我怎会不知道？诸公莫怪学生说，这少卿是他杜家第一个败类！他家里上几十代行医，广积阴德，家里也挣了许多田产，到了他家殿元公发达了，虽做了几十年官，却不会寻一个钱来家。到他父亲，还有本事中个进士，做一任太守——已经是个呆子了，做官的时候，全不晓得敬重上司，只是一味希图着百姓说好；又逐日讲那些'敦孝悌、劝农桑'的呆话。这些话是教养题目文章里的辞藻，他竟拿着当了真，惹得上司不喜欢，把个官弄掉了！他这儿子就更胡说，混穿混吃，和尚、道士、工匠、叫花子，都拉着做朋友，却不肯结交一个正经人；不到十年，把六七万银子弄得精光，天长县站不住，搬来南京城里，天天携他妻子上酒馆吃酒，手里拿着一个铜杯子，就像讨饭的一样！想不到他家竟出了这样的子弟！学生在家里，往常教子侄们读书，就以他为戒，每人读书的桌子上写一纸条贴着，上面写着'不可学天长杜仪'！"

迟衡山听罢，红了脸道："近日朝廷征辟他，他都不就。"

高翰林冷笑道："先生，你这话又错了。他果然肚里通，就该科举得中！"又笑道："征辟难道算得上是正途出身吗？"

萧柏泉道："老先生说的是。"向众人道："我们后生晚辈，都该以老先生之言为法。"

席散，高翰林坐轿先去。众人一路走着，迟衡山道："方才高老先生这些话，分明是骂少卿，不想倒替少卿添了许多身份，众位先生，少卿是自古及今难得的一个奇人。"

马二先生却道："高老先生方才的这些话，也有几句说的是。"

杜少卿家居，邻居金东崖拿了自己作的《四书讲章》来请教，指着一条问道："先生，你说这'羊枣②'是什么？羊枣，即羊肾也。俗语说，只顾羊卵子，不顾羊性命。所以曾子不吃。"

杜少卿笑道："古人解经，也有穿凿附会的，先生这话，就太不像了。"

迟衡山、马纯上、蘧駪夫、季苇萧引着萧柏泉、余和声两位来见，喝酒清谈，谈起少卿所作的诗说，迟衡山请少卿发表他说诗的要旨。杜少卿道："朱熹解经，自主一说，也是要后人参考诸儒的说法。如今去了诸儒，只依朱注，这就是后人的固陋，与朱子不相干的。小弟遍览诸儒之说，也有一二私见请教。就如《凯风》一篇，说七子之母想要再嫁，我心里不安，古人二十而嫁，养到第七个儿子都长大了，那做母亲的也该有五十多岁，哪还有想嫁之理？所谓'不安其室'者，不过是因衣服饮食不称心，所以七子自认奉养不足，诗中表现惭愧，这一点前人不曾发现。"迟衡山点头道："有理。"

杜少卿说道："《女曰鸡鸣》一篇，先生们以为如何？"

马二先生道："这是《郑风》，只是说他不淫，还有什么别的说法？"

迟衡山道："就是如此，也还不能得其深味。"

杜少卿道："非也。但凡士君子横了一个做官的念头在心里，便先要骄傲妻子。妻子想做夫人，做不到，就事事不遂心，吵闹起来。你看这一篇中，夫妇两个，绝无一点心想到功名富贵上去，弹琴饮酒，知命乐天，这就是三代以上修身齐家的君子。这一点前人也不曾说道。"蘧駪夫道："这一说果然妙了！"

杜少卿又道："据小弟看来，《溱洧》之诗，也只是夫妇同游，并不是什么淫乱。"季苇萧道："难怪前日同老嫂在姚园大乐！这就是你'弹琴饮酒，采兰赠芍'的风流了！"众人一齐大笑。

当下小饮，季苇萧多吃了几杯，醉了，说道："少卿兄，你真是绝世风流。依我看，你镇日同一个三十多岁的老嫂子看花饮酒，也觉得扫兴。以你的才名，又住在这样好的地方，何不娶一个标致如君，又有才情的，才子佳人，及时行乐？"

杜少卿道："苇兄！岂不闻晏子云：'今虽老而丑，我固及见其姣且好也。'娶妾之事，小弟以为最伤天理，一个人多占一个妇人，天下必将多一个无妻之客。小弟如能为朝廷立法，人生须四十无子，方许娶一妾，此妾如不生子，便遣别嫁……"萧柏泉道："先生说得好一篇'风流经济'。"迟衡山叹息道："若宰相能如此用心，天下就可以致太平了。"当下吃完了酒，众人欢笑辞别。

（二）僵尸动起来了

为了兴建泰伯祠的事，杜少卿与迟衡山一同来拜望前辈庄先生，这庄先生名尚志，字绍光，是南京累代的读书人家。绍光先生十一二岁就会作七千字的赋，天下闻名。此时年已四十，名满一时，他却闭户读书，不肯妄交一人。这一日听说杜、迟两人前来，欢喜出迎，两人看主人时，只见他头戴方巾，身穿宝蓝夹纱袍，三绺须髭，黄白面皮，出来恭敬作揖坐下。

庄绍光赞扬杜少卿力辞征辟，说出他自己也被征辟，浙江巡抚徐穆轩先生升了礼部侍郎，举荐了庄绍光，奉旨着他来京引见，看来只好去走一趟，谈起泰伯祠大事，约好等他回来细细斟酌。

晚间家里置酒，庄绍光与娘子作别，娘子道："你往常不肯出去，今日为什么闻命就行？"庄绍光道："我们与山林隐逸的不同，既然奉旨召我，君臣之礼是傲不得的。你放心，我一定回来，一定不会被'老莱子之妻'③所笑。"

庄绍光启程进京，路上遇见响马劫银，亲见萧昊轩大显身手（见第五章"父是英雄儿好汉"一段）。将到卢沟桥时，有一位客人追上来攀交，这人姓卢名德，字信侯，湖广人氏，立志收藏本朝名人文集。国初四大家中，高启（青丘）④是被祸腰斩了的，文集散失，只有京师一个人家藏有，被卢信侯访得，亲来京师，重价购得。正待要回家去，闻朝廷征辟了庄绍光，倾慕庄先生是当代名贤，故来相见。庄绍光与他就客店同住一晚，谈了一夜，谈起高青丘文字，其中虽然并无毁谤朝廷的言语，但因太祖恶其为人，著作被禁，劝卢信侯应知国家禁令所在，不可不知避忌，这高青丘的文集就不看也罢。又指示读书一事，应当由博而返约，总以心得为主，约了以后来南京相见，次早分别。

庄绍光进得京师，住在护国寺，徐侍郎来拜。嘱他赶紧料理，恐怕三五日内就要召见。过了几天，内阁抄出圣旨来，庄尚志着于初六日入朝引见。

到了初六日五鼓，羽林卫士，摆列在午门之外，设了全副卤簿，用的是传胪仪制，各官都在午门外候着，只见百十道火把亮光，知道是宰相到了，午门⑤大开，各官从掖门进去。过了奉天门，进到奉天殿，里面一片天乐之声，隐隐听见鸿胪寺唱排班。净鞭三响，内官一队队捧出金炉，焚着龙涎香，宫女们持扇，簇拥着天子升了宝座。庄绍光戴着朝巾，穿了公服，跟在班末，高呼舞蹈，朝拜了天子。当下乐止朝散，那二十四个驮宝瓶的大象，不牵自走，真是壮观。庄绍光回到住处，徐侍郎来拜，叮嘱在寓静坐，恐怕不日又要召见。过了三天，又送了一个抄出的上谕来："庄尚志着于十一日便殿朝见，特赐禁中乘马。钦此。"

到了十一日那天，徐侍郎送庄绍光到了午门，别过，自在朝房等候。庄绍光独自走进午门，只见两个太监，牵着一匹御用的马，请庄绍光上骑，两个太监跪着坠蹬⑥，候庄绍光坐稳了，两个太监笼着缰绳，那扯手都是赭黄颜色，慢慢地走过了乾清门。到了宣政殿门外下马，殿门又有两个太监，传旨出来，宣庄尚志进殿。

庄绍光屏息进去，天子便坐在宝座，庄绍光上前朝拜了。天子道："朕在位三十五年，幸托天地祖宗，海宇升平，边疆无事。只是百姓未尽温饱，士大夫亦未见能行礼乐。这教养之事，何者为先？所以特将先生起自田间。望先生悉心为朕筹划，不必有所隐讳。"

庄绍光正要奏对，不想头顶心里一点疼痛，着实难忍，只得躬身奏道："臣蒙皇上清问，一时不能条奏；容臣细思，再为启奏。"

天子道："既如此，也罢。先生务必为朕细心设计，只要是可行之事，宜于千古而又有便利于今世就行！"说罢，起驾回宫。

庄绍光出了勤政殿，太监笼马送出午门，徐侍郎接着同去。

到了住处，除下头巾，发现里面有一只蝎子，庄绍光笑道："小人原来就是此物，看来我道不行了！"次日卜筮，筮得一个"天山遁"。自言道："是了！还是归隐最好！"就把教养之事，细细作了十策，又写了一道恳求恩赐还山的本章，从通政司送了进去。

此后庄征君之名，哄传京师，九卿六部的官，无一个不来拜望请教，搞得这位庄征君不耐烦，又只得上各衙门去回拜。大学士太保公向徐侍郎表示，想要庄征君拜在他门下，侍郎转告太保公雅意，那庄征君无意为官，婉拒了。又过了几天，天子在便殿向太保道："庄尚志所上的十策，朕细看，学问渊深。这人可用为辅弼吗？"

太保奏道："庄尚志果是出群之才，蒙皇上旷典殊恩，朝野欣悦。但若不由进士出身，跻身公卿，我朝祖宗，无此法度，且开天下以倖进之心。恐有不妥！"天子叹息了一回，随教大学士传旨："庄尚志允令还山，赐内帑银五百两，将南京玄武湖赐予庄尚志著书立说，鼓吹休明⑦。"

圣旨传出，庄征君午门谢恩，辞别了徐侍郎，收拾南返。满朝官员都来饯送，庄征君都辞了。叫了一辆车，出彰仪门来。那日天气寒冷，多走了几里路，找不到宿处。只得走小路，到一个人家去借宿，那家只有一间屋，一对七十多岁的夫妻住着，不幸老妻死了，没钱买棺，现停在屋里。庄征君无奈，只好将车停在门外，小厮露天睡在车上，庄征君与那老翁同睡一炕。

庄征君睡不着，到了三更之后，见那老妇人的尸首，渐渐动起来，庄征君大惊，细看那手也动起来了，像是要坐起来的样子。庄征君以为老妇人活了，忙去推炕里睡的老爹，推不醒他，十分奇怪，坐起来看时，那老翁竟然已是死了；再看那老妇人已站了起来，直着腿，白瞪着，竟是成了僵尸。庄征君连忙奔出门外，叫起车夫，把车顶着门，不放僵尸出来。

他独自在门外徘徊，心中懊悔道："我若坐在家里，不出来走这一番，今日也就不会受这一场虚惊！"又想道："生死也是常事，毕竟我学养的义理不深，所以会害怕。"定神坐在车上，等到天明，看那僵尸倒了，一间屋里，横着两具尸体。庄征君心下感伤，两个老人家，穷苦如此。去到前面市井，拿出几十两银子来买了棺木，市上雇人抬来，把两人殓了，又买了一块地，看着埋葬了，买些牲醴纸钱，自作一篇祭文，洒泪祭奠。一市上的人都来罗拜，在地道谢。

别了台儿庄，换船来到扬州，在钞关住了一日，次日要行，岸上二十多乘轿子，都是两淮总商，前来拜候。内中就有萧柏泉，赞扬庄征君抱负大才，要从正途出身，不屑这征辟，这番见过皇上，今后鼎甲有望。庄征君谦逊谢了，表明绝无不屑征辟之意，只是志在山林。会过了这批人之后，跟着又是盐院来拜，盐道来拜，分司来拜，扬州府来拜，江都县来拜，把庄征君闹得急了，吩咐快快开船。当晚盐行总商凑齐了六百两银子来送行，没想到船已去得远了。

到了燕子矶，庄征君欢喜道："我今日又见江上佳丽了。"回家见了娘子，果然实践诺言，不曾留京做官，娘子也笑了，当晚备酒洗尘。

第二天起，消息传开，先是六合高翰林来拜，跟着布政司来拜，应天府来拜，驿道来拜，上江二县来拜，本城乡绅来拜，搞得庄征君穿了靴又脱，脱了靴又穿。庄征君恼了，向娘子道："为什么住在这里和这些人缠？我们作速搬到湖上去受用！"连夜搬去玄武湖里。

这湖极宽阔，和西湖差不多，左边台城可望鸡鸣寺。湖中菱、藕、莲、茭，每年出产几千石。湖内七十二只打渔船，南京全城每早卖的都是这湖的鱼。湖中五座大洲，四座洲贮了图籍；中间洲上，一所大花园，赐予庄征君住，有几十间房子。园里合抱的老树，梅杏桃李，芭蕉桂菊，四时不断的花；又有一园竹子，有数万竿。园内轩窗四启，看着湖光山色，真如仙境。门口系一只船，便是到湖岸的交通工具，若是收了这船，外边飞也飞不过来。

庄征君住花园，同娘子凭栏看水，享受湖光山色，那一日卢信侯来访，留下备酒同饮，吃到三更时分，小厮来报，中山王府发了几百兵，上千支火把，把七十二只渔船都拿了，渡过兵来，已把花园团团围住。庄征君大惊，又有小厮来报，总兵大老爷求见，急忙迎出，方知是卢信侯家藏高青丘禁书，被人告发，闻知此人武勇，故而发兵来捉。庄征君道："我明日叫他自己投案，如果走了，由我负责！"那总兵尊重庄征君，只得答应。

卢信侯知道了，果然自去投案。庄征君悄悄写了十几封信，打发进京，遍托朝里的大老，从部里发出文书来，把卢信侯放了，反把那检举的人问了罪。卢信侯来谢庄征君，又留在花园住下。

（三）标准的真儒虞博士

庄征君、杜少卿、迟衡山三人，将泰伯祠祭祀所行的礼乐，商定得端正，跟着商议主祭之人，迟衡山道："这所祭的是个大圣人，须是个圣贤之人来主祭，方为不愧。"说出一个了不起的人来。

应天苏州府常熟县有一乡村，叫麟绂镇，镇上二百多人家务农，只有一位姓虞的老秀才，在镇上教书，活到八十多岁去世。他儿子也是教书为业，中年尚无子嗣，到文昌帝君座前去求，梦见文昌递一纸条与他，上写《易经》一句："君子以果行育德。"果然就得了一子，取名育德，字果行。虞育德三岁丧母，父亲替他开蒙。其后镇上祁太公请虞太翁到家教读，教儿子读书，四年之后，虞育德十四岁，虞太翁得病去世，临危把儿子托与祁太公。祁太公道："这虞小相公与众不同，如今先生去世，我就请他作先生教儿子的书。"自此十四岁的虞育德就在祁家教书，教的是祁家九岁的儿子。

常熟云晴川先生，古文诗词，天下第一，虞育德到了十七八岁，就随着学诗文。祁太公又教他地理、算命两项寻饭吃的本事，又劝他出去应考。虞育德果然买些考卷来看，到了二十四岁出去应考，就进了学。第二年被二十里外杨家村请去教书，每年三十两银子。正月到馆，到十二月仍回祁家来过年。又过了两年，祁太公替他完婚，是虞太翁在世时订下的黄家姑娘。婚后两年，积得二三十两馆金，就在祁家旁边寻了四间屋，搬进去住。

虞育德三十二岁那年，没有馆教，娘子担心，他说："不妨，我教书坐馆，每年大约总是三十两银子。假使哪一年正月里说定只有二十两，我担心不够，到了四五月，少不得又会添两个学生，或是来请看文章的，有几两银子补足此数。假使哪一年多得几两银子，心里欢喜以为有余，偏偏家里就会有事，把这几两银子用完。由此可见一切都有定数，不必去担心。"

果然祁太公介绍，远村郑姓人家请去看葬坟。虞育德带了罗盘，用心看过，郑家谢他十二两银子。叫只小船回来，河中忽然遇见一人投河，急忙叫船家救起，问起情由，方知是庄稼人贫穷，父死无力殡葬，惶急寻死。虞育德送他四两银子，那人谢去了。虞育德回到家，下半年又有了馆，生了个儿子，因为感激祁太公，故而取名叫作感祁。

四十一岁那年乡试，祁太公说他多积阴德，必然高中。南京乡试回来，受了风寒，生病在家，发榜时果然中了举。病好之后，上京会试，不曾中进士。恰好常熟有一位大老康大人放了山东巡抚，约虞育德去任上，代作诗文，宾主甚是相得。衙里的同事尤资深拜为弟子。那年天子下诏求贤，康大人也想荐一位，尤资深要求康大人荐虞老师，虞育德说征辟不敢当，况且举荐全在康大人，若去求他，那就不是品行了。尤资深又出主意，道是求得康大人荐了若是虞老师辞了官爵回来，更见高明。虞育德道："你这话又说错了，我若求他荐我，荐到皇上面前，我又辞官不做，可

246

见求他举荐不是真心，辞官也不是真心。这算是什么呢？"

山东两年，进京会试不中，回江南来依旧教馆，一直到五十岁，再进京会试，这科就中了进士，殿试在二甲⑧，朝廷要将他选作翰林。哪知这些进士，也有五十岁的，也有六十岁的，履历上写了的都不实在，只有他写的实在年庚五十岁。天子见了，说道："这虞育德年纪老了，派他去做一个闲官吧。"当下就补了南京国子监博士。

虞博士出京时，翰林院侍读有位王先生托他："南京国子监，有位贵门人，姓武名书，字正字，这人事母至孝，极有才情。老先生到彼，照顾照顾。"虞博士到了南京，参见了国子监祭酒李大人，回来公座升堂，监里门生拜见，就见着了武书。由武书口里得知，他是一个孤儿，乡居奉母，家贫艰困，母亲在时不能出来应考。其后母亲去世，丧葬之事，全仗天长杜少卿相助。现在武书正跟着杜少卿学诗。

武书因为家贫，一切衙门使费没有着落，所以还不曾为亡母申请表扬。虞博士一来，就主动替他办，而且告诉书办，上房使用，都由虞博士出。虞博士心仪庄征君、杜少卿，分别去拜。当年杜府殿元公在常熟，曾收虞博士的祖父为门生，殿元公是少卿的曾祖，所以少卿称虞博士为世叔。两人相见十分投契。虞博士去拜庄征君，不曾见着。

杜少卿去玄武湖，问道："昨日虞博士来拜，先生怎么不会他？"庄征君笑道："我因谢绝了这些冠盖，他虽是个小官，也懒得和他相见。"

杜少卿道:"这人大大不同,不但没有学究气,尤其没有进士气。他襟怀冲淡,上而伯夷柳下惠,下而陶靖节一流人物。"说得庄征君瞿然动容,就去回拜,两人一见如故。虞博士爱庄征君的恬适,庄征君爱虞博士的浑雅。两人结成为性命之交。

虞博士为公子完婚,所聘就是祁太公的孙女,祁府陪了一个丫头过来,自此虞夫人才有使女可用。喜事完毕,虞博士把使女配给了姓严的管家,管家拿出十两银子来交使女身价。虞博士道:"你也要备些床帐衣服,这十两银子就算我与你的,拿去备办吧!"管家磕头谢了下去。

新春正月,虞博士到任后亲栽的红梅开花,在家约请杜少卿。正谈着,来了两个国子监学生,一个叫储信,一个叫伊昭,坐下吃了几杯酒。储信说要为老师发帖子作生日,收些份礼过春,虞博士说生日是在八月,此时不宜,伊昭说不妨,正月作了生日,八月还可再作,虞博士道:"岂有此理,这就是笑话了,二位且请吃酒。"

虞博士对杜少卿道:"少卿,前日中山王府里说,他家有个烈女,托我作一篇碑文,折了个礼金八十两在此。我今转托了你,把银子拿去,作看花买酒之资!"

杜少卿道:"这文难道老叔不会作?为什么转托我?"虞博士笑道:"我哪有你的才情?还是你拿去作!"因在袖里拿出个节略来,递与杜少卿,叫家人把两封银子交与杜老爷家人带回去。

坐了一会,虞博士的表侄汤相公来见,虞博士到南京来,家里的几间房子托他住着照看。这会儿来见，老实报告，因为这半年没钱用，把那房子拆来卖了。虞博士道："这怪不得你，今年没生意，家里也要吃用，没奈何卖了，又老远的路来告诉我做什么？"

汤相公道："我拆了房子，就没处住，所以来同表叔商量，借些银子当几间屋住。"

虞博士又点头道："是了！你卖了房就没处住，我这恰好还有三四十两银子，明日给你拿去，典几间房住也好。"那汤相公就不再说什么了。杜少卿告别之后，尹昭问老师跟杜少卿是什么关系，虞博士说是世交，少卿是个极有才情的。

伊昭道："门生也不好说，南京人都知道他本是个有钱的人，而今弄穷了，在南京躲着，专好扯谎、骗钱，最没有品行！"虞博士问他什么事没品行，伊昭说他时常同着妻室上酒馆吃酒，所以人家都笑他。

虞博士道："这正是他风流文雅之处，俗人怎能了解！"

储信道："这也罢了，倒是老师下次有什么有钱的诗文，不要寻他作。他是个不应考的人，作出来的东西也有限，怕会坏了老师的名。我们这监里有多少考得起来的朋友，老师托他们作，又不要钱，又好。"

虞博士正色道："这倒不然，他的才名，是人人都知道的。作出来的诗文，无人不服。时常有人在我这里托他作诗，我还沾他的光。就如今日这银子一百两，我还留下二十两给我表侄。"两人这才不敢再说了。

第二天，应天府送下一个犯赌博的监生来，门斗来禀，问要将他锁在哪里，虞博士吩咐请他进来。那监生姓端，是个乡下人，走进来流泪下跪，诉说冤枉。虞博士留他在书房里，同他一桌吃饭，又拿出行李给他睡觉。次日到府尹处替他辩明了，将他释放，那监生叩谢道："门生虽粉身碎骨，也难报老师的恩。"

虞博士道："这有什么要紧？你既是冤枉，我原该替你辩白的。"

那监生道："辩白固然是老师的大恩，只是门生初来收管时，心中疑惑，不知老师要怎样处置？门斗怎样要钱？把门生关到什么地方受罪？万想不到老师将门生待作上客，门生不是收管，竟是来享了两天的福！这个恩典，叫门生怎能感激得尽。"

（四）盛世礼乐今朝重见

南京泰伯祠落成大祭，各地贤人名士齐集，共襄盛举。那泰伯祠坐落在南门之外，几十层高坡上去，一座大门，左边是省牲之所。大门过去，一个大天井。又几十层高坡上去，三座门。进去一座丹墀。左右两廊，奉着从祀历代先贤神位。中间是五间大殿，殿上泰伯神位，面前供桌、香炉、烛台。殿后又一个丹墀，五间大楼，左右两旁，一边三间书房。

这次大祭，主祭的虞博士，亚献的庄征君，终献的马二先生，共三位。大赞的金东崖，副赞的卢华士，司祝的臧荼，共三位。引赞的迟均、杜仪，共二位。司麾的武书一位，司乐的季苇萧、辛东之、余夔，共三位。司玉的蘧駪夫、卢德、虞感祁，共三位。司帛的诸葛天申、景兰江、郭铁笔，共三位。司稷的萧金铉、储信、伊昭，共三位，司馔的季恬逸、金寓刘、宗姬，共三位。还有金次福、鲍廷玺二人领着司理各种仪礼器具、乐器的孩子、舞俏舞的孩子共是三十六人，总共执事七十四人。典礼全依古礼进行。庄严肃穆，一时盛况。南京城里城外，百姓扶老携幼，前来观看，欢声雷动，都说生长在南京，也有活了七八十岁的，从不曾看见过这样的古礼、古乐盛况。又有人说这位主祭的老爷是一位神圣临凡，所以引得万众争着来看。

大典之后，各地名士纷纷赋归。季苇萧、辛东之、金寓刘，来辞了虞博士，回扬州去了；马纯上和蘧駪夫来河房向杜少卿辞别，要回浙江，蘧駪夫看到张俊民和臧荼在座，识得这张俊民就是昔年用假人头骗娄家表叔的张铁臂，悄悄告诉了杜少卿，嘱他留神。两人作别去后，杜少卿向张俊民道："俊老，你以前曾叫作张铁臂吗？"

张铁臂红了脸道："小时候有这个名字。"见被人识破，存身不住，过了几天，拉着臧蓼斋回天长去了。

萧金铉、诸葛天申、季恬逸三人欠了店账和酒饭钱，不能回去。来寻杜少卿，杜少卿替他三人赔了几两银子，三人各自回家去了。宗先生要回湖广，拿行乐图来请少卿题，少卿当面题了，送别了去。

武书来告诉杜少卿监里六堂会考，他考了一个一等第一，又说出一些有关虞博士的奇事，这回朝廷降旨，要甄别在监读书人，六堂会考，严禁作弊，搜查极是严格。有个习《春秋》的朋友，竟夹带了一篇刻印的经文进去，出恭的时候，糊里糊涂把经文夹在卷子里送上堂去。天幸遇着虞老师，揭卷看见，连忙拿了藏在靴筒里，巡视的人问是什么东西，虞老师说是不相干的。等那人方便了回来，悄悄递与他，叫他拿去写。那人吓得个臭死，发案考在二等，来谢虞老师，虞老师推说不认得，对他说："并没有这回事，想是你昨天认错了，并不是我。"

武书亲眼看见此事，问老师为何不认，难道他还不该来谢？虞老师道："读书人全要养其廉耻，他没奈何来谢我，我若再认了，他就更无容身之地了。"武书问这位监生姓名，虞老师也不肯说。

杜少卿赞道："这也是他老人家常有的事。"

武书道："还有一件事更可笑，他家世兄陪嫁来一个丫头，许配给了姓严的管家。那奴才看见衙门清淡，没钱好赚，前日就辞了要去。虞老师不但不问他要丫头的身价，反而说道：'你两口子出去也好，只是房钱、饭钱都没有。'又给了他十两银子，打发出去，随即又把他荐在一个知县衙门里做长随。你说好笑不好笑？"

杜少卿道："这些做奴才的，有什么良心！但老人家赏他银子，并不是有心要人说好，所以特别难得。"

【注释】

① 泰伯：周太王长子，泰，一作太，有弟仲雍、季历。季历的儿子姬昌，就是后来的周文王。泰伯知太王欲立季历以传姬昌，就和弟仲雍奔来南方荆蛮，断发文身，以让季历。太伯自号

252

句吴，荆蛮人钦敬，相从者千余家，立为吴太伯。

② 羊枣：即羊矢枣，曾皙所嗜，虽冒枣名，其实是柿科植物。

③ 老莱子之妻：老莱子，春秋楚人，至孝，年七十，常着五色斑斓衣做婴儿戏以娱亲。楚王欲召，老莱子之妻表示不应为人所制，离去，老莱子果然不应王召，随妻归隐江南。

④ 高启：明代学者，有文武才，自号青丘子。后因所作《上梁文》触怒明太祖，被腰斩死。

⑤ 午门：北京紫禁城的正门，俗称五凤楼。

⑥ 坠蹬：伺候上马。

⑦ 休明：德美而明。

⑧ 二甲：二等。

【批评分析】

（一）迟衡山倡建泰伯祠，以隆礼制乐来挽救人心，杜少卿的赞助，两人的心志表现可敬。杜少卿反对娶妾，解诗能够不拘于旧注，发表创见，是为他卓尔不群的优秀表现。高翰林批评少卿，说征辟不如正途出身，可见固陋。马二先生以为高翰林批评少卿也有几分说的是，那是他固执积习未除。金东崖将羊枣误为羊肾，浅陋可笑。

（二）太保公要延揽庄绍光拜在他的门下，朋比结党，搞小集团的私心显然；其后在皇帝面前阻挠重用庄绍光，党同伐异，卑劣可见。庄绍光知难洁身而退："我道不行"一句，点明了他的委屈失望；终于不受人制，不为老莱子之妻所笑，是他的高明之处；殡殓平民夫妇，义行足式；"僵尸"一段自愧学养义理不深，尤其可见他能自省再进，素养浑雅。卢信侯只因一本禁书，就被数百名兵众围捕，反映清时文字狱的严重；庄绍光助他脱困，道义风范，不愧是读书明理的人。

（三）虞博士的真儒典型：知命不忧，以贫士所得助人殡葬；不肯求人荐举，不愿以辞征辟而自高，诚实不瞒年纪，甘做闲官，对管家、表侄的宽厚，以身作则，教导生徒，保留士子颜面，为他辩白，优待使之安心感激。从这许多事件中，可以了解虞博士的淡泊笃厚，不愧是作者笔下宣扬的第一等人。庄征君谢绝冠盖，几乎误失了虞博士这位性命之交，是他的疏忽。储信、伊昭两个读书人的恶劣，要替老师做生日收份子钱，还说正月做了八月还可再做，难怪被虞博士面斥为岂有此理的笑话；建议老师莫要找杜少卿代笔，是一种酸葡萄心理，为的是要老师照顾他两人，让他们得些好处。

（四）泰伯祠大祭，盛世礼乐重见，是为作者眷恋儒家至善社会的意识表现。诸葛天申、萧金铉、季恬逸，三人流落异地，得杜少卿义助还乡，显示士人在科举失意之后，降志辱身，衣食不继，落魄精神的可悲。虞博士的管家势利求去，不以为忤，反替他安排工作；考场作弊，不予检举，保留士人的自尊，正如杜少卿所说，他做这些事纯是素养行为的自然表现，全无沽名钓誉的念头，所以特别难能可贵。

十四、奇女子和大将军

（一）不屈不挠的沈琼枝

话说上文介绍过的少年英雄萧云仙，做了江淮卫守备，其后奉到粮道文书，押粮赴淮。萧云仙上了船，到了扬州，正在钞关上挤马头。忽听得后面一只船上有人叫他，回头看时，竟是昔年在青枫城边荒地区教读的沈大年先生。喜出望外，问时方知沈先生将小女许嫁给扬州宋府，这番是送女完婚来的。当下行色匆匆，谈了几句，作别开船。沈先生领着他的女儿沈琼枝，落在大丰旗下店里，伙计通报盐商宋为富，宋家打发家人来说，老爷叫把新娘就抬到府里去，沈老爷留在下店住着款待。

沈先生见状不妙，说出这情形既不是择吉过门，很可能只是婆妾的样子，沈琼枝安慰父亲，既未立下文书、得他身价，怎肯就此不明不白地过去作小？如今不如先去到他家再见机行事。当下打扮起来，一乘轿子抬来宋府，门口果然毫无动静，只叫她下了轿，走水巷里进去。沈琼枝一直走到大厅，坐下说道："请你家老爷出来，

255

我常州姓沈的不是什么'低三下四'①的人家！他既要娶我，为何不张灯结彩，择吉过门，把我悄悄地抬了来，当作娶妾的一般！我且不问他要别的，只叫他把我父亲亲笔写的婚书拿出来与我看！"

家人吓了一跳，报与宋为富，宋为富红着脸道："我们盐商人家，一年至少也娶七八个妾，都像这般淘气，那日子还能过？她既来了，不怕她飞上天去！"叫请新娘进房，自己暂且躲开。第二天叫下店兑五百两银子给沈老爷，叫他回去。

沈先生一听这话，分明是拿女儿作妾，这还得了，立刻到江都县告了一状。那知县看了呈子，说道："沈大年既是常州贡生，也是衣冠中人②，怎肯把女儿与人作妾？盐商豪横以至于此！"收了呈状。

宋家知道了，急忙使钱打点，次日呈子批出来道："沈大年既将女儿琼枝许配宋为富为正室，何以自行私逃上门？显系作妾可知，状词不准！"沈大年又补了一张呈子，知县大怒，说他是个"刁健讼棍③"，一张批，两个差人，押解他回常州去了。

沈琼枝在宋家过了几天，不见消息，想着对方一定是先安排了父亲，再来和自己歪缠，不如先离开他家，再作道理。将房里的金银器皿，珍珠首饰，打了一包，穿上七条裙子，扮着小老妈，买通丫鬟，五更时分，后门走出。想着若回常州，恐惹故乡人家耻笑，不如径去南京大地方见识见识。

到了南京，住在利涉桥，挂起一个招牌，写着："毗陵女士沈琼枝，精工刺绣，写扇作诗。寓王府塘手帕巷内。赐顾者请认'毗陵沈'招牌便是。"

杜少卿在庄征君处，遇见了表叔庄濯江和他的儿子庄非熊，还有卢信侯。庄濯江就是庄征君的侄儿，也是个奇人，四十年前在泗州和人合本开典当铺，那合伙的人穷了，他就把自己经营的两万金和典当拱手相让。自己一肩行李，跨一头驴子，十数年来，往来楚越，转徙经营，又赚得数万金，才买了产业，独力替他尊人治丧，不要同胞兄弟出一个钱。老朋友死无所归，他就出钱殡葬。他又是庄征君父亲的学生，遵守师训，最是敬重文人。现在南京，拿着三四千银子，在鸡鸣山修曹武惠王庙。

沈琼枝自来南京，挂了招牌，也有来求诗的，也有来买斗方④的，也有来托刺绣的。一些好事的恶少，纷纷传闻，前来物色。这一日是七月二十九清凉山地藏王佛事胜会，南京满城大摆香花灯烛，沈琼枝烧香回来，后面跟着百十多个男人，恶少们跟着调戏，她就怒骂。被庄非熊看见，来告诉杜少卿。

杜少卿偕同武书一齐来访沈琼枝，沈琼枝看见两人气概不同，连忙接着，拜了万福⑤，坐下介绍。

沈琼枝道："我在南京半年多，凡到我这里来的，不是把我当作倚门之娼，就是疑我为江湖之盗。今见二位先生，既无狎玩我的意思，又无疑猜我的心肠。我平日听见家父说：'南京名士甚多，只有杜少卿先生是个豪杰。'这句话不错了，但不知夫人是否也在南京？"

杜少卿道："拙荆⑥也同寄居在河房内。"

沈琼枝道："我就到府去拜谒夫人，好将心事细说。"

沈琼枝来到杜府，在杜娘子面前双膝跪下，娘子大惊扶起。

257

沈琼枝便把盐商骗她作妾，她拐了东西逃出来的事说了一遍，但恐盐商那边追踪而至，请杜家夫妇赐以援手，杜少卿慨然应允。

果然差人来捕，杜少卿检出自刻的诗集，又封了程仪四两银子，武书写诗一首，都拿来赠予沈琼枝。带到县里，知县看她容貌不差，问她为何偷窃宋家银两潜踪来此。沈琼枝道："宋为富强占良人为妾，我父亲告了他，他竟买通知县，把我父的状子判输了，这是我不共戴天之仇。况且我虽不才，也颇知文墨，怎肯嫁与市侩⑦作妾，故此逃了出来……"

知县以堂下槐树为题，试她才情，沈琼枝不慌不忙，吟出一首七言八句的律诗来，又快又好。知县叫原差到她下处取了行李来，当堂查点，看到杜少卿所赠的诗集，程仪、武书所题，知她也和本地名士唱和。签了批，备文吩咐原差将沈琼枝押回江都县。

这位知县与江都知县是同年相好，另外写了一封信，装入公文之内，托他开释此女，判还她的父亲沈大年，另行择婿婚配。一场才女的坎坷，总算能有差强人意的了结。

(二) 汤家的三个汤包

沈琼枝被押回扬州，船上另有两个妓女——细姑娘和顺姑娘——被一个汉子送到仪征。送到开妓院的王义安处。一进妓院，王义安吩咐两个粉头参见汤六老爷，看那六老爷时，头戴一顶破头巾，身穿一件油透的元色绸袍，脚底一双旧尖头靴，一副大黑麻脸，两只溜骨碌眼睛。洗手之际，自己把两只袖子只管往上勒，文不像文，武不像武。两个粉头过来奉承，六老爷把两个姑娘拉着，一边一个，同在板凳上坐着，拿一双黑油油的肥腿来搭在细姑娘腿上，把细姑娘雪白的手拿过来摸他的黑腿。吃过茶，拿出一袋槟榔来乱嚼，渣滓淌出满胡满嘴，左右擦傀，都擦在两个姑娘的脸上，姑娘们拿汗巾来揩，他又夺过去擦胳肢窝。

王义安问边有没有什么消息，六老爷道："怎么没有？前天还打发人来，在南京做了二十首大红缎子绣龙旗，一首大黄缎子坐纛（dào）⑧。这一个月就要进京，到九月霜降时祭旗，万岁爷做大将军，我家大老爷做副将军，两人并排在一条毯上站着磕头。磕过了头，就做总督。"

有嫖客来会细姑娘，六老爷也不在乎，叫那嫖客出钱买酒菜来同吃，猜拳闹酒，六老爷哑着喉咙唱曲，叫细姑娘唱，细姑娘只是笑，不肯唱。六老爷道："我这脸是帘子做的，要卷上去就卷上去，要放下来就放下来……"吓得细姑娘只得唱了几句。巡街的王把总进来，见六老爷在座，不便打官腔，一同坐下吃酒。

次日六老爷在妓院摆酒，替汤府两位公子饯行，往南京去应考。六老爷给的银子不够，妓院主人王义安忙说酒席情愿效劳。下午时分六老爷同大爷、二爷来，头戴恩荫巾，一个穿大红洒线袍，一个穿藕褐洒线袍，脚下粉底皂靴，带着四个小厮，大白天提着两对灯笼，一对上写"都督府"，一对上写"南京乡试"。

席间汤大爷谈科场的事，说贡院前先放三炮开栅栏，又放三炮开大门，再放三炮开龙门。公堂摆香案，应天府尹行礼，站起来用两把遮阳遮脸，布政司书办跪请三界伏魔大帝关圣帝君进场镇压，请周将军进场巡场，放开遮阳，大人又行了礼。布政司书办跪请七曲文昌开化梓潼帝君⑨进场来主试，请魁星老爷进场来放光。请过了文昌，大人朝上打恭，书办跪请各举子的功德父母。说到这里，六老爷问什么是功德父母？

二爷道："功德父母是人家中过进士做过官的祖宗，方才请了进来。若是那考老了的秀才和百姓，请他进来做什么？"大爷又说每号门前有红旗黑旗，红旗下是给下场人的恩鬼蹲的，黑旗下是给下场的怨鬼蹲的。

六老爷道："像我们大老爷在边疆，积了多少功德，活了多少人命，大爷、二爷的恩鬼，只怕多得红旗下蹲不下！"大爷说了个场里怨鬼妓女报怨的事，害得那人卷子染墨，科举不成，又害大病。

两个姑娘听了拍手答道："大老爷作践姑娘，他若进场，我两个就是他的怨鬼。"笑闹一场，六老爷哑着喉唱小曲，大爷、二爷拍着腿也唱。

大爷、二爷在船上猜题，大爷道："去年老人家在贵州征服了一洞苗子，一定是这题。"二爷道："贵州的事就要在贵州科场出。"大爷道："如果不是此题，那就只有求贤，免钱粮两题了。"到了南京，催家人准备考场用品：方巾、考篮、铜铫、号顶、门帘、火炉、烛台、烛剪、卷袋。又料理场中食物：月饼、蜜橙糕、莲米、龙眼肉、人参、炒米、酱瓜、生姜、板鸭。进场归号，考了出来，都累倒了，每人吃了一只鸭子，睡了一天。

鲍廷玺带了戏班来演戏叩贺。大爷、二爷又同他去访葛来官，大爷留在葛来官处喝酒吃螃蟹，没想到邻居外科周先生恼怒葛来官家的大脚三⑩，不该把螃蟹壳倒在他家门口，大骂葛来官。正在吵闹，汤府管家来报，二爷和鲍廷玺在东花园鹭峰寺遇着流氓，把衣服都剥了，姓鲍的溜了，二爷被人关了起来。汤大爷急忙赶去相救，救出二爷，对方看大爷雄壮，又打着"都督府"的灯笼，不敢招惹，各自散去。过了二十多天发榜，弟兄两个都没中，足足气了七八天，领出落卷来，汤由大爷三本，汤实二爷三本，文上都看不到一个红圈，两弟兄大骂考官不通。

（三）立功将军连降三级

贵州镇远府汤镇台处来函，说是生苗近日有蠢动迹象，叫两个儿子速来镇署。大爷、二爷启程，六老爷来送行，说道："听说我们老爷出兵征剿苗子，苗子平定，明年朝廷必定开科，大爷、二爷一齐中了，我们老爷封了侯，那一品的荫袭，料想大爷也不稀罕，就求大爷赏了我，等我戴了纱帽，细姑娘也好怕我三分。"大爷道："六哥！我挣一顶纱帽，单单去吓细姑娘，又不如把这纱帽赏与乌龟王义安了。"

六老爷带来一位藏歧，是杜少卿荐来的，一向在贵州做长随，贵州的山僻小路，他都认得。王汉策奉了东家万雪斋之命来见，托大爷、二爷在路上照应船盐，结果在江上盐船被抢，大爷、二爷叫朝奉向地方官衙告状。地方官彭泽县令反说不是抢劫，是押船的家人偷卖盐斤，将舵工等人恶打一番，亏得朝奉托人到汤少爷船上求情，汤大爷拿帖子来说，知县才装模作样放了人。

到了贵州镇远府，太守雷骥正与汤镇台商议，生员冯君瑞被金狗洞苗酋别庄燕捉去，勒索五百两赎金。雷太守主张由土司去苗洞晓谕，汤镇台主张用兵。意见不一，禀明上司，过了几日，总督批示下来："仰该镇带领兵马，剿灭逆苗，以彰法纪。"

汤镇台接到批禀，即刻把府里兵房书办叫来，给他五十两大银一锭，叫他在府里知会文中把"带领兵马"写作"多带兵马"。书办果然照办。汤镇台调动兵马。估计逆苗巢穴，正在野羊塘，必须出奇制胜。幸得藏歧认得一条小路，从香炉崖爬过山去，走铁溪里抄到苗洞后面。那苗酋正在苗洞饮酒作乐，冯君瑞本是一个奸棍，娶了苗女为妻，翁婿两个，万想不到天朝兵马突至，措手不及，苗兵死伤过半，苗酋同冯君瑞从小路逃去别的苗洞。汤总镇会合各军，野羊塘扎下营盘，估计苗酋夜晚会来劫营，吩咐准备。到晚上苗酋果然带领了竖眼洞的苗兵前来，扑了一空，中伏大败。

汤总镇大胜，回到镇远府，雷太守恭喜，问起苗酋别庄燕与冯君瑞的下落，汤镇台疏忽，未将贼首擒得，心里难免不安。捷报上去，总督批示下来，果然是专问别庄燕、冯君瑞两名要犯："务须刻期拿获解院，以凭奏报朝廷。"汤镇台无计可施，幸得藏歧自称识生苗路径，请求前去打探。

臧歧去了八九日，回来禀报，探得苗酋与冯君瑞现在白虫洞。设下一计，因为镇远府有个风俗，说正月十八日，铁溪龙神嫁妹，那妹子生得丑陋，怕人看见，龙神派遣虾兵蟹将送嫁。这一天人家都要关门不许外出张看，若是违了神意，就有疾风暴雨，平地水深三尺，淹死人民无数。镇远府这一风俗相传已久，此时苗酋等计划利用，将在这一日，扮着鬼怪，混入镇远都督衙门来打劫报仇。

汤镇台将计就计，预作布置，吩咐家丁装扮鬼怪，埋伏等待，果然别庄燕、冯君瑞中计，落网被擒。解到府里，雷太守请出王命、尚方剑[①]，将别庄燕和冯君瑞枭首示众。

报捷本章，送进京去，结果奉到上谕："汤奏办理金狗洞匪苗一案，率意轻进，靡费钱粮，则降三级调用，以为好事贪功者戒，钦此！"汤镇台看看抄报，长叹一声。不久部文到了，新官到任，交代了之后，汤镇台带着两位公子，收拾打点回家。

回到仪征，六老爷一直迎到黄泥滩来，见面请了安，说说家乡的事。汤镇台见他油嘴油舌，恼了道："我出门三十多年，你也长大成人，怎么学出这样的一副下流气质！"见他开口就是"禀老爷"，汤镇台怒道："你这下流，胡说！我是你叔父，你怎么不叫叔父，称呼老爷？"讲到两位公子身上，又见六老爷一直叫"大爷""二爷"，汤镇台更是大怒，骂道："你这匪类！更该死了！你的两个兄弟，你不教训照顾他们，怎么反叫他们做什么大爷、二爷！成何体统！"把个六老爷骂得垂头丧气。

汤镇台自此，不去城里，不会官府，只在家中读书教子，过了三四个月，看公子们作的文章实在不行，想着要请个老师来教导。正好世侄萧柏泉来拜，看他美如冠玉，儒雅出众，说话伶俐，十分喜欢，萧柏泉知道世叔要请先生，介绍河县的一位明经先生，姓余名特，字有达，举业实在是好。汤镇台听了大喜，写了聘书，就命大公子同萧柏泉一齐去请。

萧柏泉叫汤大爷写个"晚生"帖子，将来余先生坐馆之后，再换门生帖。汤大爷道："半师半友，只好写个'同学晚弟'吧！"萧柏泉拗他不过，只得拿了帖子，同着去见。

见到余有达先生，把来意说了，余有达笑道："老先生二位公子高才，我老拙无能，岂能胜任？容我斟酌之后，再行奉复。"

次日余有达来萧柏泉处回拜，说是不能从命，问他缘故，余有达笑道："他既然要拜我为师，怎么用'晚弟'的帖子拜我？可见没有求教之诚……"萧柏泉不能勉强，只得回复汤镇台，另请别人去了。

（四）余大先生和余二先生

余有达的同胞兄弟叫余持，字有重，也是五河县的饱学秀才。这五河县人极是势利，巴结一家中过几个进士，选过两个翰林的彭家，还有一家徽州人姓方的，在五河开典当做盐行生意的。流行的话是："非方不亲，非彭不友。"只有余家兄弟，守着祖宗家训，闭户读书，和方家不是亲，和彭家不是友，所以亲友们虽不敢轻视他们，却也不知道敬重他们。

余二先生去凤阳应考凤阳八属儒学生员，结果考在一等第二名。余大先生去无为州，州尊十分念旧，明示有一桩案，如大先生说情，州尊就准，事后那人家可以出四百两银子，三个人分，大先生可以分得一百三十多两。大先生去会那人，那人姓风名影，竟是一件人命牵连的事，大先生为他说情，州尊准了，出来兑了银子，收拾返家，路过南京，顺道去看表弟杜少卿。杜少卿备酒接待，约武书来作陪。

席上谈起余大先生要寻地葬父母，谈起风水之说，五河县人最重此道，找到风水好的地方，就把父母的坟墓迁葬。杜少卿与武书两个大大反对，杜少卿道："为这事，朝廷该立一个法，但凡人家要迁葬，叫他到有司衙门递呈纸，风水师立下甘结——棺材上有几尺水，几斗几升蚁，开了如果不对，带个刽子手，一刀把风水师的狗头砍下来。那迁坟的就依子孙谋杀祖父的律，凌迟处死，如此，这种歪风或者可以少见。"

住了几天，五河县余二先生托人带信来，叮咛大先生千万不可返家。原来是大先生在无为州收贿私和人命的事犯了，知州已经被参，公文上写错了，不是余特，而是余持，二先生挺身而出，上县去理论。朋友唐三痰劝他去找彭府三老爷说情，他不去，妻舅赵麟书劝他莫要代兄受过，他也不肯。幸好无为州的事，时间正是二先生在凤阳考试的时候，显然无法分身，不是一人，县里备文回复，恐是外乡光棍，顶名冒姓所为，文书回了去，那边不再来提，一件弥天大祸，总算是糊弄过去了。

余大先生返家，商议要葬父母，嫡堂兄弟余敷、余殷两个请客，话题还是离不开彭家方家。余殷道："彭老四点了主考了，听说前日辞朝的时候，他一句话回得不好，皇帝把他拍了一下！"

余人先生笑说，皇帝绝无拍臣子身了的事，余殷还红着脸辩说，彭老四现是翰林院大学士，离皇帝近，拍他也是可能的。谈起风水，余殷、余敷两个大吹法螺⑫，说了好多灵验之事。大先生与二先生商议，找到风水师张云峰，说明不必讲什么发富发贵，只要地下干暖，无风无蚁就好。选地已定，还未安葬，那一夜对门突然失火，余家兄弟唯恐波及，急忙把父母灵柩抬到街上，火熄之后，依五河的风俗，灵柩抬出门，再抬进来，人家必穷，亲友都劝就此抬去山里，择日安葬。两兄弟商议：还是要依礼告庙⑬、备祭、辞灵，遍请亲友会葬，不可草率，宁肯穷死，也不愿违礼。此事哄传五河，都说余家弟兄是呆子，做出如此倒运之事。

余先生葬了父母之后，又到南京来，见着杜少卿、汤镇台，虞博士任满就要离去，大家在庄濯江家设筵相送，庄征君、汤镇台、杜少卿、余先生、萧云仙、迟衡山、武书都到了。送了虞博士之后，杜少卿十分怀念感伤。不久余二先生来信，表弟虞华轩家要请大先生去坐馆。大先生返乡就馆，虞华轩设筵招待，席上有唐三痰的哥哥唐二棒槌，是个文举人，问大先生说，他有一个侄儿，与他一同中举，同榜同门，日前来拜，用的是"门年愚侄"的帖子，如今唐二棒槌要去回拜，可否用"门年愚叔"的帖，余大先生面斥人生在世，祖父当然要比科名要紧，叔侄之亲，怎能说同年同门，如此得罪名教，绝不可行。

那虞华轩也是个非同小可之人，瞧不起五河县人势利，奉承彭府方府，故意作弄些势利小人。县里的元武庙破旧，虞华轩出钱修缮，节孝入祠时，方家气焰万丈，合城的人无不趋炎附势，只有余、虞两家，还能保持读书人的本色风度。只是叹息着五河县没有像虞博士那样的学者教导，以至于礼义廉耻，一总都灭绝了。

（五）王三姑娘之死

余大先生选了徽州府学训导，上任之后，年纪已花甲的老秀才王玉辉来拜，谈起志向，要纂三部书，嘉惠后学：第一部是礼书，将三礼分类，如事亲之礼、敬长之礼……经文之下将诸经子史的话印证，教子弟自幼学习。第二部是字书，是为七年识字之法。第三部是乡约书，是以仪制教导愚民的。余大先生和余二先生听了不胜钦佩，知他清寒，下乡回拜，送米一石、纹银一两。

王玉辉第三个女婿病死，王三姑娘候着丈夫入了殓，出来拜公婆和父亲，说道："父亲在上，我的大姐姐死了丈夫，在家累着父亲养活；而今我又死了丈夫，难道又要累寒士父亲养活不成！我如今辞别公婆、公亲，就要寻一条死路，跟着丈夫去了！"公婆两个，惊得泪如雨下，劝说日后自有公婆会养活她，不可寻此短见，三姑娘执意不连累公婆，定要殉夫，请求父亲接母亲来当面一别。王玉辉见女儿殉节之志真切，反劝亲家由着她去做，向女儿道："我儿，既如此，这是青史上留名的事，我难道反来拦阻你？你就这样做吧，我这就回去叫你母亲来和你作别。"

王玉辉回来，把这话向老孺人说了，老孺人道："你真是书呆子老糊涂，女儿要死，你就该劝她，怎么能反而赞成她死，这是什么话？"

王玉辉道："这样的事，你这妇道人家是不晓得的。"

老孺人痛哭流涕，连忙叫了轿子，去亲家处劝女儿去了。王玉辉在家看书写字，候女儿的消息。老孺人劝女儿，哪里劝得动。王三姑娘每日照样梳洗，陪母亲坐，只是绝食不吃，母亲、婆婆，千方百计劝着无效，饿到第六天，不能起床。母亲看了，伤心惨目，痛入心脾，病倒了抬回家来。

又过了三天，三更时分，几个火把，几个人来打门，报道："三姑娘饿了八日，在今日午时去世了！"

老孺人听了，哭死过去，灌醒回来。王玉辉走来床前，说道："你这老人家真是个呆子！三女儿她如今已是成仙去了，你哭她做什么。她这死得好，只怕我将来不能像她，有这么一个好题目死哩！"仰天大笑道："死得好！死得好！"大笑着，走出房门去了。

次日余大先生得知，大惊惨然，立即去灵前拜奠，同衙立即备文请旌烈妇。学里的人，见老师如此隆重，也就都来祭奠。过了两个月，上司批文下来，王三姑娘神主进祠，门首建贞节牌坊。入祠那日，余大先生邀请知县，摆齐执事，送烈女神主入祠，阖县绅衿，公服步行相送。祭了一天，明伦堂摆席，要请王玉辉来上坐，说他生的这样的好女儿，为伦纪生色。王玉辉到了这时候，反觉得心里悲伤，辞了不肯来。

在家日日看着老妻为亡女悲恸，心下不忍，想着去南京走走。来辞余大先生和余二先生，大先生写了几封信，介绍王玉辉去见杜少卿、庄征君、迟衡山、武正字等人。王玉辉走水路乘船，一路看着水色山光，悲悼女儿，凄凄惶惶。

来到苏州，去游虎丘。看到游船上，不挂帘子，妇女们都穿着鲜艳衣服，在船里坐着吃酒，王玉辉认为风俗不好，心下不以为然。又看到船上一个少年穿白的妇人，禁不住又想起了女儿，心头哽咽，那热泪直滚了出来。

去邓尉山拜访老友，谁知老友已经亡故，灵前哭拜，更觉悲伤。到了南京，拿着书信访问名人，谁知因虞博士已任满离开南京，选在浙江做官，杜少卿寻他去了；庄征君回故乡去修祖坟；迟衡山、武正字，都到远处教书去了，一个也没遇着。

王玉辉住在牛公庵里，每日看书，过了一个多月，盘费用尽，上街闲走，幸好遇见了邓质夫，他的父亲是王玉辉同案进学的，所以称王玉辉作老伯。这邓家也有一番故事，当年邓质夫的母亲守节，邻家失火，邓母对天祝告，竟然奇迹出现，反风灭火，传闻远近……如今王家也出了个烈女，节烈前后辉映。两人谈着，不胜悲伤怀念。

邓质夫带王玉辉去看泰伯祠，物是人非，昔日的那些贤人君子，都已风消云散。知道王玉辉盘费用尽，邓质夫取出十两银子相赠，雇轿送他回徽州去。王玉辉留下了自己所纂的书，托邓质夫转交给武正字。

【注释】

① 低三下四：地位低微，或低声下气。

② 衣冠中人：士大夫，缙绅。

③ 刁健讼棍：刁顽，喜欢打官司的恶棍。

④ 斗方：一尺左右的书画。

⑤ 万福：妇人裙衩行礼时多称万福。

⑥ 拙荆：向人称自己的妻子。

⑦ 市侩：唯利是图的商人。

⑧ 纛：军营里的大旗。

⑨ 七曲文昌开化梓潼帝君：神名，掌文昌府事，司人间禄籍。

⑩ 大脚三：南京话，指大脚妇人。

⑪ 尚方剑：皇帝用的剑。

⑫ 大吹法螺：夸张吹牛。

⑬ 告庙：告于祖庙。

【批评分析】

（一）盐商一年娶七八个姜，豪奢恶劣可惊。江都县官府前后矛盾，准了沈大年的状，收贿之后立判沈大年败诉，显示吏治腐败的严重。沈琼枝的学识言行，为当时重男轻女的社会表现了革命意识，正也代表了作者男女平等观念的更新与进步。庄濯江的义行，虽然记述笔墨不多，也可以看出其人格的高尚。

（二）汤六爷的胡乱吹牛，奉承两位兄弟，汤大爷、汤二爷的浅薄，都是活宝型的人物，丑陋可笑可鄙。

（三）盐船被劫，彭泽县知县不去缉凶，反而推求朝奉船家，昏聩卸责的官吏，不能保民，反而害民，吏治如此，可恨可叹。汤镇台建功不赏，连降三级，又是萧云仙式抑悒委屈的再版。如此不公，坐使贤良屈沉，庸劣反能扶摇直上，失去了人才。政治哪能革新？国家哪能兴盛？汤大爷拜老师竟用"同学晚弟"的帖子，不知礼数，不通已极，朽木不可雕也，难怪余大先生不肯做他家的老师。

（四）五河县人奉承彭、方两家，为谋发达，讲究风水，迁葬父母坟墓，奉承势利可耻，迁葬更是荒谬卑劣。余大先生在无为州私和人命得银，明知故犯，读书人的名节有亏。余二先生代兄受过；杜少卿反对风水迁葬；余氏兄弟家遭火灾，不顾忌讳而葬埋父母，坚持着要依礼行事。三件事都是旧时读书人高尚人格的表现。余殷信口开河，竟说皇帝拍了彭老四一下，幼稚可笑。唐二棒槌不重祖父，而重同年同门，连伦常都不顾，难怪余大先生要面斥反对。虞华轩不肯阿附富贵，在五河县中，是为出淤泥而不染的可贵之士。

（五）冬烘的王玉辉，只想青史留名，为伦纪生色，竟然鼓励女儿自杀，甚至想到自己以后还不得如此好题目去死，可见被曲解了的礼教，泯灭人道天性，恶劣的习俗，足能杀人。书呆子中毒已深，不可自拔，等到觉得凄惶，人死不能复生，悔恨已是太迟。虞博士任满离开南京，以后屈沉于州县小官，虽然他胸怀恬淡，但仍不免精神流离的痛苦。

十五、侠客行

（一）凤四老爹

南京名士武书（正字），那一天被高翰林家请去，高家的客人还有施御史，高府的亲家秦中书、迟衡山。主人叫管家快去催另一位客人万中书，对施御史道："这万敝友是浙江一个最有用的人，一笔的好字。二十年前在扬州会着，他与我都是秀才。自从学生进京后，彼此就疏失了。前日他从京师回来，说已序班授了中书。"说着，万中书到了，拜揖叙坐，迟衡山从万中书口里得知处州的马纯上马二先生，已被学道保题了优行①，上京去了。

施御史在旁道："这些异路功名②，弄来弄去，始终有限。有操守的，到底要从科甲出身。"迟衡山因马二先生这么多年，还是个秀才出身，大叹"举业"无凭。

高翰林道："迟先生，你这话就差了。我朝二百年来，只有这一桩事是丝毫不会走样的，马纯上讲举业，其实此中奥妙，他全然不知，他就是做三百年秀才，考二百个案首，进了大场③，也还是没用的。"

武正字道："难道大场里和学道④是两样看法不成？"高翰林道："怎么不是两样！凡学道考得起的，是大场里再也不会中的，所以小弟未曾侥幸之先，一心只去揣摩大场。学道那里，时常考个三等也罢了！"

万中书道："老先生的大作，敝省的人个个都揣摩烂了。"

高翰林道："老先生，'揣摩'二字，就是这举业的金针了。小弟乡试的那三篇拙作，没有一句话杜撰的，字字都有来历，所以才得中举。若是不知道揣摩，就是圣人也是不中的。那马先生讲了半生的举业，不知揣摩，都是些不中的举业。"

万中书说起，在扬州看到马二先生注的《春秋》，倒是甚有条理。高翰林道："再也莫提这话，敝处有一位庄先生，他是朝廷征召过的，而今在家闭门注《易经》。前日有个朋友和他在一起，听见他说：'马纯上知进而不知退，真是一条小小的亢龙。'无论那马先生能不能比作亢龙，只把一个现活着的秀才拿来解圣人的经书，这也就是可笑至极了。"

武正字忍不住反对，列举当初文王、周公也曾引用微子、箕子，孔子引用颜子，那时这些人也都是活的，可见活人的言行并不见得就不能引用。

高翰林道："足见先生博学。小弟专精的是《毛诗》，不是《周易》，所以未曾考核得清。"

武正字道："提起'毛诗'两字，越发可笑了。近来这些做

273

举业的，守着朱注，越讲越不明白。四五年前，天长杜少卿先生纂了一部《诗说》，引了些汉儒们的说法，朋友们就都当作新闻。可见'学问'两字，如今是不必讲的了！"

迟衡山道："这些话都太偏了，依小弟看来：讲学问的只讲学问，不必问功名；讲功名的只讲功名，不必问学问。若是两样都要讲，弄到后来，一样也做不成！"

当天在高翰林家吃了酒，第二天是秦中书请客，武正字与迟衡山两个，因觉得这些人气味不甚相合，推辞了没来。高翰林、施御史、万中书都到了。正谈之间，忽听秦府左边房里有人高声叫道："妙！妙！"问时，管家禀告，是二老爷的朋友凤四老爹。秦中书叫请出来。只见一个四十多岁的大汉，两眼圆睁，双眉直竖；一部极长的乌须，垂过了胸膛；头戴一顶力士巾，身穿一领元色缎紧绸袍；脚上一双尖头靴，腰束丝鸾绦，肘下挂着小刀，走来厅中，作了一个圈揖。

秦中书向大家介绍道："这位凤长兄，是敝处一个极有义气的人，手底下实在有些讲究，一部《易筋经》⑤记得烂熟。他若是攒一个劲，几千斤石块打落他头上身上，他也丝毫不觉得什么。舍弟现就在跟着学他的技艺。"问凤四老爹为何说妙？凤四老爹道："是你令弟，令弟才说人的力气到底是生来的，我就教他提了一段气，叫人拿棒槌打，越打越不疼，他一时欢喜起来，连说妙、妙！"

秦家请客，饭毕演戏，客人们都点了戏，戏子们装扮起来。只见那贴旦装了一个红娘，一扭一捏，走上场来。红娘才唱得一声，忽听大门口一棒锣响，好几个红黑帽子吆喝了进来。众人都在疑惑：《请宴》一戏里从没有这般作法……只见管家奔进，说不出话来。一个官员走上厅来，后面跟着二十多个快手，当先的两个，走到上面，把万中书一手揪住，一条铁链套到颈上，就拖了出去。

（二）假中书变成真中书

这一来，吓得施御史、高翰林、秦中书，面面相觑，摸不着头脑。还是凤四老爹有见识，提醒众人，赶快差人去县里打听。抄出一张牌票来看，上面写着：万里即是万青云，是台州府已革生员，又是已参革台州总兵苗而秀案内的要犯。看了还是不明就里。凤四老爹亲去县里打听，县里已派了长差赵升，连同台州府的两位差人，将万中书以原官服色押回台州，并在文书上注明。

凤四老爹把事揽下，带着三个差人和万中书到自己家里，对差人道："你们三位都是眼亮的，不必多话了，你们都在我这里住着。万老爹是我的朋友，这场官司，我是要同了去的，我不会难为你们的！"三个差人都说："凤四老爹吩咐，那还有什么话说，只求老爹办快一些！"

凤四老爹把万中书拉到书房坐着，问道："万先生，你的这件事，不妨实在对我说了，就有天大的事，我也可以帮衬你。若是你说含糊话，那就罢了。"

万中书道："我看老爹这个举动，自是个真豪杰。真人面前不说假话：不瞒老爹说，我其实是个秀才，不是个中书。只因家计艰难，没奈何出来混，要说是个秀才，只好喝西北风；说是个中书，那些商家、乡绅、财主们才肯有些照应。想不到今日被江宁县的方知县把服色、官职写在批文上，将来解回台州，牵连的苗总兵钦案都还不打紧，倒是这假冒官员的官司吃不起。"

凤四老爹沉吟了一刻道："万先生，如果你是个真官回台州，这场官司能不能赢？"万中书道："我同苗总兵只是一面之交，又不曾有什么过赃犯法的事，只要台州府不知假官的事，那就不要紧！"凤四老爹道："你且住着，我自有道理。"

来到秦中书家，秦中书急问事情如何，凤四老爹道："你还问哩！'闭门家中坐，祸从天上来！'你还不晓得哩！"秦中书忙问为何，凤四老爹吓他，说是官司够他打半辈子的，秦中书越发吓得面如土色。

凤四老爹这才说出，万中书是个冒牌的官："如今一场钦案官司，把一个假官从尊府拿去，那浙江巡抚本上也不要特别指名，只稍带一笔，老先生的事，只怕也就是'滚水泼老鼠'了！"

秦中书问凤四老爹该怎么办？凤四老爹道："没有别的办法，他的官司不输，你的身家不破。"

秦中书道："怎么叫他的官司不输？"

凤四老爹道："假官输，真官就不输！"一言提醒了秦中书，连忙约了高翰林来，商议着由秦中书拿出一千二百两银子，由高翰林托施御史，连夜打发人进京，替万中书办个保举的真中书。

276

凤四老爹回到家里，只见万中书正在望着。凤四老爹道："恭喜！如今是真的中书了！"将经过说了。万中书不觉倒身下去，向凤四老爹一连磕了二三十个头。凤四老爹拉了再拉，方才起来。

（三）侠客痛惩仙人跳

凤四老爹替万中书办了个真中书，又自己带着行李，同三个差人，送万中书去台州审官司。先到苏州，上了一艘去杭州的船，很大，凤四老爹一伙五人包了一个中舱、一个房舱，前舱是另一个收丝的客人，二十来岁，生得清秀。船行了一天，到晚在一处小小村落旁泊了。下水头又来一只小船，就泊在大船旁。晚烟渐散，水光里月色渐明，万中书、凤四老爹同那丝客人在船里，推开窗子，凭舷看月。旁边那小船靠拢来，前面撑篙的是个四十来岁的瘦汉，后面火舱里，是个十八九岁的妇人在掌着舵。

次日开船，凤四老爹吩咐万中书，审理之时，不管问的是什么情节，都只说是家中住的一个游客凤鸣岐做的。正说着，只见那丝客人在前舱里哭，细问方知，昨晚等到大家都睡了，这丝客人还倚着船窗盼那小船上的妇人，那妇人站出舱来，望着丝客人笑；船靠得近，丝客人轻轻捏了她一把，那妇人便笑嘻嘻从窗子里爬了过来，成了好事。等丝客人熟睡，那妇人竟把他行李里四封银子——二百两——一齐带走。早上开船，丝客人还是情思昏昏的。到了此刻才发现被偷。真是"哑子梦见妈，说不出来的苦！"

凤四老爹听了，沉吟片刻，叫船家摇回去找，找到黄昏时分，只见一株老椰树下，系着那只小船。凤四老爹叫泊近一些，也泊在一株枯柳树下，吩咐众人，莫要声张。自己上岸来闲步，走到小船面前，果然是昨天的妇人和那瘦汉子，在中舱里说话。凤四老爹徘徊了一会回船，只见那小船也移到这边来泊，那瘦子不见了。妇人穿着白衫黑裙，独自一个，在船窗边坐着赏月。凤四老爹假意挑逗，跨过小船来抱那妇人，那妇人假意推来推去，却不作声。

　　凤四老爹把她一把抱起来，放在膝上。那妇人也就不动，倒在凤四老爹怀里。凤四老爹道："你船上没人，今夜陪我宿一宵，也是前世有缘。"

　　那妇人道："我们在船上住家，是从来不混账的；今晚没人，遇着你这个冤家，叫我也没法子了。只在这边，我不到你船上去。"

　　凤四老爹道："我行李里有东西，在你这边我不放心。"把那妇人轻轻一提，提了过来。

　　这时大船上人都睡了，中舱里点着一盏灯，铺着一副行李。凤四老爹把妇人放在被上，那妇人就连忙脱了衣裳，钻进被里。等了一会，不见凤四老爹解衣，却听见轧轧橹声，船在启行，妇人要抬起头来看，却被凤四老爹一腿压住。妇人急了道："你放我回去吧！"

　　凤四老爹道："呆妮子，你是骗钱，我是骗人，一样的骗，你嚷什么？"

那妇人这才晓得是上当了，只得哀告道："你放了我，任凭什么东西，我都还你就是！"

凤四老爹停了船，叫丝客人包了妇人通身上下衣裳，走回十多里去找到她的丈夫，取出被偷的四封银子，才将妇人还他。丝客人拿了一封银子，五十两，来谢凤四老爹。凤四老爹沉吟了一刻，竟收了，随即分作三份，送与三个差人，差人谢了收下。

（四）大堂上的表演

到了台州，万中书照旧穿了七品公服，戴纱帽，着靴，只是颈里系着链子，府差缴了牌票，台州府祁太爷坐堂，一见犯人纱帽圆领，先吃一惊；又看了批文上有"遵例保举中书"字样，又吃一惊，抬头看那万里，直立着未曾跪下，就问："你的中书，是什么时候得的？"万中书道："是本年正月。"祁太爷道："何以不见知照？"中书道："由阁咨部，由部咨本省巡抚，也须一些时日，想来眼下也就该要到了。"

祁太爷道："你这中书，早晚也要革的了。"万中书道："中书自去年进京，今年回到南京，并无犯法的事。请问太公祖，隔省差拿，是何缘故？"祁太爷道："那苗总兵疏失海防，被抚台参拿了，衙门里搜出你的诗笺，上面一派阿谀⑥的话，想是你被他买通了作的，现有赃款，你还不知道吗？"

万中书道："这是冤枉，中书在家时并未会过苗镇台一面，怎

279

会有诗送他？"

祁太爷道："本府亲自看过，那些诗后面还有你的名姓印章。现今抚院大人巡海，驻扎本府，等着要题结这一案，你还能赖吗？"

万中书道："中书虽然忝列宫墙，诗却是不会作的。家中住着一个名叫凤鸣歧的客人，上年刻了大大小小几方印章送中书，就放在书房里，就是作诗，也是他会作，恐怕是他假冒中书之名，也未可知！"

祁太爷立拿凤鸣歧，上堂问话，问他与苗总兵是否相与？他说并不认得苗总兵。又问他为何冒万里之名，作诗用印赠予苗总兵？

凤四老爹道："不但我生平不会作诗，就是作诗送人，也不能就算是犯法的事。"祁太爷道："这厮强辩！"叫"取过大刑来！"

堂上堂下衙役，吆喝一声，把夹棍向堂上一掼。两个人扳翻了凤四老爹，把他两只腿套在夹棍里。祁太爷道："替我用力地夹！"那扯绳子的皂隶，用力把绳一收，只听咔嚓一声，那夹棍迸为六段。

祁太爷道："这厮莫不是有邪术？"随叫换了新夹棍，朱标一条封条，用了印，贴在夹棍上，重新再夹。哪知道绳子还没扯，又是一声响，那夹棍又断了。一连换了三副夹棍，足足进作了十八截，在大堂上散了一地。凤四老爹只是笑，并无一句口供。祁太爷只得退了堂，犯人寄监，亲自上公馆面禀抚军。那抚军听了，知道凤鸣歧是有名的壮士，其中必有缘故。况且苗总兵已死在狱中，万里保举中书的知照，又已到院，此事已无关紧要了，吩咐祁知府从宽办结，竟将万里、凤鸣歧都释放了。一场焰腾腾的官司，就这样被凤四老爹一瓢冷水浇熄。

万中书同凤四老爹回到家中，念不绝口地说道："老爹真是我的重生父母，叫我如何得报？"

凤四老爹大笑道："我与先生既非旧交，向日又不曾受过你的恩惠，这不过是我一时偶然高兴。你若认真感激起我来，那倒是个鄙夫之见了。我今要往杭州去寻一个朋友，就在明日便行。"

万中书再三挽留不住，次日，凤四老爹果然别了万中书，不曾受他杯水之谢。

（五）抱不平英雄代讨债

凤四老爹来到杭州，想起有朋友陈正公，向日欠着自己几十两银子，正好找着他要了作盘缠回去。来到钱塘门外，遇见了秦中书的老弟秦二侉子，也已来到杭州，介绍认识胡尚书的八公子胡八乱子，两个人都爱武艺，对凤四老爹极为倾慕。

秦二侉子寓在伍相国祠后面楼下，凤四老爹进来，看到壁上的一幅字，指着向二位道："这个洪憨仙和我相与，他初时也爱学武艺，后来不知怎的好弄玄虚，烧丹炼汞，不知如今怎样了？"

胡八乱子道："说起来竟是一场笑话。三家兄几乎上了此人一个大当。那年勾着处州的马纯上，怂恿家兄炼丹。银子都已封好，还亏家兄运高，这洪憨仙突然死了……"

谈起胡三公子，胡八乱子道："家兄为人，与小弟性格不同，惯喜结交一班不三不四的人，作歪诗，自称名士，其实好酒好肉也不曾吃过一斤，倒整千整百的被人骗了去，眼也不眨一眨。小弟生性喜欢养几匹马，他就说糟蹋了他的院子。如今我已搬了出来，与他分开住了。"

听说凤四老爹要找陈正公，胡八乱子说陈正公现在不在家，同一个毛二胡子上南京卖丝去了，那毛二胡子也是胡三公子的旧门客。秦二侉子留凤四老爹在寓同住，一面由胡八乱子叫人捎信给陈正公，嘱咐回来杭州时与凤四老爹一会。

第二日到胡八乱子家，见着了几位客，都是胡老八平日里相与驰马试剑的朋友，今日特来请教凤四老爹的武艺。胡老八新买了一匹枣骝马⑦，带着众客看马，那马十分跳跃，不提防，马蹄一伸，把一位少年客的腿踢了一下，那少年痛得蹲下身去。胡八乱子看了大怒，走上前，一脚就把那马的马腿踢断。众人吃了一惊，秦二侉子赞道："好本事！"

当下摆酒上席，吃了个尽兴，秦二侉子请凤四老爹随便使一两件武艺给大家见识见识，凤四老爹叫人搬了八块方砖，放在阶沿上，右手袖子卷一卷，八块方砖，叠作一垛，足有四尺来高。凤四老爹用手一拍，只见那八块方砖碎成了几十块，一直到底。众人齐声赞叹。

秦二侉子道："我们凤四哥练就了这个手段，他的那本经上'握拳能碎虎脑，侧掌能断牛首'。这个还不算出奇。胡八哥，你方才踢马的腿劲也算是头等的了，你敢在凤四哥的肾囊上踢一下，我就服你！"众人都笑说："这个如何使得！"

凤四老爹道："八先生，你果然要试一试，这倒不妨，若是踢伤了我，只怪秦二老官，与你不相干。"众人都怂恿胡八乱子一试，胡八乱子便道："果然如此，我就得罪了。"凤四老爹把前襟提起，露出裤子来。胡八乱子使尽平生力气，飞起右脚，向他裆里一脚踢去。哪知这一脚不像是踢到肉上，好像踢到一块生铁板上，把五个脚指头几乎碰断，这一痛直痛到心里，顷刻之间，一只腿就提不起来了。靴子脱不下来，此后足足肿疼了七八天。

凤四老爹住在秦二侉子下处，每天打拳、跑马，倒不寂寞。这一天陈正公的侄儿陈虾子来找，说是要去南京接他叔父，凤四老爹托他捎个口信，关于陈正公以前挪借的五十两银子，得便请他算还。陈虾子来到南京，找到一家丝行，寻着陈正公。那陈正公正同毛二胡子在一桌上吃饭，见了侄子，安顿了住下。

这毛二胡子，先年在杭州开绒线铺，原有两千两银子的本钱……后来钻到胡三公子家做帮闲，又赚了他两千两银子，搬到嘉兴，开了小当铺，近来与陈正公合伙贩丝。两人都是一样的小气吝啬，因此志同道合。南京丝行供给丝客人的饮食丰盛，毛二胡子向陈正公道："这行主人供给我们顿顿有肉，这不是行主人的肉，就是我们自己的肉。左右会被他算了钱去，我们不如只吃他的素饭，荤菜自己买来吃，岂不是便宜？"陈正公道："正该如此。"以后吃饭用菜，叫陈虾子到熟切担上去买十四个钱的熏肠子，三个人同吃，熬得那陈虾子清水滴滴流。

一日，毛二胡子向陈正公道："胭脂巷一位中书秦老爷要上北京补官，整程一时不得应手，情愿七扣的短票借一千两银子，我想这是极稳的主子，又是三个月内必还。老哥买丝余下的银子，何不称出二百一十两借他，三个月就拿回三百两。老哥如不信，我另写一张保证给你！"陈正公依言，借了出去。三个月后，毛二胡子替他讨回这一笔银子，银子又足，陈正公满心欢喜。

又一日，毛二胡子道："我有个朋友，是个卖人参的客人。他说国公府里徐九老爷有个表兄陈四老爷，拿了他斤把人参，而今他要回苏州，陈四老爷一时银子不凑手，就托他情愿对扣借一百两银子还他，限两个月就拿二百两银子取回借据，也是一宗极稳的道路。"陈正公又拿出一百两银子，交与毛二胡子借出去。两个月后讨回，足足二百两，兑一兑还多三钱，把个陈正公欢喜得了不得。

陈虾子被毛二胡子小气控制，没酒没肉，心里恨他，劝叔子正正当当做丝生意，莫要听毛二老爹的话放债，放债到底是不妥的事。而且拖挂起来，不知要到何时才能返乡，陈正公却说不妨，再过几日，就可以回去了。

那一日，毛二胡子接到家信，看完了咂嘴弄唇，只管独坐着踌躇。陈正公问他不说，再三追问，毛二胡子道："小儿写信来说，东头街上谈家当铺折了本！要倒与人；现在有半楼货，值得一千六百两，如今事急，只要一千两就出脱了。我想我那小典当里若是把他的货倒过来，倒是一宗好生意，可惜我现在缺钱。"

陈正公主动要借银子给毛二胡子，毛二胡子道："罢罢——老哥，生意事拿不稳，设若将来亏折了，不够还你，那时叫我拿什么脸来见你？"陈正公见他如此至诚，一心一意要把银子借与他，每月只要二分利，毛二胡子要找中人立借据，陈正公却说不必，总以信行为主，一切手续全免。当下陈正公瞒着陈虾子，凑足了一千两银子，封得好好地交与毛二胡子，带回嘉兴去盘那间当铺的货。

又过了几天，陈正公收齐了卖丝的银子，辞了行主，带着陈虾子搭船回家，顺便到嘉兴来看毛二胡子。问到毛二胡子开的当铺，朝奉⑧竟说："这铺子原是毛二爷起头开的，而今已经倒与敝东汪家了！"

陈正公大吃一惊，问道："他前几天可曾来？"朝奉道："店已不是他的，他还来做什么？"陈正公再问："他而今哪里去了？"朝奉说不知道。

陈正公急得一身臭汗，赶回杭州。第二天有客来访，开门一见，见是凤四老爹，就说："承借的五十两早应奉还，想不到我近日被人骗了，无法可施。"凤四老爹问起缘由，陈正公细细说了。

凤四老爹道："这个不妨，我自有道理，明日我同秦二老爷回南京，你先去嘉兴等着我，我包你讨回，一文不少，如何？"陈正公道："如能讨回，重重奉谢老爹。"

凤四老爹偕同秦二侉子上船来到嘉兴，一直找到毛家当铺，只见陈正公正在他店里吵着。凤四老爹高声嚷道："姓毛的在家不

285

在家？陈家的银子到底还不还？"柜台里朝奉正待出来答话，只见凤四老爹两手扳着墙门，把身子往后一挣，那垛墙就拉拉杂杂卸下了半堵。秦二侉子正要进来看，几乎把头打着。那些朝奉和取当的看了，都目瞪口呆。

凤四老爹转身走上厅来，背靠着柜台外柱子，大叫道："你们要命的，快些走出去！"说道，把两手背剪着，把身子一扭，那条柱子就离地歪在半边，一架厅檐塌了一半，砖头瓦片，纷纷打下来，灰土漫天，还亏得朝奉们跑得快，不曾伤了性命。

街上的人，挤满了看。毛二胡子见不是事，只得从里面走出来。凤四老爹一头的灰，越发精神，走进楼底，靠着庭柱。众人一齐上前软求。毛二胡子自认不是，情愿把这一笔账本利清还，只求凤四老爹不要再动手。凤四老爹大笑道："量你有多大的一个巢窝，不够我一顿饭时间，都把你拆成平地！"

秦二侉子同陈正公都到楼下坐着。秦二侉子道："这件事，原是毛兄的不是。你以为没有中人借券，打不起官司，告不起状，就可以白骗他，可知'不怕该债的精穷，只怕讨债的英雄！'你如今遇着了凤四哥，还怕你赖到哪里去！"

毛二胡子只得将本利一并兑还，完了这件横事。陈正公得了银子，送秦二侉子、凤四老爹二位上船。拿出两封——一百两——银子来谢凤四老爹。凤四老爹笑道："这不过是我一时高兴，哪里要你谢我！留下五十两，以清前账，这五十两，你还是拿回去。"陈正公谢了又谢，拿着银子，辞别二位，另上小船去了。

（六）青楼名妓笑书呆

秦中书与陈四老爷陈木南流连在来宾楼，其后秦中书补缺将近，进京去了。来宾楼的名妓聘娘，与陈木南打得火热，陈木南与国公府的徐九公子交好，更是身份不同。向聘娘夸说他再过一年，就可以得个知府前程，想要用几百两银子替聘娘赎了身，带去任上。那聘娘撒娇撒痴，道是爱他的人，并不贪图他的官，要陈木南莫要辜负了她，哄得陈木南满心欢喜。聘娘日有所思，夜有所梦，梦见陈木南真的升授了杭州府正堂，管家奴婢们来接太太上任，突然出现一个黄脸秃头的尼姑来，硬说聘娘是她的徒弟，不准去做官太太，聘娘急得大叫一声，醒来竟是南柯一梦。

国公府的三老爷选了福建漳州府正堂，九老爷要同去任所，约表兄陈木南一起去，陈木南恋着聘娘，不能成行。向九公子借了银两留下，那聘娘心口疼的毛病发了，用的都是极贵重的药，陈木南竭力报效。延寿庵的尼姑本慧前来化缘，聘娘见她和梦中出现的尼姑一样，心中十分懊恼。

找了个瞎子来算命，那瞎子说生意不好，二十年前南京城来了个陈和甫替大老官家算命，亮眼的生意反比瞎眼的好。现在陈和甫死了，他的儿子天天和丈人吵架，吵到后来，一气出家做了个酒肉和尚，"无妻一身轻，有肉万事足"。每天测字得钱，就买肉吃，吃了就念诗，十分自在。

那一天与同行测字的丁言志抬杠，说起当年莺脰湖盛会，丁言志说是胡三公子约赵雪斋等名士分韵作诗；陈和尚却说是娄家公子约人，其中就有他父亲陈和甫，并不曾作诗。丁言志说陈和尚冒认是陈和甫的儿子，陈和尚大怒，两人揪打起来。陈木南来劝，叫丁言志替他测一个字，看什么时候能去福建？丁言志劝他快走，臬冉犹豫。

陈木南床头金尽，来看聘娘，聘娘不在，虔婆对他冷落。丫头捧一杯茶来，陈木南接在手里，不太热，吃了一口，就不吃了。陈木南踱了出来，碰到人参铺要债的，好不容易脱了身，心想不是事，回到住处，也不通知房东，就此一溜烟去了。

第二天丁言志带着诗稿来请教，碰到一些债主，方知陈木南早已走了。丁言志听说聘娘也会看诗，想着去会她一会，回家换了件半新不旧的衣服，戴一顶方巾，到来宾楼来。乌龟看他像个呆子，问他来做什么？他说来和姑娘谈谈诗，乌龟说先要缴钱，丁言志在腰里摸出一包散碎银子来，一称共有二两四钱五分，乌龟说还差五钱五分，丁言志说先会了姑娘再找给他。

上得楼来，见聘娘在打棋谱，丁言志上前作了一个大揖，聘娘觉得好笑，请问他来做什么？丁言志道："久仰姑娘最喜看诗，我有拙作，特来请教。"

聘娘道："我们本院的规矩，诗是不能白看的，先要拿出花钱来再看。"丁言志在腰里摸了半天，摸出二十个铜钱来放在花梨桌上。

聘娘大笑道："你这个钱，只好给捞毛①的，不要弄脏了我的桌子，快些收了回去买烧饼吃吧！"把个丁言志羞得满脸通红，低着头，卷了诗，揣在怀里，悄悄下楼，回家去了。

虔婆还以为聘娘结交了呆子，得了花钱，上楼来向聘娘要钱，聘娘说她瞧不起二十个钱，虔婆骂她不曾好好下功夫诈客人的银子，平日花钱不曾分给虔婆，聘娘反唇相讥，道是历年替院里挣了多少银子，如此小事就来责怪，一个没钱的呆子也放上楼来。

虔婆大怒，一个嘴巴把聘娘打倒在地，聘娘大哭大闹，要寻刀刎颈，绳子上吊，闹得要死要活，结果无奈，只得依了她，拜延寿庵本慧尼姑为师，剃光了一头青丝，出家去了。

【注释】

① 优行：学行优等。

② 异路功名：不是科举正途的功名。

③ 大场：举人、进士的考试。

④ 学道：由地方学官主持的考校。

⑤ 《易筋经》：书名，二卷，原题西竺达摩祖师撰，般利蜜谛译义，专讲炼身之法。

⑥ 阿谀：奉承，拍马。

⑦ 枣骝马：赤红色的马。

⑧ 朝奉：店铺里管事的人。

⑨ 捞毛：妓院里工作的下人。

【批评分析】

（一）武书谈诗，主张不可拘泥朱注，应该旁博参考，是和杜少卿一样的正确观念。高翰林谈举业：说他的文章没一句是杜撰的，字字都有来历，以为得意，而事实上正表示他是一个毫无创见的抄书匠。庄绍光评马二先生是知进而不知退的亢龙，高翰林认以现在的秀才解圣人经书为可笑，武书举文王、周公引用微子、箕子，孔子引颜子的例证反驳，高翰林立刻自找下台阶，承认浅陋，说自己专精的是《毛诗》，不是《周易》。其实以他拘限一隅的读书方法，对任何经书来说，他都是读不通的。

（二）万中书明白说出冒称中书是为获得商家、乡绅、财主们的照应，可见社会风气的势利。凤四老爹侠肝义胆，救人救彻的精神最是使人敬爱。

（三）仙人跳色情陷阱一段，显示社会风气笑贫不笑娼的严重。

（四）毛二胡子先取得陈正公的信任，然后下手诈骗，小人毒计，高明得可怕。凤四老爹仗义援手，讨债一段，痛快淋漓，不受陈正公的酬银，尤其光明磊落。

（五）揭开欢场内幕，聘娘的虚情假意，虔婆的势利，是社会写实的鉴照。

十六、平民中的高洁人物

（一）嵚崎磊落的王冕

《儒林外史》在卷首楔子里刻画了一个嵚崎①磊落的王冕。他是元朝末年、诸暨乡间的人，七岁父亲去世，母亲做针线供他去村学堂读书。十岁时生活艰难，辍学去替间壁秦家放牛。省下秦家给他的点心钱专买旧书，放牛时坐在柳荫树下看，三四年后，王冕看书，心下也着实明白了。

那天在七泖湖畔，看到雨后景致，想着要学画，没有师承，又想到天下哪有学不会的事？自此后就勤力练画，无师自通，画到三个月之后，画出的荷花精神颜色无一不像，就像是才从湖里摘下贴在纸上的。渐渐传闻远近，成了个画没骨花卉的名笔。多有人争着买画。到得十七八岁时，不在秦家了，每天画几笔画，读古人诗文，渐渐不愁衣食，母亲心里欢喜。

这王冕生性聪明，不满二十岁，那天文地理，经史上的大学问，无不贯通。生性恬淡，不求官爵，不交纳朋友，终日闭户读

291

书。常在花明柳媚的日子，用牛车载了母亲，戴着高帽，穿了阔衣，执鞭唱曲，去乡村镇上湖边玩耍，惹得乡下孩子成群跟着他笑，他也不在意。

秦老的儿子秦大汉的干爹翟买办，是诸暨县衙的一个头役[2]，那日来寻，因本县时太爷要画二十四幅花卉册页送上司，请王冕费心，王冕应了。知县将册页送与权贵危素[3]，危素极为欢喜，对时知县说："我学生出门久了，故乡有如此贤士，竟然不知，可为惭愧！此人不但才高，胸中见识，大是不同，将来名位不在你我之下！"

危素想见王冕，时知县命翟买办持帖去约，王冕谢了不去。翟买办无法回话，秦老出主意说回复抱病就好，翟买办又说即使有病，也要取得邻居的证明，争论了一番，还是秦老出来打圆场，叫王冕问母亲称了三钱二分银子送与翟买办作差钱，方才应诺去了。回复了知县，知县心疑是翟家这奴才狐假虎威，吓着了王冕，故而不敢来见。想着要自己下乡去拜他，带他去见老师危素，老师一定会以为自己办事勤敏。又想着堂堂县令，屈尊去拜乡民，会惹笑话。又想道："老师口气甚是敬他，我当然更该敬他，况且屈尊敬贤，将来志书上少不得要称赞我……"主意已定，竟然下乡来拜王冕。王冕不在家，扑了个空，时知县心里十分恼怒。

秦老怪王冕不该如此固执，王冕道："这时知县倚着危素的势，酷虐小民，无所不为。这样的人，我为什么与他相与？但这番可能使危素老羞成怒，我还是到别处躲几时才好！"把母亲托了秦老照顾，远走济南，卖画维生。

不久黄河决堤，百姓逃荒，官府不管，四散觅食，王冕叹息道："河水北流，天下行将大乱。我还是回乡去吧！"束装回来，打听到危素已经回朝，时知县也升任去了，放心回家，拜见母亲，谢过秦老。

六年后母亲病重，吩咐王冕道："我眼见得不济事了，这几年来，人家都说你有了学问，该劝你出去做官。做官虽是荣宗耀祖，但我看那些做官的都没有什么好收场。况你性情高傲，如果弄出祸来，反而不美。我儿可听我遗言，将来娶妻生子，守着我的坟墓，不要出去做官。"王冕哭着应诺，母亲放心地归天去了。

王母死不到一年，天下大乱。方国珍、张士诚、陈友谅，不过是些草莽英雄。只有太祖皇帝，起兵滁阳，得了金陵，立为吴王，乃是王者之师。破了方国珍，号令全浙，乡村镇市，并无骚扰。那一日日中时分，十几骑马来村，为首一人，头戴武巾，身穿团花战袍，白净面皮，三绺髭须，真有龙凤之表，原来竟是吴王自来访王冕。施礼坐下之后，吴王道："孤是粗鲁汉子，今日见到先生儒者气象，不觉功利之见顿消。孤在江南，即已久慕大名，今来拜访，要先生指示：浙人久反之后，要如何才能服人心？"

王冕道："大王高明远见，不消乡民多说。若以仁义待人，何人不服？岂止是浙江？若以兵力服人，浙人虽弱，唯恐义不受辱，方国珍就是一个先例。"吴王叹息点头。两人促膝谈到日暮，从者在外，自带干粮，王冕去厨下，烙了一斤面饼，炒了一盘韭菜，捧出来陪着吴王吃了，吴王道谢教诲，上马率众离去。后来秦老问起此事，王冕只说是军中一个相识的将官来访。

　　不数年，吴王统一天下，国号大明，年号洪武。到了洪武四年，秦老从城里得知消息，那危素归降之后，妄自尊大，在太祖面前，自称老臣，太祖大怒问罪，派去和州守余阙①墓。另一条消息，是礼部议定取士之法，三年举行一次，考的是五经、四书、八股文。王冕见了公报，指给秦老看，说道："这个法却定得不好，将来读书人既有此一条荣身之路，把那文行出处⑤，都看得轻了。"

　　到了夜间，与秦老在打麦场上小饮，王冕指出星象，说是一代文人有厄！话犹未毕，忽起一阵怪风，树木嗖嗖地响，水面众鸟惊起，两人吓得衣袖蒙脸。少顷风定，看天上时，有百十个小星，都坠向东南角去。王冕道："天可怜，降下这伙星君去维持文运，我们是来不及见着的了！"

　　此后常有传说，朝廷行文到浙江布政司，要征聘王冕出来做官，王冕初不在意，后来渐渐说得多了，王冕也不通知秦老，连夜逃往会稽山中。半年之后，朝廷果然派遣官员，捧着诏书，带领多人，带着彩缎表里前来，见着秦老，已是八十多岁皓须老叟，拄着拐杖出迎。官员说皇恩授王冕咨议参军之职，特地捧诏而来，秦老告诉他王冕久已不知去向，同去看王冕的家，只见荒凉残破，果然是久无人住，那官咨嗟叹息了一回，仍旧捧诏复旨去了。

　　王冕隐居在会稽山中，没有人知道他就是王冕，后来得病去世，由山邻们把他葬在会稽山下。

（二）写字的季遐年

到了万历二十三年，南京的名士，都已渐渐消磨尽了。虞博士那一辈人，有的死了，有的老了，有的四散去了，有的闭门不问世事。花坛酒社，没有才俊之人；礼乐文章，也不见贤人讲究。论出处，不过得手的就是才能，失意的就是愚拙；论豪侠，不过有余的就会奢华，不足的就见萧索。凭你有李白、杜甫的诗才、颜渊、曾子的品行，也没有一个人来问你。所以那些大户人家，冠婚丧祭、乡绅堂里、筵席上坐着、讲的无非是升迁调降的官场；就是那贫贱儒生，做得也不过是揣合逢迎的考校。

哪知市井之中，又出了几个奇人。

一个是会写字的季遐年，自幼无家无业，寺院里安身。和尚吃斋时，他也捧钵随堂吃饭，和尚也不厌他。他的字写得最好，却又不肯学古人的法帖，自创格调。凡人请他写字时，他三日前就要斋戒一日，第二日磨一天的墨，一定要自己磨，就是只写十四个字的对联，也要用半碗墨。用的笔却是人家用坏了不要的，他才用。写字时要三四个人替他拂着纸，有一点不好他就要骂，要打。他写字要等他高兴情愿，不然的话，任你王侯将相，大捧银子送他，他正眼也不看。

他不修边幅，穿一件稀烂的长袍、拖一双破蒲鞋，每日写字得来的笔资、吃饭剩下的钱，都送给不相识的穷人。那一天大雪，去朋友家，一双破鞋踹了人家一书房污泥。主人说鞋坏了该换了，他说没钱。主人说若他肯送一幅字，就买鞋送他，他不肯。主人拿出一双鞋来叫他换，他竟然恼了出门，嚷道："你家是什么要紧的地方，我这双鞋就不能坐！我坐你家，还算是抬举你，我才不稀罕你的鞋哩！"一直走回天界寺，气呼呼地随堂吃了一顿饭。

吃完，看见和尚房里摆着一匣上好的香墨，季遐年问这墨要不要写字？和尚说是施御史的孙子送的，要留着送别的施主老爷，不要写字。季遐年硬说要写，自己动手磨墨，和尚知道他的性情，故意用激将法让他自己写。

磨墨时，施御史的孙子来了，看到季遐年，彼此不理。季遐年磨完了墨，拿出纸来，叫四个和尚替他按着，取了一管败笔，蘸饱了墨，把纸看了一会儿，一口气就写了一行。有个小和尚动了一下，他就用笔一戳，痛得小和尚大叫，矮了半截。老和尚过来劝季遐年莫生气，替小和尚按纸，让他写完。施御史的孙子也过来看了一会。

次日，施家的一个小厮来问："有个写字姓季的，我家老爷叫他明天去府里写字。"季遐年道："他今日不在家，我明日叫他来就是！"

第二天去下海桥施家，门上人拦住道："你是什么人？"季遐年道："我是来写字的。"正好昨日那小厮出来，见了道："原来就是你，你也会写字。"带他进入大厅。

施御史的孙子，刚刚走出屏风，被季遐年指着大骂："你是何等之人，敢来叫我写字！我又不贪你的钱，又不慕你的势，又不借你的光，你敢叫我写起字来！"一顿大嚷大叫，把个施乡绅骂得闭口无言，低着头进去了。那季遐年又骂了一会，依旧回天界寺去了。

（三）卖火纸筒的王太

又一个是卖火纸[6]筒子的王太，祖先是三牌楼卖菜的，到他父亲手里穷了，连菜园都卖掉了。这王太自幼就喜欢下围棋，父亲死后，无以为生，每天到虎踞关一带，卖火纸筒过活。

那一天，妙意庵有盛会，游人众多。王太走来柳荫树下，一个石台，两边四条石凳，三四个大老官，簇拥着两个人在那里下棋。一个穿宝蓝色衣服的人说道："我们这位马先生，前日在扬州盐台那里，下的是一百一十两银子的彩头，他前后共赢了两千多两银子。"又一个穿玉色衣服的少年道："马先生是天下大国手，只有这位卞先生受两子，还可以敌得来，我们要学到卞先生的棋力，也着实是费力不易！"

王太挨着上来看，小厮们见他穿得褴褛，推开他不许他上前。坐着的主人问："你这样一个人，也晓得看棋？"王太道："略微知道一些。"看了一会儿，嘻嘻地笑。

那姓马的国手道："你笑什么，难道你能下得过我们？"王太道："也勉强将就。"

主人道："你是何等之人，好同马先生下棋？"姓卞的道："他既大胆，何不就叫他出个丑，好叫他知道我们老爷们下棋，不是他这种人能插嘴的！"

王太也不推辞，摆起子来，就请那姓马的国手先动，旁观的人都觉得好笑。那姓马的同他下了几着，觉得他出手不同；下了半盘，姓马的站起身来道："我这棋输了半子了！"看的人还不明白。姓卞的道："论这局面，确是马先生稍败了些。"

众人大惊，就要拉着王太吃酒。王太大笑道："天下哪有比杀矢棋更快活的事，我杀过了矢棋，心里快活极了，哪里还吃得下酒！"说毕，哈哈大笑，头也不回，就这样走开了。

（四）开茶馆的盖宽

盖宽本是开当铺的。二十多岁的时候，家里有钱，开着当铺，有田地又有洲场。亲戚本家都是些有钱的，他嫌人家俗气，每天在书房里作诗、看书、画画。后来画得好，就有许多作诗画画的同他来往，虽然都不如他，他却爱才如命，一有人来就留酒留饭。这些人家有紧急事没钱用，向他说，他从来不推辞，几百、几十拿与人用。

当铺里的伙计说他呆，瞒着他作弊，本钱渐渐消折了，田地又连年淹水，变卖时买田的嫌收成薄，值一千两的只出五六百两。没奈何也只得卖了，得来的银子放在家里称着用，用了几时又没有了，只靠着洲场利钱过活。谁知没良心的伙计放火，把院子里几万担柴都烧了。一块块结成如太湖石一般，光怪陆离。盖宽看见好玩，还把这些倒运的东西留着。伙计们见不是事，都辞职去了。

又过了半年，生活艰难，卖了大房搬去一所小房。又过了半年，妻子死了，办丧事又把小房变卖了。可怜的盖宽，带着一儿一女，在一处僻静巷里，寻了两间房子开茶馆。每天一面卖茶一面看书、看诗画。茶馆利钱有限，一壶茶只赚得一个钱，每日赚五六十个钱，只能对付着过清苦的日子。

那天有个邻居老爹过来，见他十月天气还穿着夏布衣裳，问道："你老人家现今十分艰难，从前多少人受过你的惠，而今都不来了。你的亲戚本家也都不错，何不去向他们商议，借个大些的本钱来，做个大些的生意过日子？"

盖宽道："老爹，世情看冷暖，人面逐高低。当初我有钱的时候，身上体面，跟班的小厮整齐，和亲戚本家在一块儿，还搭配得上。如今这般光景，去他们家，他们就不嫌我，我自己也觉得可厌。至于受过我惠的，都是穷人，如今又到有钱的地方了，哪还肯来看我！我若去寻他们，只会惹气，何苦！"

邻居约他出去走走，两人一路步出南门，吃了一顿五分银子的素饭，那老爹付了账。踱进报恩寺来，门口买了一包糖，去宝塔背后一处茶馆里吃茶。谈起如今不比当年，若是虞博士那班名士还在，凭盖宽的画笔，也不会落到如此潦倒。邻居老爹说起当年泰伯祠大祭，好不热闹，那时的老爹才二十多岁，挤着来看，把帽子都挤掉了。如今贤人名士都已不在，泰伯祠也荒芜了。

两人来泰伯祠，山头倒了半边。门前小孩踢球，两扇大门倒了一扇，堆在地下，走进去，三四个乡间老妇在丹墀里挑荠菜，大殿上槅子都没了，再去后边，五间楼里，连楼板都没一片。盖宽叹息道："这样一个名胜所在，而今破败如此，就没有一个人来修理，多少有钱的，拿着整千银子去盖僧房道院，却没有一个肯来修理圣贤的祠宇！"邻居老爹道："当年迟衡山先生买了许多古式礼仪器具，收在楼底下的几个大柜里，如今连柜子都不见了。"

嗟叹了一会儿出来，两人去雨花台绝顶，望着隔江山色，岚翠鲜明，那江中来往船只，帆樯历历可数；一轮红日，沉沉地傍着山头落下。两人缓缓下山，进城回去。盖宽依旧卖他的茶，半年之后，有个人家出了八两银子的束脩，请他到家里教馆去了。

（五）裁缝师傅荆元

五十多岁的荆元，在三山街开着一家裁缝铺。每天作生活的余暇，就弹琴写字，也喜欢作诗。朋友问他："你既要做雅人，为什么又做裁缝？何不和些学校里的人去结交来往？"他道："我也不是要做雅人，只是性情相近，故此时常学学。至于我这裁缝行业，是祖父留下来的，难道读书识字，做了裁缝，就玷污了不成？况且那些学校里的朋友，他们另有一番见识，怎肯和我们结交？如今我每日寻得六七分银子，吃饱了饭，要弹琴，要写字，诸事都自由。我又不贪图人家的富贵，又不伺候人家的颜色，天不收，地不管，还有什么不快活的？"

那天，荆元来清凉山找老友于老者，于老者不读书，也不做生意，督率五个儿子灌园为业。那园子有二三百亩大，中间空地，种了许多花卉，堆着几块石头。老者的几间茅草房就盖在旁边，手植的几棵梧桐，已长到三四十围。老者看着儿子灌溉了，就在茅斋生火煨茶，吃着茶看园子里的新绿。

荆元来了，坐下用茶，茶的色香味都好，原来是用井泉之水烹的。荆元感慨道："古人常说桃源⑦避世，我看哪要什么桃源，只如老爹这样的清闲自在，住在这样城市山林的所在，就是活神仙了！"于老者想听荆元弹琴，荆元答应，明日携琴过来请教。

次日，荆元抱琴而来，于老者早焚下一炉好香，替荆元把琴安放在石凳上。荆元席地坐下，慢慢和弦，弹了起来，铿铿锵锵，声震林木，鸟雀都在枝叶间窃听。弹了一会，忽作变徵（zhǐ）⑧之音，凄清宛转。于老者听到深微之处，不觉凄然泪下。

自此，他两人就时常往来。看官！难道自今以后，就再没一个贤人君子，可以进入《儒林外史》吗？

记得当时，我爱秦淮，偶离故乡，
向梅根冶⑨后，几番啸傲，杏花堆里，几度徜徉。
凤止高梧，虫吟小榭⑩。也共时人较短长。
今已矣！把衣冠蝉蜕，濯足沧浪⑪。

无聊且酌霞觞，唤几个新知醉一场。
共百年易过，底须愁闷？千秋事大，也费商量。

江左烟霞、淮南耆旧，写入残篇总断肠。

从今后，伴茶炉经卷，自礼"空王"⑫。

【注释】

① 嶔崎：本指山势高起，此指人的性情品行高超不俗。

② 头役：衙署中差役的头目。

③ 危素：元时人，参与修宋辽金三史，降明后与宋濂同修《元史》，后被贬和州，年余幽恨而死。

④ 余阙：元人，官参知政事，守安庆，死于陈友谅之难。为政严明，治军有古良将风，文章气魄浑厚，明初追谥忠宣。

⑤ 文行出处：文：道义。行：品德。出处：用之则行、舍之则藏。代表士人的出仕隐退都应合理合义。

⑥ 火纸：纸上涂硝，易燃引火之物。

⑦ 桃源：晋陶潜作《桃花源记》，后世指乐土为世外桃源。

⑧ 变徵：七音之一，徵之变声，较徵稍下。

⑨ 冶：冶游。

⑩ 榭：台上有屋的建筑物。

⑪ 沧浪：《孟子·离娄》："沧浪之水清兮，可以濯吾缨；沧浪之水浊兮，可以濯吾足。"

⑫ 空王：佛家语，诸佛之通称。诸佛以空无一切邪执之故，故称空王。

【批评分析】

（一）翟买办的狐假虎威，小人嘴脸。诸暨县时知县因攀附权势而故意敬重士人，动机不正，不是出于本意，所以会有后来的恼怒。王冕的适性高洁，是《儒林外史》中特别立在书前的理想典型人物。秦老的始终如一，诚朴可贵，母亲临终的一番话，代表说明了作者"人格比富贵可贵"的意识。王冕批评科举，说："这个法却定得不好，将来读书人既有一条荣身之路，把那文行出处都看得轻了！"代表了作者"学问比八股可贵，做人比做官可贵"的观念，洞见科举学问狭窄，导致士人不学无术，苟且势利的大弊，正是作者创作意识重点的表现。

（二）施御史之孙的仗势凌人，衬托出平民高洁人物季遐年的人格；季遐年的书法艺术，高妙出于自得，尤其可贵。

（三）王太的棋艺高明，不肯和富贵中人相与，可见他只尊重艺术，不慕虚荣，平民人物，人格高洁。这是作者以明讽暗喻，敦世励俗。

（四）盖宽的言行，是个小型的杜少卿，不计较世态炎凉，安贫乐道，正可显示他高洁的心志。

（五）由裁缝荆元的话："……诸事都自由，我又不贪图人家的富贵，又不伺候人家的颜色；天不收，地不管，还有什么不快活的？"说明了"适性"人生的可贵，也正是作者的性格和人生观的表白。

附录：吴敬梓与《儒林外史》

一、作者研究

（一）先世与家人

在吴敬梓的《移家赋》中，作者自述是宗周后裔，是周太王次子仲雍第九十九世孙。先世原居浙东，明靖难之变时，其先人曾于南都为永乐作内应，事成封赏，"赐千户之封、六合之地"，其后自六合迁全椒。

安徽全椒吴氏家族，可考的世系如下表：

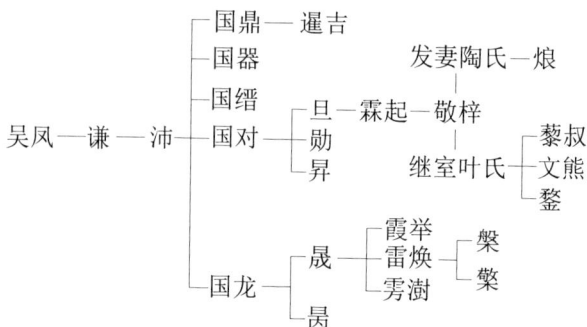

```
              ┌ 国鼎 — 暹吉
              ├ 国器                    发妻陶氏 — 烺
              ├ 国缙      ┌ 旦 — 霖起 — 敬梓
吴凤 — 谦 — 沛 ┤ 国对 ┤ 勋                          ┌ 藜叔
              │          └ 昇        继室叶氏 ┤ 文熊
              │                                  └ 鏊
              │                  ┌ 霞举 ┬ 槃
              │          ┌ 晟 ┤ 雷焕   └ 檠
              └ 国龙 ┤       └ 雺澍
                       └ 昺
```

吴凤的儿子吴谦，是一位孝悌君子，父亲去世之后，为慈母之病而自习岐黄，精于针灸之术，奉侍老母到八十多岁无疾而终。对三位哥哥敬爱推让，爱护诸侄如同己出。

吴谦的儿子吴沛，是一位廪生，生性孝友，因为生日与父亲的忌日同一天，因此就终身不饮酒。著有《论文十二则》《诗歌记序》《诗经心解》六卷、《西墅草堂集》十二卷，道德文章，为东南学宗师。

吴沛有五个儿子：吴国鼎，崇祯十二年进士，授中书舍人，顺治时与诸弟庐墓山中，布衣蔬食终身，著有《诗经讲义》《唐代诗选》等。吴国器，五兄弟中的唯一布衣，因家贫，诸兄弟业儒，遵父命独任家务。性纯孝，父病割股和药，隐居读书以终。吴国缙，顺治壬辰进士，曾任江宁郡教授，捐资兴修郡学房舍，著有《世书堂集》四十卷、《诗韵正》五卷。吴国对、吴国龙是一对孪生兄弟，国对是顺治戊戌年的探花（第一甲第三名），任编修、典试福建，升国子司业，翰林院侍读，提督顺天学政，性笃孝，著有《赐书楼集》二十四卷。吴国龙是崇祯癸未年的进士，任户部主事，其后返乡庐墓，入清历任工部给事中，河南道监察御史，兵科给事中，典试山东，礼科掌印给事中，著有《吴给谏奏稿》八卷、《心远堂集》三十四卷。

吴国对的长子吴旦（敬梓的祖父），也是一位孝子，苦寒之日，用身体先温被服，侍奉父亲。他是一位增监生，考授州同知，著有《月潭集》。

吴旦的儿子吴霖起（敬梓的父亲），康熙丙寅年拔贡，曾任江苏赣榆县教谕，为人耿介，学养博雅，孝行诚笃。

敬梓的发妻陶氏，卒于敬梓廿八至卅岁之间，陶氏生子吴烺（lǎng），约生于康熙五十九年至雍正四年之间。乾隆十六年辛未，帝南巡，吴烺迎銮，召试作赋、赐举人，授内阁中书。其后官宁武府同知，著府篆。吴烺是清代的数学名家，以西法补正古经，对数学、历算、等韵、诗词都有研究，著有《周髀算经图说》《勾股算法》《五音反切图说》《学宋斋词韵》《杉亭集》《春华小草诗》《靓妆词钞》等。

敬梓继室叶氏，育有三子：次子名不可考，字藜叔，乾隆十三年前早亡。三子吴文熊，乾隆十八年举人，二十七年官潮州普宁县知县。四子吴鏊，廪贡出身，由玉田县丞升任良乡县、大兴县知县，乾隆四十二年官遵化州知州。

全椒吴氏自吴沛以下，科第极盛：二代之中，吴沛的五个儿子，四成进士，其中吴国对是探花，国对的儿子吴昇是举人，国龙的儿子吴晟是进士，吴晃是榜眼（第一甲第二名）。所以《外史》借旁人之口赞扬"一门三鼎甲、四代六尚书"，其实只是二鼎甲，诸人任官也并未做到尚书，《外史》所列，仍是不免夸张。

（二）性格与生平

吴敬梓，字敏轩，一字文木，号粒民，安徽全椒人，清康熙四十年（1701）生。敬梓天资聪敏，读书过目就能背诵。十三岁母亲去世，十四岁随父去赣榆县教谕任所，二十二岁父亲去官，次年逝世，而敬梓就在这年考中秀才。父亲遗留下来的产业不少，约有两万余金。因为敬梓生性豁达豪迈，最喜助人急难，无论识与不识，不辨急难真伪，一律有求必应；加上他喜欢冶游，与文士们往来，饮酒游乐挥霍，不善营生的结果，不到几年，家产荡尽。廿九岁曾至池州应举人试，遭到白眼落第。家世科名难继，祖业抛尽，渐至不容于乡人。雍正十一年（1733）二月，敬梓年三十三，日渐困穷，而因性格倔强，不肯求助于人，加上奴仆卷款逃走，乡人冷眼轻视，尝尽人情冷暖的吴敬梓，不得已只好挥泪移家南京。

在南京卜居秦淮水榭河房，四方文酒之士来金陵的，都推敬梓为盟主。江宁雨花台有先贤祠，明代所建，记吴泰伯以下五百余人，荒废已久，敬梓响应整修，费用不够，甚至卖掉全椒祖产老屋来促成其事。

乾隆元年（1736）三月，敬梓三十六岁，安徽巡抚赵国麟，上江督学郑江荐举他去应博学鸿词廷试，因病不克上路。自此后就再也不应乡举，放弃了诸生所能参加的各种考试机会。以卖文为生，或种菜杂作，家境生活，愈形窘困。

程晋芳（敬梓之友，工辞章）在《吴敬梓传》中记有：

……乃移居江城东之大中桥，环堵萧然，拥故书数十册，旦夕自娱。穷极，则以书易米。或冬日苦寒，无酒食，邀同好汪京门、樊圣谟辈五六人，乘月出城南门，绕城堞行数十里，歌吟啸呼，相与应和，逮明，入水西门，各大笑散去，夜夜如是，谓之"暖足"。

余族伯祖丽山先生，与有姻连，时周之。方秋，霖潦三四日，族祖告诸子曰："比日城中米奇贵，不知敏轩作何状。可持米三斗、钱二千，往视之。"至，则不食二日矣。然先生得钱，则饮酒歌呶，未尝为来日计。

敬梓喜欢云游，足迹遍江淮南北。乾隆十六年（1751），敬梓五十一岁。帝南巡，敬梓的长子吴烺迎銮，召试奏赋，赐举人，授内阁中书，敬梓高卧深藏，不以为意。吴烺虽然得官，但是家贫仍然如旧。敬梓晚年，研究经书，常说经书是人生立命之处。其后因吴烺之故，于乾隆十八年（1753），被敕封文林郎内阁中书。

乾隆十九年（1754），遇程晋芳于扬州，当时程也贫寒，敬梓握着老友的手，哭着说："你也到了如我的地步，这种境遇不容易过呵！怎么办？"在扬州时，还取余钱召集友朋饮酒，醉了就吟张祜的诗句："人生只合扬州死！"果然在几天之后，因痰壅的病死于扬州旅次，时为乾隆十九年十月二十八日。得年五十四岁。

敬梓去世之后，吴烺的同年王又曾正在扬州，告知转运使卢见曾，成殓归葬于金陵南郊。

敬梓的性格孝慈豁达，耿介豪放，一如祖父。而他的冶游挥霍，不善营生，则又不同。功名不成，家业荡尽，迫得破产移家，落魄贫困，虽然他生性洒脱，但人情的炎凉，现实生计的艰难，对他来说，仍是不无悔恨凄凉，在他的诗文中可以多见，如《减字木兰花》词中显示的：

田庐尽卖，乡里传为子弟戒。年少何人，肥马轻裘笑我贫。

学书学剑，懊恨古人吾不见。株守残编，落魄诸生十二年。

昔年游冶，淮水钟山朝复夜。金尽床头，壮士逢人面带羞。

文澜学海，落笔千言从洒洒。家世科名，康了（落第）惟开
眊觥声（不捷而醉饱谓之打眊觥）。　郎君乞相，新例入赀须
少壮。西北长安，欲往从之行路难。

言为心声，从以上敬梓的作品可见，他并不是绝意功名，只
是性格与环境，使得他坎坷终身。由于性格的豪爽而破产，由家
业荡尽而环境贫困，中间虽有荐举鸿博的机会，又因病而不行，
时乖运塞，竟无转机，终至于落魄潦倒而终。所谓"诗穷而后
工"，文学作家，多有因为境遇困逆，迫使生命动力转向，在文
学作品中去寄托理想，表现自我，而求取宣泄之后的快慰平衡。
古今中外的例子，不胜枚举，如左丘失明，厥有《国语》；史迁
受刑，方成《史记》；易卜生母死破产，遂有《傀儡家庭》剧作；
小仲马不得亲爱，假设《茶花女》以求自慰。所以日人厨川白村
以为文学是为《苦闷的象征》。我们一方面为吴敬梓的遭遇坎坷
而深感悲悯同情；另一方面，又为他庆幸，正因为他有此困逆不
平，所以特能专注凝聚他充沛的生命动力，写出了不朽的文学杰
作《儒林外史》。人生的得失互见，原是如此。

（三）著作

吴敬梓的著作有：

《文木山房集》：是敬梓的诗文集，有四卷、八卷、十二卷本，今存有四卷本。

《诗说》：敬梓论诗的新见，部分已在《外史》中表现。今已失传。

《史汉记疑》：敬梓史学方面的深造发表，书稿未完成，失传。集外诗文，可得而知者有文一篇，诗廿五首，联句一，零句二。

《儒林外史》。

二、作品研究

（一）版本

《儒林外史》约作于乾隆五年至十五年（1740—1750）。是为吴敬梓四十岁以后思想成熟之作。成书的确切年月已不可知。最初仅有抄本流传，其后金兆燕任扬州府教授时（乾隆卅三年至四十四年，1768—1779），刻印问世，自此之后，风行海内，传本有五十卷本、五十五回本、五十六回本、六十回本。

五十卷本：清道咸年间犹存，其后不传。

五十五回本：清同治八年苏州书局刻本《儒林外史》，金和在"跋"中指出五十六回本末一回"幽榜"是妄人增列，陋劣不当应删去，恢复五十五回原来面目。天目山樵于评本五十五回末也说"幽榜"一回是伧父所为的狗尾续貂，主张删除或以附录列后。五十五回《儒林外史》，自民国以来的版本有：1920年上海亚东图书馆排印本、1934年本（封面封底已毁，出版处所无考）、1935年上海世界书局排印本、1942年上海公益书局排印本、1957年台湾正中书局版本、1958年香港商务印书馆排印本、1964年台湾文化图书公司版本、1973年台湾三民书局版本、1975年台湾华正书局港商影印本、广益书局排印本（出版年月不详）。

五十六回《儒林外史》版本，最早刊者为嘉庆八年（1803）的卧闲草堂本，以下为嘉庆二十一年艺古堂本、清江浦注体阁刊小本、同治八年群玉斋活字版大字本、苏州书局活字本、同治十三年上海申报馆第一次排印活字本、齐省堂增订活字本、光绪七年申报馆第二次排印活字本、1935年上海商务印书馆排印本、1978年台湾商务印书馆影印本。

六十回本所增回目，除五十六回"幽榜"一回外，于第四十三回中插入后半回，回目改为"劫私盐地方官讳盗，追身价老贡生押房"。增列第四十四回"沈琼枝救父居侧室，宋为富种子乞仙丹"、第四十五回"满月麟儿扶正室，春风燕子贺华堂"、第四十六回"假风骚万家开广庆，真血食两父显灵魂"，到第四十七回前半回："吃官司盐商破产，欺苗民边镇兴师"，再续接原五十六回本的四十三回后半。插入的四回，写沈琼枝婚后的事，性行表现，与原作中沈琼枝巾帼英雄的性行矛盾不合，乞仙借种一段，迷信猥亵，更不像是敬梓的风格。而且割裂拼凑、痕迹显然，看来一定是后人的妄增，绝不是敬梓的手笔。六十回《儒林外史》版本有：光绪十四年齐省堂石印本、1914 年上海育文书局石印本、1927 年上海爱古书店石印本。

（二）译本、评本及研究参考专书

《外史》译本有英文全译本一种。日文全译本三种：稻田孝译，东京平凡社 1968 年出版一种；冈本隆三译，东京开成馆 1944 年出版一种；小田岳夫、冈本隆三共译，东方社 1949 年出版一种。另节译本有英文四种，日文三种。

《外史》评本有光绪十一年宝文阁刊本，题为《儒林外史评》，下署"天目山樵戏笔"。

《外史》研究参考主要专书，日人香坂顺一编著《儒林外史语汇索引》，是为研究的工具书。

郑明娳著《儒林外史研究》(台湾师范大学国文研究所硕士论文，指导教授杨昌年)，刊于台湾《国文研究所集刊》第二十一号（1977 年出版）。

（三）《外史》的时代背景

《外史》假托明代，其实表现的正是作者吴敬梓身处的清康熙、雍正、乾隆三朝。杰作剖示了时代的背景的实况，重点如下：

异族统治下的思想钳制与怀柔笼络：康、雍、乾三朝，正是清廷大兴文字狱以压制汉族士人的时候，文字狱的株连广大，渲染酷毒，史实俱在，不再例述。由《外史》中卢信侯遭遇一节，就已可见小题大做，极权钳制思想言论自由的一斑。而清廷的统治，高压与怀柔双管齐下，除科举以外，又设立博学鸿词科等荐举征辟方式，用以来笼络汉族优秀士人，延揽为其所用。汉族士人之中，多有淡泊名利，不愿接受笼络的，如《外史》中的庄绍光力辞征辟，隐居读书，即是一例。

吏治结党贪污与军政腐败：雍正之时，大臣鄂尔泰、张廷玉结党对立，权臣的各立门户，相为排挤，必然导致朝政黑暗不公。《外史》中庄绍光到京，太保公想要揽入门墙，庄绍光婉拒之后，太保公就在皇帝面前阻挠破坏，由此可见朋党政治的黑暗严重。至于吏治的腐败贪墨，贿赂风行，到乾隆时代已成风气，虽有重刑大狱，仍不能止。例如甘肃官吏的侵吞粮款，牵连者七十人，被戮的不下三十人，当时乾隆在谕旨中曾称："从来未有之奇贪异事。"就《外史》所述种种衙门黑幕来看，虽然吴敬梓的笔触冷静客观，二百年后仍能使读者们触目惊心。"物必自腐，然后虫生"，清室中衰的因素在此。再说军政方面：清人入关之后，奢靡骄惰，士老兵疲，不但八旗昔年的强悍已失，而在三藩之役以后，绿营也已逐渐腐化。《外史》中萧云仙一段，据考证是年羹尧平桌子山、棋子山之事；汤总镇一节，考证是杨凯抗苗之事。其中显示将官畏葸无能，敷衍冒功；而中枢朝廷又昏昧不明，赏罚不公。军政黑暗如此，坐使英雄屈沉，军旅战力受到掣肘，士气低落，积弊的严重，影响到国家实力不能保持长治久安。

科举毒害与民生贫富的悬殊：科举的毒害，如有顾炎武所说："八股之害，等于焚书，而败坏人材，有甚于咸阳之郊，所坑者岂共四百六十余人也。"八股取士，命题范围狭小，而评取又漫无标准。士人的中与不中，不靠才学，只靠运气。近人齐如山《中国的科名》一书中举晚清流行谚语为证："窗下莫言命，场中不论文。""一财二命三风水，四积阴功五读书。"如《外史》中所述的种种科场弊端，主观好恶，人情关照，贿赂舞弊，不但显示了八股取士的不公，更可看出，由于士人的钻营，影响到世风的败坏。所谓"士大夫之无耻，是为国耻"，吴敬梓所以在《外史》中着力描写科举丑态，就因为这正是使他最感到痛心的所在。

至于社会民生方面：贫富相差悬殊，富者日用千金，饮食穷极奢侈，而贫者每饭不过一二十文，仅能勉强维生，若遇天灾，不免冻馁。康熙四十六年大旱，饿殍遍野，正如孟子所谓"乐岁终身苦，凶年不免死亡"。《外史》中写盐商生活豪奢，万雪斋生病的小妾已是第七位，宋为富说盐商一年要娶七八个妾。而三十六回写贫农无力买棺葬父，迫得投水自尽。贫富相差的天壤之别，影响到读书人的气节不能维持。科举做官的知县一年不下万金，而科举失意的寒士周进，教馆一年只有十二两，二十五回写倪老爹甚至穷到卖儿子。现实迫压之下，连衣食温饱都难，影响到士人心性观念的势利现实，行为的卑劣趋下。

社会风俗的浇薄与礼教的毒害：这一点和民生经济有着直接的关联，现实势利的世风观念，与风俗人情的浇薄互为表里，导致社会风气的全面败坏趋下。而腐恶的礼教观念，枷锁人性，杀人而不见血，毒害人性而反得赞扬。据安徽《全椒志》资料，有清烈女，未婚夫死而守节不嫁的四人，已嫁夫死守节养姑的五人，嫁后夫死殉夫而死的十人。《外史》中王三姑娘之死一段，正是写现实事。而在《外史》篇幅之中，人情冷暖，风俗浇薄，处处可见。社会风气，礼教陋习，腐恶酷烈如此，真可使得现代读者，为之惊诧愤恨、激动难安的了。

（四）《外史》人物考证

《外史》人物，十之八九，都是和作者同时代的人，发生的事件也是当时的事。敬梓所述既是真人事实，写出来当然是不无顾忌；另一方面又担心文字狱招祸，所以假托明代，这只是一种障眼法。其实连作者自己，就已列在《外史》人物之中，如果从敬梓的生平交游，当时的史科、传说、地方志、诗文等资料中去对照寻索，研究是不难获得明晰的。现在将《外史》重要人物的真实姓名、身份，考证资料列出以供参考。

杜仪（少卿）就是作者自己。

虞博士（育德）是吴培源，名士，敬梓之友。

庄尚志是程延祚，名士，敬梓之友。

迟均（衡山）是樊明征（圣谟）。敬梓的挚友，冬夜一起绕走城堞的穷文士。

马静（马二先生）是冯祚泰，曾遇假仙，直到卒年才与试中举的老秀才。

牛布衣是朱卉（草衣），流落江南的老布衣，死在敬梓卒年之后，而《外史》中为了要写牛浦郎冒名，预先写出了这位老清客的死亡，可见敬梓创作《外史》的造境变化。

权勿用影射是镜，欺世盗名的伪君子。

向鼎（向道台）是商盘，才子，名士而仕宦为官的。

季萑（苇萧）是李葂，有文才而落拓不遇，风流无行的文士。

荀玫是卢见曾，官两淮盐运使，敬梓客死扬州，就是他出资殡殓并且运柩返回南京的。

杜倩（慎卿）是吴檠，敬梓同高祖的从堂兄弟，贵公子，追逐功名的假名士。

高翰林是郭长源，雍正壬子年解元，传闻他抄袭他人的试卷，不学无术，名不副实的名利中人。

卢德（信侯）是刘著，私藏抄本《方舆纪要》，文字狱案迁延近十年，父死家破。刘著其后更名湘煃，敬梓的长子吴烺曾跟着他学习算学。

沈琼枝是张宛玉，袁枚《随园诗话》里所引的扬州女子。

汤奏（汤镇台）是杨凯，任职辰州，与苗民相抗。

余特（余大先生）是金榘，敬梓的堂表兄弟，连襟。

王蕴（玉辉）是汪洽闻。三女夫死绝食以殉。

平少保是年羹尧，权臣、大将。

大保公是张廷玉，雍正朝的宠幸大臣。

凤鸣歧（凤四老爹）是甘凤池，大侠。

（五）意识重点，特色与影响

《外史》创作的意识重点、特色与启示影响，在前面导读和附列在各章之后的批评分析里，部分都已经提出，现在再归纳列出纲目，以供读者们参考。

《外史》的创作意识、重点两大项：第一大项是社会写实，以人物的行径剖写作者身处的时代全貌。在人与事的片段中，我们看清了那一时代的读书人的原形：为了现实名利而致力举业、立身处世虚伪造作，盲从礼教陋习昏昧不明，登科做官的不学无品，科举失意的精神漂泊，甚至招摇撞骗。而土豪劣绅的横行乡里，鱼肉百姓，官场贿赂风行，吏治军政腐败黑暗，社会风尚的现实势利，贫富悬殊的悲惨实况……礼教的腐恶与害人的八股使得读书人浅狭卑劣，身为四民之首，中坚分子的士人既是如此，又哪能为民表率，影响风气，促使社会正常进步，国家强盛？康、雍、乾三朝号称有清一代的盛世，剖开的社会实况竟是如此！一叶知秋，有清一代的衰亡因素早已可见。

创作意识重点的第二大项，是作者鉴于读书士人的严重缺失，提出他理想人生观的启示，眷恋儒家至善社会，推崇平民高洁人物，强调世俗的功名富贵不如人格德行学问。提出理想的典型，如王冕的适性高洁，虞博士的淡泊笃厚，庄绍光的素养浑雅，迟衡山的隆礼制乐，杜少卿的豪放磊落……来供读者们参考。事实上上列诸人也各有瑕疵缺失，但是通过《外史》的艺术手法，把这几位重点人物的人格纯净化、鲜明化了，提升到典型的层次，用以为敬梓标举理想人生的范式，启示读者，促使品学高洁，实是用心良苦，意义深长。

《外史》的特色：笔者在前已经介绍了他可贵的客观艺术手法，以及写实讽刺足能表现当代、启示后世的深广内涵。除此二项以外，还有另两项主要的特色：第一是主题的呈现特异，近人夏志清说："《儒林外史》是一部在意识状态上，完全摆脱一般人所信仰的宗教的讽刺写实小说……吴敬梓也许可以说是代表着他同时代中不喜欢弥漫一时的——迷信和佛家的因果报应观的儒家知识分子，他表现出伟大的艺术勇气，企图把小说从宗教的枷锁里解救出来。"正因为《外史》摆脱了教化工具的束缚，所以能以新异之姿表现更深入、更广阔的主题，全然不同于旧小说说教的窠臼模式，以纯文学的创作大放华彩。

第二项特色，表现的也是在破旧布新，《外史》在人物塑造上脱出窠臼，"瑕瑜并见于一人"的忠实手法，不同于善恶明晰、始终不变的旧小说格套。如匡超人的性向转变，王玉辉良知与礼教的心理挣扎……说明了人类的是非善恶常因时空环境的不同而有改变，这才是真实的人性，是生活在我们群中的活生生的人，不是故意刻镂制造出来的假人。人类要读，爱读的是"人的文学"，唯有如此，才能亲切。这一特色，最能符合现代文学的要求。

《外史》的影响：在前，笔者已谈到《外史》的影响重点在现实的时代意义不受时空限制：《外史》中的人物至今仍鲜活地存在于我们的周遭，甚至部分就是读者自己。那一时代的诸多缺失，也很可能已经重现于今日或是将要重演，《外史》启示人性人生调适的作用是极为具体而重大的。除此以外,《外史》的主要影响还有两项:第一是这本讽刺小说的杰作,直接影响到晚清谴责小说的产生,如《官场现形记》《二十年目睹之怪现状》等。但谴责与讽刺的艺术有别,谴责小说常因作者的不脱主观而减弱了读者的激动省思,比起《外史》的客观自然来,艺术的高下明晰,明显地可以看出不能相等并列。讽刺小说既有《外史》以壮阔先河表现于前,而影响继作的竟然不能超越进展更形佳胜,就文学发展说很使我们惶惭,我们期待着这一系脉的小说创作能有突破。

第二是《外史》的文学艺术影响:夏志清分析说:"毫无疑问的,古典小说连《红楼梦》在内,就难得如《外史》写出的白话那样纯粹而代表中国人的语言。由于晚清及民初以来小说家的模仿,《外史》的白话形式,极有力地影响着现代散文作家。"钱玄同也以为《外史》是"国语的文学",认为《外史》的出现,是为"中国国语的文学完全成立的一个大纪元"。

《外史》虽不是毫无缺点,但由于风格活泼生动,刻画中国文士阶级和广泛的社会众生相细密深刻,全书充满着浓郁亲切的情味,许多的优点已使这部小说成为二百年来极为出色的杰作,在中国小说史上占有高位,已是不争的事实。其至西方学者也认为可以列于世界文学史杰作之林。就世界讽刺小说言,可与西班牙塞万提斯的《堂吉诃德》、俄国果戈里的《巡按》(《钦差大臣》)两部讽刺杰作鼎立辉映。

《中国历代经典宝库》总目

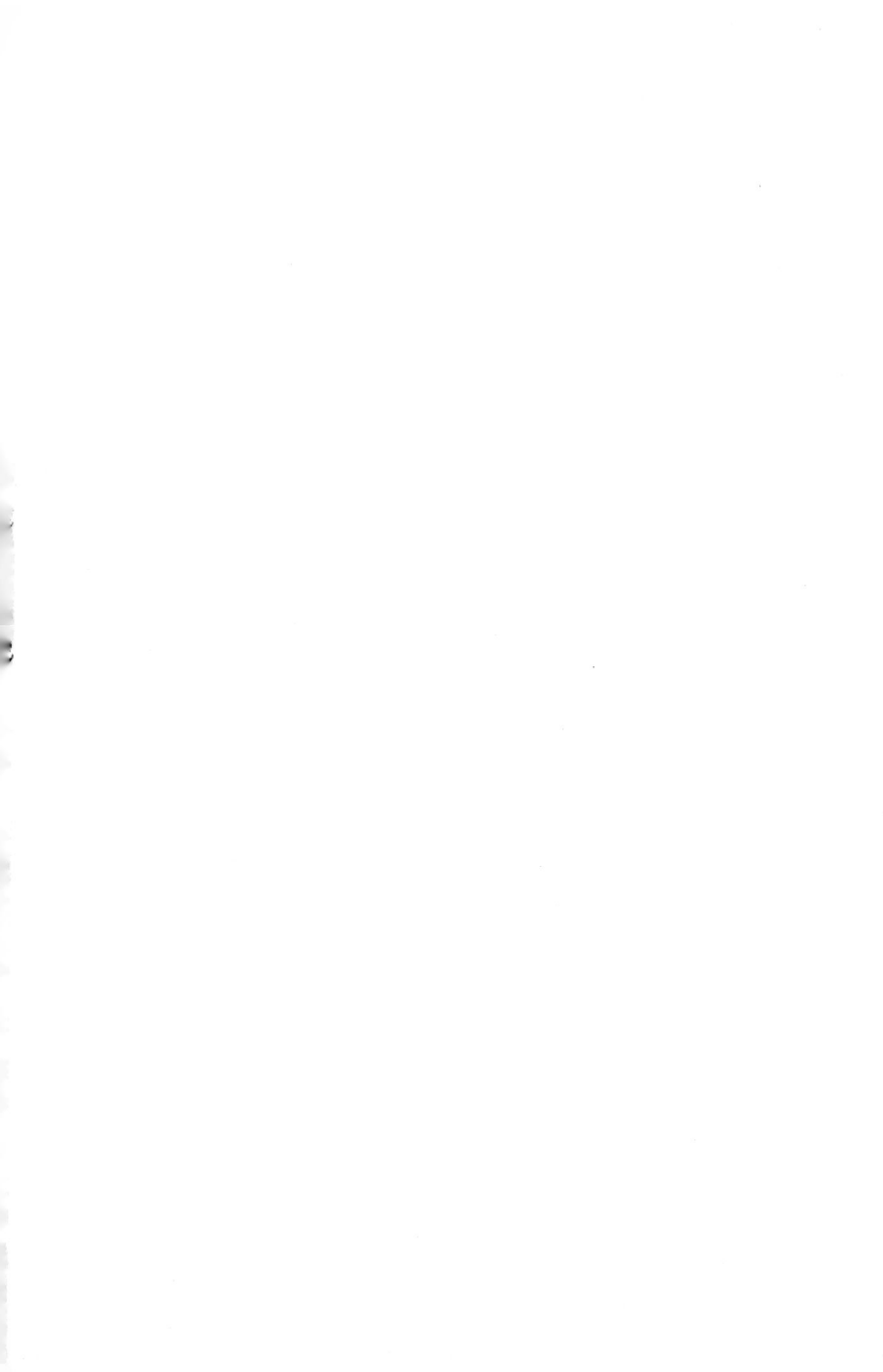